옆집의
비혼주의자들

옆집의
비혼주의자들

김지서 장편소설

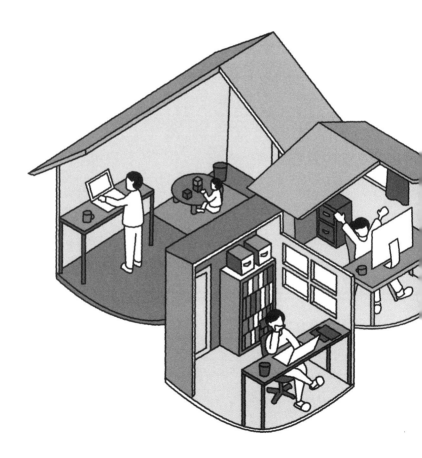

고즈넉
이엔티

인생은

B와 D 사이의 C다.

차례

등장인물

배수진(33세, 공립 중학교 국어교사, 4년제 국문학과 졸업)

이남희(43세, 중소기업 사무직, 4년제 전산학과 졸업)

김은혜(47세, 동네 한의원 데스크 근무, 여상 졸업)

황한나(37세, 인터넷 쇼핑몰 운영 겸 인플루언서, 4년제 국문학과 제적)

오승은(28세, 프리터, 4년제 애니메이션학과 휴학)

박소희(33세, 전직 스튜어디스, 전문대 항공과 졸업)

송민규(33세, 자동차 회사 구매팀 주임, 4년제 정치외교학과 졸업)

때와 장소

지금, 여기

비혼해서 행복한 우리

비행 소녀 규칙

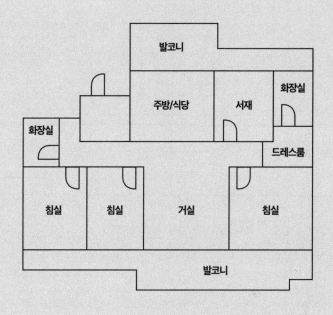

하나	남의 방에 들어가기 전엔 노크 똑똑! 기본 상식!
둘	거실·주방·욕실 등 공동공간 사용 후엔 깨끗하게 뒷정리! 기본 매너!(자기 방은 자기가 청소^^)
셋	집안일도 공과금도 장 본 금액도 무조건 N분의 1!
넷	불만과 건의 사항이 있으면 참지 말자! 단, 둥글게 둥글게!
다섯	우리는 하나! 서로서로 돕는다! 쉬는 날엔 피크닉과 문화생활, 취미활동도 같이!

#01
난 절대로 엄마처럼
살지 않을 거야

   나중에 있을 내 장례식의 배경음악은 체리 필터의 「낭만 고양이」가 좋겠다고, 마흔 아홉 번째로 귓가에 울려 퍼지는 바그너의 결혼행진곡을 한 귀로 듣고 흘리며 수진이는 생각했다.

   성당 내부 양식을 따라 한 강남의 보급형 웨딩홀, 높기만 높다란 천장과 그 아래 깔린 순백의 버진로드, 업체에서 삥땅을 친 건지 어딘가 좀 부족해 보이는 생화 장식과 단상 앞에 서서 연신 생수를 들이켜는 사회자, 입구에서 하객들을 맞이하는 신랑과 신부대기실에 인형처럼 앉아 있는 오늘의 주인공 '신부'. 그녀가 고른 웨딩드레스 디자인과 신혼여행

후 두 사람이 들어가 살게 될 신혼집의 위치와 자가 여부, 직장 및 연봉, 첫 만남, 프러포즈 장소. 시어머니 될 사람의 관상을 두고 하는 하객들의 이런저런 농담과 차는 어디에 댔는지 식권은 챙겼는지 누구는 오늘 오는지 못 오는지 묻는 그 흔한 말들까지.

이 모든 것들이 수진이를 질리게 했다.

"난 저 장면만 보면 그렇게 눈물이 나더라."

수진이와 같이 온 2학년 영어 진영 쌤은 신랑 신부가 신부 측 부모님께 인사를 올리는 장면에 이르자 자기가 주인공이 된 것처럼 눈물을 글썽였다. 5년 넘게 만나고 있는 사람과 슬슬 결혼 이야기가 오간다더니 정말 어지간히도 결혼이 하고 싶은 모양이었다.

'배고프다.'

비슷한 장면을 골백번도 넘게 봐온 수진이는 아무 감흥이 없었다. 용인에서 여기까지 오느라 아침 일찍 일어난 수진이는 손바닥으로 입을 가린 채 몰래 하품을 했다.

30분.

오늘부로 사돈이 될 양가 어머니 입장과 화촉 점화, 빠르고 경쾌한 신랑 입장과 늙은 아버지의 팔짱을 끼고 느릿느릿 걸어들어오는 신부 입장, 아버지에게서 남편에게로 넘겨지는 신부, 일종의 소유권 이전, 신랑 아버지의 뻔한 덕담과 그보다 더 뻔한 네이버 지식인에 검색해서 프린트해 온 것 같은 예비부부의 서로에 대한 결혼생활 다짐, 울음 섞인 신부 절친의 편지 낭독과 하객들의 웃음, 신랑 친구들의 축가, 삑사리, 하객들의 웃음, 대미를 장식하는 신랑 신부 행진과 버진로드를 배경으로 하는 두 사람의 긴 입맞춤 사진, 거기에 하객들과 함께하는 정신없는 단체 사진 촬영까지. 이 모든 게 고작 30분이면 끝났지만 직장인의 황금 같은 주말 오전을 통으로 허비하기엔 사실 좀 지루한 이벤트였다.

'아…… 여기 뷔페 별론데.'

서른세 살. 아직 면사포는 써본 적 없고 앞으로도 쓸 생각 따윈 없는 우리의 주인공 수진이는 이놈의 하객 노릇이 정말이지 지겨웠다. 뉴스만 틀면 요새 젊은 사람들이 결혼을 안한다고 난리던데 주변을 보면 꼭 그런 것 같지도 않았다. 결혼식에 참석하기 위해 왔다 갔다 허비하는 시간도 아까웠지만 매번 내야 하는 축의금도 솔직히 좀 부담스러웠다.

귀한 손님을 불러 시간과 돈을 쓰게 했으면 최소한 밥은 맛있어야 하는 게 도리이거늘, 우리 학교 쌤들은 왜 다들 이 예식장을 잡는 걸까?

나중에 있을 자신의 장례식은 뻔한 육개장, 수육에 진미

채, 절편 나부랭이가 아니라 최고급 출장 뷔페로 해야겠다고 수진이는 생각했다.

×××

5월 1일 일요일, 청담동의 한 웨딩홀에서 열린 다인 쌤의 결혼식에 참석한 뒤 주차장처럼 꽉 막힌 영동대로를 빠져나와 용인집으로 돌아오니 오후 4시였다.

화장을 지우고 속눈썹을 떼고 휘뚜루마뚜루 경조사 때마다 입는 6만 9천 원짜리 트위드 원피스를 벗어 던지고 욕실에서 씻고 나오니 잠이 쏟아졌다. 독서, 영어공부, 러닝 등 이번 주말에는 꼭 해내리라 계획해둔 나름의 일정이 있었지만 이상하게도 꼭 결혼식만 다녀오면 진이 쭉 빠졌다. 머리도 말리지 못하고 침대에 가서 풀썩 쓰러지자 아까 점심때 뷔페에서 먹은 깐풍기가 신트림이 되어 나왔다.

중간고사야 진작 끝났지만 5월은 학교 안팎으로 이런저런 행사가 많아 오히려 시험 기간보다 더 바빴다. 게다가 내일부턴 10박 11일 일정으로 유럽 신혼여행을 떠난 다인 쌤을 대신해 2주간 수진이가 다인 쌤 반의 임시담임이었다.

물론 수진이는 다른 여성들의 선택을 전적으로 존중했다.

모성보호는 문명화된 사회가 지켜야 할 최저 마지노선, 최후의 상식이라는 데 동의했지만 결혼이나 임신, 출산, 양육으로 여자 쌤들의 업무에 공백이 생길 때마다 그걸 대신하는 건 언제나 자기 같은 미혼의 젊은 여성 교사들이라는 게 솔직히 좀 억울했다.

자신은 결혼이나 임신, 출산 등을 할 계획이 전혀 없었으므로 앞으로 수진이가 2주간 겪게 될 과로는 서로서로 돌아가며 딱한 사정을 봐주는 품앗이도 뭣도 아니었다. 그보단 모성보호라는 허울 좋은 명분 아래 가부장제와 신자유주의가 이중으로 강요하는 일방적인 양보, 강제된 헌신에 가까웠다.

그러나 억울한 걸 억울하다고 말하지 못하는 건 또 얼마나 억울한가. 비슷한 일이 몇 번 반복되자 수진이는 자신에게 뭔가 아쉬운 소리를 할 때마다 동료 여성 교사들이 짓는 천편일률적인 그 표정, 미안하지만 어쩔 수 없다는 걸 적어도 같은 여자인 너는 이해해줘야 하지 않냐는 그 얼굴이 꼴도 보기 싫었다.

진흙탕 같은 잠에서 허우적거리는 수진이를 깨운 건 어머니였다.

"세상에. 아직도 자?"

"몇 시야?"

"7시. 일어나 얼른. 밥 먹어."

비척비척 방 안에서 걸어 나와 부엌 식탁에 앉으니 저녁상이 준비돼 있었다. 묻지도 않았는데 아빠는 오늘 밖에서 드시고 오신대, 하며 모친께서 먼저 아버지의 행방을 알렸다.

미역국, 계란말이, 흰쌀밥, 장조림, 김장김치, 갈치구이.

김이 펄펄 오르는 갓 끓인 미역국을 보자 수진이는 이번 주 목요일이 자기 생일이란 게 퍼뜩 떠올랐다. 수진이의 어머니는 미역국은 오래, 여러 번 끓인 게 진미(珍味)라며 식구들의 생일이 있기 일주일 전에 미역국을 큰솥으로 끓여 끼니마다 밥상에 올렸다.

"아이고. 머리 꼴 좀 봐."

"안 말리고 자서 그래."

"근데 왜 이렇게 일찍 왔어? 괜찮은 놈 없었어?"

고구마 찌르기.

냄비 속의 고구마가 익었는지 안 익었는지 쇠젓가락으로 쿡 찍어보듯 수진이가 결혼식에만 다녀오면 모친은 꼭 이런 식으로 자기 딸을 쿡, 찔러봤다.

괜찮은 놈이라니, 이 죄 많은 세상에 그런 게 남아 있기는 할까?

"엄마 나 결혼 안 한다니까. 몇 번을 말해?"

"왜, 너 대학교 다닐 땐 남자 친구 있었잖아? 재혁이었나? 재형이었나?"

 "난 결혼 안 해."

 "얘 봐? 글쎄 너무 그렇게 다 단정 짓고 살지는 마. 나이 들면 나중에 너 혼자 외롭잖어. 쓸쓸하잖어. 기러기, 강아지도 다 지 짝, 지 새끼 있는데 너만 혼자 외톨이면? 나중에 엄마 아빠 다 죽고 네 오빠도 없고 그럼 그때 너 혼자 어쩌려구? 넌 선생이라는 애가 뉴스—"

 "혼자는 안 쓸쓸해? 엄마는 아빠 있어서 안 쓸쓸해?"

 "알았어. 알았어. 얘. 성내지 마. 밥 먹어. 어? 엄마가 잘못했어."

 모녀간의 대화는 늘 이런 식으로 끝났다. 엄마와는 정면승부가 불가능했다. 엄마가 늘 기권을 내고 링 위에서 먼저 내려갔으므로.

 가족들 다 죽고 나면 어쩌고 그다음은 고독사 공격일 것임을 수진이는 모르지 않았다. 듣다 보면 딸의 고독사를 걱정하는 건지, 고독사를 바라는 건지 헷갈릴 정도였다.

 정말 이상했다. 아주 어려서부터 수진이는 커서 결혼하지 않겠다고 누누이 말했는데 어떤 어른도 수진이의 말을 믿어주지 않았다. 오히려 그런 말을 하는 애들일수록 제일 먼저 시집간다며 겁을 주기 일쑤였다.

물론 수진이는 이기려면 얼마든지 제 어머니를 이겨 먹을 수 있었다.

Q. 혼자 살면 외롭지 않을까?

A. 혼자는 외롭지만 둘은 괴롭다. 두 사람의 괴로운 결혼생활은 새끼에게 해롭다.

Q. 늙은 뒤 고독사가 걱정되지 않는가?

A. 고독사하는 노인네들 대다수가 결혼했고 자식도 있다. 가족도 결국 남이다.

그러나 어머니는 한 번도 딸의 답변을 끝까지 들어주는 법이 없었다. 수진이는 제 안에 차곡차곡 쌓인 발화되지 못한 말들이 어느 날 긴 장마에 둑이 터지듯 흘러넘쳐 '난 죽어도 엄마처럼은 살기 싫다'는 모진 말로 모친의 가슴에 비수를 꽂을까, 그게 늘 겁이 났다.

갓 끓인 미역국은 맛이 없었다.

×××

　서울 강동구의 한 공립 중학교 국어교사인 수진이는 공포의 중2, 2학년 4반 담임이면서 동시에 교내 도서관 담당교사였다.

　국어가 도서관을 맡는 건 체육선생이 체육관을, 과학 선생이 과학실을 관리하듯 당연한 일이었지만 체육관이나 과학실과는 다르게 도서관을 맡으면 교내 독후감 대회, 백일장, 무슨 무슨 날 기념 글짓기 대회, 독서 동아리 지도 등 각종 잡일이 우수수 같이 딸려왔기에 다들 기피했다.

　그러나 모두가 꺼리는 그 자리에 수진이는 자원했다.

　교사란, 여자가 애 키우고 살림하며 겸하기 좋은 직업이어서가 아니라, 부모가 '우리 딸은 중학교 선생님이에요' 남들에게 뽐내기 좋고 남자들이 배우자감으로 가장 선호하는 직업이어서가 아니라 문학을 사랑하고 우리말을 아껴서, 무엇보다 다음 세대를 길러내는 '교육'이란 게 자신을 한번 던져볼 만큼 의미 있고 보람된 일이라 여겨 임용고시를 보아 선생이 됐기 때문이다.

　도서관을 맡은 후로 몸이 고단하기는 했지만, 마음이 침울했던 적은 한 번도 없었다. 난 왜 이렇게 늘 일을 벌일까, 자책하는 척한 적은 더러 있지만 전부 거짓말. 일을 다 도맡아 혼자 하는데도 일 잘한다는 동료 교사들의 평가가 수진이에겐 그 무엇보다도 달콤했다.

그러나 운동회와 백일장, 체험학습과 스승의 날, 학부모 참관수업 등 행사와 공문이 줄기차게 이어지는 5월은 일 좋아하는 수진이에게도 좀 버거웠다.

특히 임시담임이 그랬다. 아침에는 먼저 자신이 담임을 맡은 4반에 들어가 출결과 공지사항을 전달하고 다인 쌤 반인 7반 교실에 가서 방금 했던 짓을 또 반복했다. 오후에는 반대로 7반에 먼저 가 종례를 한 다음 자기 반으로 돌아와 담임이 종례를 안 해줘서 집에 못 간 성난 아이들을 달래야 했다.

그나마 이번 주 목요일은 공휴일, 어린이날이었다. 그날은 수진이의 생일이기도 했지만 하루 학교를 안 나가도 된다는 사실에 그저 감사했다.

몇 년 전만 해도 주변엔 결혼한 친구들이 거의 없었다. 중학교 동창, 고등학교 친구, 대학 동기, 같이 노량진에서 임용고시 스터디를 했던 언니 동생들까지 다 손꼽아봐도 그랬다. 가끔 오래 사귄 남자 친구가 있는 친구들은 요새 부쩍 남자 친구와 결혼 이야기가 오간다는 말은 있었지만 별로 실감이 나진 않았다.

그러다 같이 임용 준비를 했던 세 살 많은 언니에게 태어나 처음으로 청첩장을 받았을 때, 그때 수진이의 느낌은 뭐랄까…… '굳이?'였다.

어학연수 때문에 1년 반 휴학한 수진이는 졸업 후 거의 바로 임용에 붙었지만 수진이가 첫 발령을 받고 무사히 한 학기를 마칠 때까지도 그 언니는 소식이 없었다. 오래 사귄 남자 친구와 적어도 일주일에 한 번은 만나서 데이트를 한다고 하니 당연히 공부 시간도 많이 부족했을 거고, 아침저녁으로 해야 하는 시시껄렁한 연락들 때문에 종일 딴생각을 하느라 집중도 많이 깨졌을 것이다.

그래서 만나는 남자가 있을 때 얼른 결혼이라도 하려는 건가, 임용고시는 자기가 생각해도 답이 없으니까 결혼을 일종의 생활 보장수단 삼아? 근데 그건 너무 위험하지 않나, 같은 생각을 수진이는 몰래 속으로만 했다.

근데 웃기게도 그 언니가 스타트를 끊자 그 뒤로 다 줄줄이 시집을 갔다.

일찍 결혼한 친구들이 시댁 문제나 독박 육아, 독박 살림, 명절 스트레스로 우는소리를 하면 앞에서는 위로해주면서 뒤로는 우린 결혼 안 해서 천만다행이다, 다 같이 안도의 한숨을 내쉬었는데도 그랬다.

임용고시에 붙어 선생이 된 친구들도, 임용을 관두고 일반 회사에 취직한 친구들도, 집이 잘살아서 아예 로스쿨이나 피트 쪽으로 방향을 튼 친구들도 스물아홉부터 모이기만 하면 부쩍 결혼 이야기가 늘더니 서른, 서른하나, 서른둘이 되자 누가 누가 빨리 시집 가버리나 경주라도 하듯 후다닥 면사포를 쓰고 수진이의 인생에서 멀어져갔다.

미혼과 기혼의 비율을 따져보면 6:4 정도였지만 아직 안 한 친구들도 만나는 사람은 다들 있는 상태였고 애인이 결혼에 미적지근한 태도를 보이면 소개팅을 해서 다른 적당한 남자를 물색하는 친구들도 많았다. 그리고 그 경주 속도는 해가 지날수록, 수진이가 나이를 한 살 한 살 더 먹을수록 점점 더 빨라졌다.

"수진이 넌 요새 만나는 사람 없어?"

친구들은 딱히 괜찮은 남자를 소개해주지도 않으면서 이런 질문을 잘만 했다. 물론 수진이는 망혼(亡婚)의 늪에 빠질 생각이 없었으므로 남자 따윈 소개해주지 않아도 괜찮았다.

"그래, 수진이 넌 매력 있으니까 좋은 사람 바로 생길 거야!"

고개를 도리도리 저으면 돌아오는 답변은 늘상 똑같았다. 아마 친구들은 남자 친구가 없는 결혼 적령기 여성은 위로와 동정을 받아 마땅하다고 여기는 모양이었다.

　좋은 친구들이었지만, 그녀들에게 악의라곤 한 톨도 없다는 걸 잘 알았지만 이상하게도 그때마다 수진이는 기운이 빠졌다.

　'결혼은 여자한테 무조건 손해인데. 왜 다들 결혼에 목을 매는 걸까?'

　그나마 친구들은 나은 편이었다. 수진이가 몸을 담고 있는 교사사회는 끔찍할 만큼 보수적이었다. 결혼하지 않은 선생에게는 언제 국수 먹여줄 거냐 닦달이었고 결혼했는데 애는 없는 선생에게는 아이는 언제쯤 가질 거냐고 물었다. 미혼이든 비혼이든 본인의 의사나 인생 계획 따윈 중요치 않았다. 미혼이면서 나이가 삼십 대 중반을 넘어서기까지 했으면 더구나 중죄였다. 나이 든 교사들은 결혼 안 한 동료의 이마에 '노총각', '노처녀'라는 주홍 글자를 매일 아침 다시 새겨줌으로써 자신이 인생 선배의 몫을 다했다고 여기는 듯했다.

　네 죄를 알라는 거였다. 싫으면 시집가라는 거였다.

　그들의 상식에 비추어 볼 때 결혼을 '못'하는 건 있어도 결혼을 '안'하는 건 없었다. 따라서 결혼은 개인의 선택이라기보다는 능력과 노력에 따른 결과였다. '눈을 낮춰라', '눈이 너무 높은 거 아니냐?'는 그들의 말버릇은 결혼이 사랑하는 이와 평생 의지하며 오순도순 함께하기를 약속하는 신성한 계약이라기보다는 외모, 학벌, 직업, 집안, 성격, 재산, 건강 상태 등 개인의 스펙에 요모조모 접수를 매겨 고를 수 있는 선택지 중 최선의 배우자감을 찾는 일종의 매칭 게임이라는 사실을 드러냈다.

물론 아침마다 뉴스를 보고 신문을 읽었으므로 세상에 비혼주의라는 게 있다는 건 그들도 알고 있었다. 하지만 무시했다. 요즘 애들이 철이 없어서, 인생이 얼마나 긴 줄도 모르고 마음대로 지껄이는 헛소리로 여겼으므로.

아주 간혹 어떤 선생님들은 '아이고 요즘 세상에 결혼이 뭐 대수라고. 수진 쌤은 절대로 결혼 같은 거 하지 마. 그냥 혼자 자유롭게 살아. 여행도 다니구.'하며 방패막이가 되어주는 듯했지만 그렇게 말하는 선생들도 모두 기혼자였고 자녀도 있었다.

'결혼하지 말어'소리는 수진이의 선택이 무엇이든 존중하겠다는 뜻이 아니라 시댁과 처가, 배우자와 자식들에 대한 섭섭함과 끝없는 투덜거림의 포문을 여는 일종의 여음구였다.

어기여차, 수진 쌤은 절대 결혼하지 마 —
지국총 지국총, 우리 시어머니 암 걸렸을 때 우리 남편이 —

그냥 연애나 하면서 혼자 자유롭게 사는 게 최고라니까.

아으 동동다리.

그러나 이 모든 결례와 선 넘는 오지랖도 가족 친지들의 그것에 비하면 우스울 뿐이었다.

×××

특별한 약속 없이 수진이는 서른세 번째 생일을 고요히 보냈다.

고등학교 동창 중 두엇은 생일 축하 메시지와 함께 기프티콘을 보내왔고 언제 시간 괜찮을 때 만나 밥이나 한번 먹자는 기약 없는 인사를 남기곤 곧 채팅방에서 사라졌다.

가장 친한 대학 동기들이 모인 단체채팅방에서 잠깐 수진이의 생일이 언급됐지만, 1년에 한 번 스승의 날마다 모여 밥을 먹고 밀린 수다를 떠는 연례행사에서 수진이의 생일파티도 같이하는 것으로 어느새 저들끼리 이야기가 다 끝나 있었다.

대학생 때만 해도 생일날에는 친구들과 모여 떠들썩하게 노는 게 당연했지만 이젠 아니었다. 생일날을 같이 보내야 할 사람은 친구가 아니라 애인과 남편이었다. 공휴일을 맞아 직장에 다니는 친구들은 모두 미술관으로, 공연장으로, 한강으로 남자 친구와 놀러 나간 모양이었고 금요일 하루 연차를 내서 아예 애인과 여행을 떠난 친구도 있었다.

'왜 내 친구들은 다들 남자에 미쳐 살까.'

친구에게 애인 노릇을 바라는 건 절대 아니었지만 다들 당연하게 비슷비슷한 모양으로 나이 들어 살아가고 있는 꼴이 수진이는 어쩐지 좀 가슴 아팠다.

이제 채팅방이 소란스러워지는 건 누군가 또 시집을 가서 브라이덜 샤워 이야기가 나올 때뿐이었다. 시집가는 당사자만 뺀 단톡방에 수진이는 영문도 모른 채 초대됐고 몇 번 비슷한 일이 반복되자 무리 중 가장 앞장서서 브라이덜 샤워를 추진하는 친구는 가까운 시일 내 수줍은 표정으로 모임에 등장해 '얘들아 나 결혼해'하며 청첩장을 뿌리고 간다는 사실을 수진이는 알게 됐다.

백이면 백. 사람 속이란 참으로 깊은 듯하면서도 한없이 얕았다.

목요일에 외출하지 않고 집에서 종일 푹 쉰 덕분인지 주말에는 한결 몸이 가뜬했다. 엄마표 미역국도 맛있었다. 생일 전날인 수요일에 반 아이들이 작은 케이크와 함께 깜짝 생일 파티를 해주긴 했지만 생일 당일에 생일 축하한다고 육성으로 말해준 사람은 같이 사는 부모님뿐이었다.

물론 수진이는 그런 거 아무렇지도 않았다. 생일이 뭐 대수라고.

이번 주말에는 가야 할 결혼식도 없었다. 이번에야말로 기필코 밀린 독서와 영어 공부, 러닝을 한꺼번에 해치울 요량이었지만 5월 8일 일요일은 어버이날.

효(孝) 그리고 어버이로부터 완전히 자유로울 수 있는 한국인이 과연 몇이나 되겠는가.

수진이는 새언니가 가족 단체채팅방에 남긴 식당 위치를 다시 한번 확인했다.

×××

오랜만에 보는 오빠는 안면 가득 기름기가 번들번들 흐르는 게 꼭 만주 개장수 같았다. 임신 준비를 해도 새언니가 하고 임신을 해도 새언니가 할 텐데 배는 왜 오빠 배가 남산만큼 나온 건지 알 수 없는 노릇이었다.

"넌 아직도 만나는 사람 없냐?"

수진이보다 7살 많은 수진의 오빠는 재작년 결혼에 골인했다. 오빠보다 1살 많은 대학병원 간호사가 수진이의 새언니였다. 둘 다 나이가 나이인 만큼 부모님은 애부터 먼저 낳길 바랐지만, 아직 별다른 소식은 없었고 달에 겨우 이백 얼마 버는 오빠가 새언니의 육아휴직이 끝날 때까지 갓난쟁이를 포함한 세 식구를 저 혼자 힘으로 온전히 부양할 수 있을지, 수진이는 의문이었다.

9급 공무원인 오빠보다 간호사인 새언니의 월급이 적어도 세 배는 더 많았다. 오빠는 대학도 삼수, 공무원 시험도 삼수를 해서 월급이 얼마 안 됐지만 졸업하자마자 국가고시에 붙어 지금 다니는 병원에 입사한 새언니는 수간호사 바로 아래 연차였다.

차라리 오빠가 육아휴직을 하고 몸을 푼 새언니가 몸조리가 끝나자마자 일터로 복귀하는 게 먹고사는 문제 하나만 생각하면 더 경제적이었다. 혹은 아예 오빠가 애를 낳던가.

여동생이 속으로 이런 발칙한 생각을 하는지도 모르고 가족들의 결혼 압박으로부터 자유로워지자마자 오빠는 애먼 여동생에게 그간 당한 설움을 마음껏 풀었다.

뭐니 뭐니 해도 사람은 결혼을 해야 비로소 어른이 된다는 부모님의 말씀을 이제야 알 것 같다고, 타인과 함께 한 공간에서 부대끼며 살아보니 사람이 정말 성숙해진다고 떠들었다.

"……아무튼 그래서 내 말은, 결혼을 해야 인간이 된다. 이

말이야.”

“이거 맛있네. 이것 좀 먹어봐요.”

쉴 새 없이 떠들어대는 오빠의 주둥이에 새언니가 붉은 게다리 한 짝을 집어넣어주는 것으로 부드럽게 화제가 전환됐다. 사회생활 경력이 긴 새언니는 ‘은근슬쩍’ 아무도 모르게 남을 챙기고 ‘은근슬쩍’ 분위기를 바꾸는 데 선수였다.

“처가에는 다녀왔니?”

“다음 주에 처남 생일이라고 해서 아예 주말에 내려가보려구요.”

“그럼 장인어른한테 아침에 전화는 한 통 드렸니?”

“아까 드렸어요.”

“그래. 늙은이들 큰 거 안 바란다. 가끔 전화 한 통씩 넣는 게 제일 큰 효도다.”

그러나 부모님과 오빠 사이에 이런 대화가 오갈 땐 별수 없이 저 철딱서니가 얼라의 세계에서 어른의 세계로 넘어간 것처럼 보이는 게 사실이었다.

동기간에 일곱 살이나 차이가 나도 워낙 수진이가 야무지고 오빠가 헐렁했으므로 그전까진 부모님도 오빠보다 수진이를 더 쳐줬지만, 결혼한 뒤부터 부모님은 눈에 띄게 오빠를 어른 대접해줬다. 오직 장가를 갔다는 사실 하나만으로 오빠는 이젠 낳아준 부모도 함부로 범접할 수 없는 독립된 인간으로서 그들과 동등한 위치에 우뚝 서게 된 것이다.

그리고 딱 그만큼 수진이는 어린애 취급을 받았다.

번듯한 직장도, 남부럽지 않은 직업도, 일정한 수입도 있었지만 그것만으로는 부족했던 거다. 결혼하지 않는 한 수진이는 영원히 하자 있는 인간, 미숙한 성인, 어리숙한 애 상태를 벗어날 수 없었다. 친구들도, 직장 동료들도, 가장 가까운 피붙이들도 그 점에선 모두 다 한통속이었다.

수진이는 비혼주의였다. 그건 이유도 설득도 반론도 필요 없는, 있는 그대로의 사실.

하지만 그 길을 가기 위해선 수없이 많은 싸움과 오해, 절망과 비관을 견뎌내야 했다.

영덕대게가 대체 무슨 맛인지도 모르는 채로 5월 첫째 주 주말이 싱겁게 지나가고 있었다.

×××

집에 돌아와 자기 방 침대에 천장을 보고 드러누운 수진이는 이런저런 생각에 잠겼다.

'이 방에서 난 몇 년을 살았지?'

호주로 어학연수를 갔던 1년 반의 시간을 제하면 수진이는 단 한 번도 부모님 슬하를 벗어난 적이 없었다. 어학연수를 가 있을 때도 다른 유학생들처럼 홈스테이나 기숙사에서 산 게 아니라 그곳에 이민 가 있는 막내 고모의 집에서 하숙했으므로 독립이라 하기 어려웠다.

　수진이가 다섯 살, 수진이의 오빠가 열두 살일 때 부모님은 아버지의 직장과 가까운 용인시에 대출을 조금 껴서 방 세 개짜리 아파트를 샀다. 셋방에서 신혼살림을 시작한 부모님은 결혼생활 십여 년 만에 집을 장만해 자식들에게 각자 자기 방을 꾸며줄 수 있다는 사실에 행복해했다. 부엌과 다용도실 옆에 붙어 있는 아들 방에는 비행기와 구름, 헬리콥터가 그려진 하늘색 벽지를, 현관 바로 옆에 붙어 있는 수진이의 방에는 티아라 왕관과 포크, 접시와 크루아상이 그려져 있는 분홍색 벽지를 발라줬다. 도배가 끝난 후에는 아버지의 승용차를 타고 조금 먼 가구단지까지 가서 아들 방에는 어두운 오크색의 학생 가구를 딸아이 방에는 아이보리색 가구를 사와 방 안도 화사하게 꾸며줬다.

　분홍색과 흰색이 교차하는 체크무늬 커튼과 연노란색 침구, 흰 책상과 빛바랜 벽지, 오래전에 빛을 잃은 야광별 스티커가 덕지덕지 붙어 있는 천장 등과 경칩이 낡아 문이 다 닫히지 않는 오래된 옷장, MDF 합판으로 만든 3단 책장, 그 옆에 수진이가 매일 출근 전 쭈그리고 앉아 들여다보는 미니 화장대까지. 이 방 안의 모든 것들이 부모님의 사랑이었으나 수진이의 취향인 것은 단 한 개도 없었다.

×××

한 개인이 최소한의 행복과 자유를 누리기 위해선 연간 500파운드의 고정 수입과 타인의 방해를 받지 않는 자기만의 방이 필요하다.*

×××

다시 한 주가 시작되고 수진이는 일주일 내내 몹시도 바빴다. 이번에는 학교 일 때문이 아니라 집 문제였다. 세상만사 모든 문제를 해결하는 데에는 역시 뭐니 뭐니 해도 머니였고 당장 끌어모을 수 있는 가용현금을 계산해보니 대략 3천만 원 정도였다.

――――――――――――――

* 버지니아 울프 『자기만의 방』

사회생활 7년 차이긴 했지만 공립학교 교사란 워낙에 박봉이었다. 게다가 배정받은 학교마다 집과는 거리가 너무 멀어 취직 후 곧바로 승용차를 구입했기 때문에 생각보다 돈을 많이 모을 수 없었다.

　직장 생활을 할 만큼 한 삼십 대 중반의 여자가 돈을 별로 못 모았을 때 따라붙는 편견과 달리 수진이는 사치에는 관심이 없었다. 남들 다 받는 네일아트나 헤어클리닉, 간단한 피부과 시술, 치아미백도 받아본 적이 없었고 이 나이 이때까지 그럴듯한 명품백 하나 없었다. 필라테스나 요가, 골프, PT 같은 비싼 돈 드는 운동도 하지 않았고 보석이나 향수, 코스메틱 제품을 사 모으는 데에도 취미가 없었다.

　하지만 밑줄을 많이 긋고 책 여백에 자신의 인상을 메모하는 습관 때문에 책은 꼭 빌려 보기보다는 사서 보기를 선호했고 뮤지컬, 전시회, 콘서트도 보고 싶은 공연이 생기면 가능한 한 가장 좋은 좌석을 예매했다. 방학이 되면 가까운 동남아, 일본 아니면 최소한 제주도라도 여행을 떠났고 게스트하우스에서 만난 낯선 사람들과 모닥불 앞에 모여앉아 밤새 술 마시고 대화하며 서로 생각을 나누는 과정을 더할 나위 없이 즐겼다.

　당장 돈이 급한 상황이 오자 그때 저축을 좀 더 할걸, 아쉽긴 했지만 수진이는 지난 선택을 후회하진 않았다.

통장에 찍힌 숫자가 아니라 석양 지는 바닷가의 풍경, 파도 소리, 바람에 섞인 짠 내와 그 시절 우연히 읽은 책의 한 구절, 실제로 보는 순간 전 존재가 압도되는 느낌을 받은 프랑스의 어느 작은 미술관에 걸린 무명화가의 작품이 실제 인생을 구성한다고 믿었기 때문이다.

그러나 하늘 높은 줄 모르고 치솟는 서울의 집값이 그런 반론을 들어줄 리가 없었다. 수진이의 머릿속에 들어 있는 원대한 계획을 실현하기 위해서는 보증금 1억이 필요했다. 모자란 금액은 7천만 원 정도. 걱정은 없었다. 돈 나올 구멍이 하나 있었으니까.

×××

스승의 날 모임에 모인 친구들은 모두 7명이었다. 그중 3명이 기혼이었고 직업은 교사, 학원 강사, 대학원생, 패션지 에디터, 전업주부, 공기업 근무 등 다양했다.

"근데 수진이 넌 요즘 뭐 하고 지내?"

요새 뭐 하고 사는지에 대한 폭풍 같은 질의응답 과정이 한 바퀴 돌고 마지막으로 수진이 차례였다. 수진이는 테이블 한 가득 시킨 동남아 음식이 입으로 들어가는지 코로 들어가는지 모를 정도로 그때까지 오직 한 생각에만 깊이 몰두해 있었다.

지난 일주일 동안 머리가 빠지도록 구상한 계획을 발표했을 때 가장 친한 친구들이 보일 반응이 궁금했기 때문이다.

"나 이제 부모님 집에서 나가려고."

"오, 동거?"

애써 아무렇지 않은 척 담담하게 서두를 꺼냈는데 공대생 남자 친구의 자취방에서 꽤 오랫동안 동거하며 소꿉놀이를 즐기다가 서른이 되자마자 번갯불에 콩 구워 먹듯 후다닥 시집간 친구 하나가 초를 쳤다.

"아니. 그냥 지금 집이랑 학교가 너무 멀어서 학교 근처에 아파트 하나 얻으려고."

"아파트? 대박! 수진이 너 청약 당첨됐어?"

"아, 아니. 내 월급에 무슨 아파트. 학교 근처에 괜찮은 매물이 하나 나왔더라고."

"몇 평인데? 전세야? 와 송파구면 전세도 엄청 비쌀 텐데."

"아 아니. 그런 거 아니야. 그냥 반전센데―"

본가가 지방에 있어 스무 살 때부터 기숙사, 고시원, 하숙, 옥탑방, 반지하 등을 전전해본 친구는 혹시 엄마랑 싸운 거면 얼른 화해하라며 부모님이랑 같이 사는 게 최고라고 수진이를 설득했다. 집 나가 살면 그 순간부터 돈 모으는 건 불가능하다는 게 이유였다.

반면 평생 부모님 집에서 같이 살다가 재작년 결혼한 친구는 자기는 자취에 로망이 많았다며 집도 다 자기 스타일대로 꾸미고 친구들이랑 자취방에서 파티도 하면 얼마나 좋냐며 결혼하면 그런 건 꿈도 못 꾼다고 또 자기 신랑 이야기로 돌아가려고 했다.

"야, 근데 반전세면 너 좀 부담되겠다. 아파트라며? 그 동네는 월세 많이 비싼가?"

"1억에 180. 관리비까지 하면 200."

"뭐?"

"49평이고 8층이야. 방은 네 개, 화장실 두 개. 5분 거리에 가락역 있고 시장이랑 마트도 있고 아무튼 있을 건 다 있어. 1억? 요새 그게 돈이니? 전셋값 엄청 뛴 거 니네들도 알지? 그래서 아예 비혼하는 친구들 좀 모아서 쉐어하우스 식으로 한번 해볼려고. 한 달에 사십만 원만 내면 아파트에서 살 수 있는데 얼마나 좋아? 보증금은 내 돈으로 내고 계약하니까 들어오는 사람들은 사실 보증금도 없어. 장 본 것도 다 n분의 1로 계산하니까 돈도 덜 들고 풍족하고 여자들끼리 모여 사니까 혼자 사는 것보다 훨씬 안전하고."

겨우 여기까지 숨도 쉬지 않고 말했을 때 식당 내부엔 십 초쯤 정적이 흘렀다. 강남역 근처 동남아 음식점 벽에 걸린 거대한 스크린에서는 희한하게도 인도영화가 나오고 있었다.

　"어…… 괜찮다."

　"근데 좀 아깝다. 교사들은 대출도 잘 나올 텐데 그냥 대출 좀 받아서 원룸 전세 찾아보지. 그게 더 낫지 않아?"

　"어?"

　"남이랑 같이 사는 거 진짜 스트레스잖아."

　친구들의 반응은 수진이의 예상과는 영 달랐다. 대체 왜? 수진이는 이해할 수 없었다.

　자취를 오래 해본 친구 한 명만이 원룸을 구해서 혼자 사는 것을 권장했고 결혼한 친구들이나 부모님과 함께 사는 친구들은 오직 '괜찮다'는 말 외에는 별다른 반응이 없었다.

　수진이는 국어교사였다. 한국 사람들이 의견이나 감상을 물었을 때 '괜찮다'고 대답하는 건 진짜 괜찮아서가 아니라, 모난 돌이 정 맞는 한국 문화에서는 '좋다'의 반대말로 '싫다' 대신 '괜찮다'를 쓰기로 언중들이 무의식중에 합의했기 때문이란 걸 알고 있었다.

　괜찮다.

×××

원수는 외나무다리 위에서 만나고 여고 동창은 부동산 사무실에서 다시 만난다.

졸업 후 14년 만에 수진이가 소희를 재회한 곳은 송파 행운 부동산 사무실 앞이었다.

수진이가 마련할 수 있는 예산 안에서 가장 넓고 방이 많은 선택지인 가락동 아파트의 소유주가 늙수그레한 노인네가 아니라 그녀와 동갑내기인 33세 기혼 여성이라는 사실은 집을 보러 가기 전부터 귀에 못이 박이게 들어서 잘 알고 있었다.

원래는 한의원과 대형 약국을 운영하는 어느 노부부 소유였는데 그 댁 외아들은 좋은 학교 나와서 무슨 대기업인가에 다니고 며느리로 들어온 여자는 키도 크고 늘씬한 스튜어디스. 시부모는 길 바로 건너에 있는 다른 아파트에서 살고 아들 내외만 그 집에 들어가서 살다가 신혼부부 청약에 당첨되어 위례 신도시로 이사하고, 가락동 아파트 명의는 아들 부부 앞으로 쿨하게 이전해줬다는 믿거나 말거나 아무튼 전설적인 이야기였다.

"그러게. 암튼 여자는 무조건 이쁘고 봐야 한다니까요! 안 그래요, 선생님?"

중년의 여성 공인중개사는 그 젊은 신혼부부가 얼마나 다정한지, 키가 다들 훤칠하고 인물이 좋은 게 아주 선남선녀라고 했다. 그러다 수진이의 직업을 듣더니 교사라면 세입자로 와달라며 집주인도 절대 싫어라 하지 않을 거라고 장담했다.

　보증금 1억 중 천만 원을 먼저 계약금으로 넣고 나머지 9천만 원을 송금한 뒤 계약서에 서명, 주민센터에 가서 전입신고를 하고 확정일자를 받으면 끝이었다. 생전 처음 부동산 계약을 해보는 수진이는 융자가 잔뜩 껴 있는 문제 있는 집에 들어가게 되면 어떡하나, 걱정이 이만저만이 아니었는데 막상 실제로 해보니 별것도 아니었다.

　보증금 1억 중 수진이의 돈 3천을 제외한 나머지 금액은 부모님이 채워주셨다.

　어렸을 때 위로는 오빠 둘, 아래로는 남동생 사이에 끼여 외할머니에게 온갖 차별과 멸시, 구박을 다 받아온 수진의 어머니는 아들딸 두 남매를 그 어떤 차별도 없이 똑같이 사랑을 줘서 키워냈다는 것에 굉장한 자부심을 가진 양반이었다. 그러나 그건 그거고 딸보단 장남한테 훨씬 많은 돈이 흘러 들어갔다는 건 부정할 수 없는 사실이었다.

　수진이는 이 점을 누누이 말했고 그때마다 수진의 모친은 엄마 아빠도 다 알고 있다며 정확히 계산해서 나중에 다 보상하겠다는 말로 딸내미의 울화통을 살살 달랬다.

"엄마 아빠 죽으면 이거 다 누구 거니? 우리가 미쳤다고 설마 이 집을 수형이 그놈한테 줄까? 네 오빠? 걔 어디 가서 사기당해서 집문서나 안 날려먹음 다행이지. 봐라. 우리 수형이 걔 장가갈 때 돈 한 푼 안 보태줬다. 너 그거 알지? 걔넨 다 저들 힘으로 결혼했어."

물론 수진이는 아버지가 예식장 꽃값과 양가 상견례 비용, 신랑 측 하객 밥값을 신용카드로 결제해줬다는 사실을 알고 있었지만, 어머니가 저렇게까지 핏대 세우며 말씀하시니 일단은 모르는 척했다.

"엄마 나 시집갈 때 얼마나 줄 거야?"

"너 남자 생겼니? 그건 갑자기 왜?"

"나 시집갈 때 줄 돈 미리 좀 줘. 학교 못 다니겠어."

용인에서 강동구의 학교까지 매일 아침 졸음운전까지 해가며 출퇴근하는 게 더는 못 할 짓이라며 수진이는 거짓말을 했다. 학교 근처에 1억짜리 전셋집을 찾았는데 나머지 7천만 원을 채워주면 그 집에서 자취하며 학교 다닐 것이고 만약 못 채워준다면 당장이라도 학교에 휴직계를 제출할 것이라고 수진이는 모친을 협박했다.

"넌 7천이 누구 집 개 이름이니? 그리고 그 정도면 엄마한테 미리 말을 좀 하지. 기다려봐. 이따 아버지 들어오시면 이야기 좀 해보고."

　시일이 좀 걸리긴 했지만 돈을 타내는 건 생각보다 수월했다. 다 제 오빠 수형에게 배운 수법이었다. 아무리 집에 돈이 없다, 돈이 없다, 우는 소리를 해도 돈 나올 구멍은 있었고 그렇게 부모님이 마련해낸 피 같은 돈은 원수 같은 장남, 수형의 똥구멍으로 들어갔다.

　대학도 삼수, 공무원 시험도 삼수. 수진이는 대학도 장학금을 받고 다녔지만, 수형이는 4년 내내 대학에 생돈을 가져다 바치며 겨우겨우 졸업한 대단한 위인이었다.

　최소한으로 잡아도 그간 수형에게 투자된 돈이 수진이보다 1억 원은 더 될 테니 통장에 찍힌 7천만 원이라는 숫자를 보면서도 수진이는 별다른 양심의 가책을 느끼지 못했다.

　돈을 마련해내는 것보다 더 어려운 건 자꾸만 어디에 집을 구했는지, 그 집 등기부 등본은 깨끗한지, 이사할 때 우리가 가서 뭐 도와줄 건 없는지 사사건건 참견하며 궁금해하는 모친을 집에 와보지 못하게 하는 거였다. 아무리 엄마가 부동산을 몰라도 서울 한복판에 방 네 개짜리 아파트를 단돈 1억에 전세로 구했다는 말을 믿을 리는 없었다.

　근데 그렇게 어렵게 구한 월셋집의 주인이 소희라니. 수진이보다 5분 늦게 부동산에 도착한 소희는 상어처럼 늘씬한 은색 벤츠를 끌고 왔다. 부동산 소파에 앉아 녹차를 홀짝이던 수진이는 단박에 그녀를 알아봤지만 중개사의 말과 다르게 집주인 소희는 정작 세입자가 누구인지는 별 관심 없다는 듯 중개사가 찍으라고 짚어주는 곳에 인감을 착착 찍어나갔다.

"신혼부부가 들어가서 살던 집이라 도배한 지도 얼마 안 됐고 아주 깨끗해요. 그리고 선생님이 들어오시는 거니까. 걱정 없죠?"

"그럼요."

잘 관리된 소희의 연분홍빛 손톱과 왼손 약지에 껴 있는 은색의 결혼반지, 그녀가 입고 걸친 물건들의 세련됨과 윤기가 흐르는 검은 머릿결, 연한 화장과 고르고 섬세한 흰 치아 따위를 수진이는 맹렬히 관찰했다. 그렇게 빤히 쳐다보는데도 소희는 수진이의 시선을 의식하지 못하는 건지 일부러 무시하는 건지, 단 한 번도 이쪽을 제대로 보지 않았다.

"고등학교 때 담임선생님이 최용수 선생님 아니셨어요?"

"네?"

"3학년 때는 수학 선생님. 홍진희 선생님이었고."

그제야 소희는 수진이를 보았다. 이름이 잘 기억나지 않는지 잠시 이마를 찌푸리긴 했지만 금세 사라졌고 계약서에 적힌 수진의 이름을 슬쩍 커닝하더니 예의 그 스튜어디스다운 아름다운 미소를 지어 보였다.

"어머. 너 부반장 맞지? 오랜만이다. 수진이 너 선생님 됐구나!"

5월의 어느 볕 좋은 주말, 그렇게 33세 동갑내기 여고 동창생은 14년 만에 부동산 사무실에서 재회해 매달 말일 세를 내고 세를 받는, 집주인과 세입자 관계가 되었다.

가지 않은 길

by. 블루스타킹

'옛날 옛적 한 왕국에 아름다운 공주님이 살았습니다'라는 구절로 시작하는 수많은 전래동화를 떠올려보자.

신데렐라, 백설 공주, 잠자는 숲속의 공주, 라푼젤, 미녀와 야수……

작품마다 공주님의 이름과 머리카락 색깔, 드레스 장식에 약간의 차이가 있을 뿐, 우리는 아름답고 상냥한 공주님이 온갖 고초를 겪은 뒤 이웃 나라 왕자님을 만나 결혼에 골인해 '오래오래 행복하게' 살았다는 걸 알고 있다.

하지만 정말일까?

그 어떤 동화에도 왕자님과 결혼한 뒤 공주님의 하루하루가 어땠는지는 묘사되지 않기에 우리는 '오래오래 행복'했다는 그 말이 부디 사실이기를 그저 철석같이 믿는 수밖엔 없다.

무도회나 드레스, 요정 혹은 호박 마차와는 백만 광년쯤 동떨어진 한 국에서도 생애 한 번쯤은 성인 여성들에게 어릴 적 읽었던 동화책 속 공주님이 될 기회가 주어지는데 내가 생각하기에는 결혼식이 바로 그 렇다.

한참 공주님 혹은 마법 소녀 이야기에 푹 빠져 있을 미취학 아동도 아 닌, 다 큰 성인 여성이 뒤늦게 일가친척들을 다 불러 모아 놓고 하루 날 잡아 공주님 놀이를 하는 게 몹시 당황스럽긴 하지만, 늙은 아버지의 팔짱을 끼고 천천히 버진로드를 걸어 들어가는 친구의 뒷모습을 바라 보며 나는 그들의 이야기가 동화처럼 '오래오래 행복하게 살았습니다' 로 끝나기를 간절히 기도하는 수밖엔 없었다.

"잘 살아!"

그러나 현실은 동화가 아니라는 걸, 우리는 누구보다 잘 알고 있다.

지난 주말 생애 49번째 청첩장을 받아 강남의 한 보급형 웨딩홀에 또 다시 하객으로 참석한 나는 그 옛날 읽었던 동화책 속의 공주님과 놀 랍도록 비슷한 차림을 한 채 순백의 버진로드를 걸어 들어가는 친구를 바라보며 한국인이 가장 애송하는 로버트 프로스트의 명시(名詩), '가 지 않은 길*'을 떠올렸다.

---

* 로버트 프로스트 「가지 않은 길」

The Road Not Taken
가지 않은 길

by Robert Frost
로버트 프로스트

TWO roads diverged in a yellow wood,

And sorry I could not travel both

And be one traveler, long I stood

And looked down one as far as I could

To where it bent in the undergrowth;

노랗게 물든 숲속에 두 갈래 길이 있었습니다.

몸이 하나여서 두 길을 모두 가지 못하는 것이 안타까워

오래도록 서서 한 길이 덤불 사이로 굽어지는 곳까지

멀리, 저 멀리까지 내다보았습니다.

Then took the other, as just as fair,

And having perhaps the better claim,

Because it was grassy and wanted wear;

Though as for that the passing there

Had worn them really about the same,

그리고는 다른 길로 나아갔습니다. 똑같이 아름답지만

더 나은 길처럼 보였습니다.

풀이 무성하고 닳지 않은 길이니까요.

그 길도 걷다 보면

두 길은 똑같이 닳을 것입니다.

And both that morning equally lay

In leaves no step had trodden black.

Oh, I kept the first for another day!

Yet knowing how way leads on to way,

I doubted if I should ever come back.

까맣게 디딘 자국 하나 없는 낙엽 아래로

두 길은 아침을 맞고 있었습니다.

아, 다른 길은 후일을 위해 남겨두었습니다!

길이란 길과 이어져 있다는 걸 알기에,

다시 돌아오지 못할 것이라 생각하면서요.

I shall be telling this with a sigh

Somewhere ages and ages hence:

Two roads diverged in a wood, and I—

I took the one less traveled by,

And that has made all the difference

나는 한숨을 쉬며 말하겠죠.

까마득한 예전에:

두 갈래 길이 있었습니다. 그리고 나는—

나는 사람들이 적게 간 길로 나아갔고,

그것이 모든 것을 바꾸었다고.

×××

수많은 인생의 선택지 앞에서 우리는 고뇌한다. 그리고 선택에는 언제나 책임이 따른다. 자신의 선택에 온전히 책임지기 위해 노력하는 사람. 그게 내가 생각하는 어른의 정의다. 따라서 어른이란 신분이라기보다는 자격에, 자격보다는 과정에 가깝다.

인생을 얼마나 진지하게 생각하는지, 수많은 생의 선택지 앞에서 어떤 결정을 내리며 그 결과를 어떻게 받아들이는지, 자신의 선택이 타인 그리고 더 나아가 공동체에 미칠 영향에 대해 충분히 숙고하는지. 삶을 대하는 그의 태도와 자세에서 우리가 그가 어른인지, 나이만 헛먹은 성인인지 판단한다. 따라서 어른 됨의 과정은 이토록 지난하기만 하다.

한편 여태껏 어른이 되기 위한 필수 과정으로 여겨졌으나 어느새 선택의 영역으로 넘어간 것들도 있는데 최근 한국사회에선 결혼이 바로 그렇다.

당신은 어떻게 생각하는가? 그래, 이쯤 읽었으면 눈치챘겠지만 나는 비혼주의자다.

한국인이기도 하며 여성이고 나이는 33세. 직업은 교사다. 인서울 4년제 대학을 졸업했고 중도좌파로 자신을 호명하며 스무 살이 넘어 투표권이 생긴 이후로는 늘 진보 정당 쪽에 한 표를 행사해왔다.

동시에 나는 뼛속까지 어쩔 수 없는 골수 중산층—화이트칼라이며 대기업 다니는 아버지와 전업주부인 어머니, 아들 하나, 딸 하나로 구성된 한국사회의 전형적인 4인—정상 가족(물론 나는 정상 가족이라는 말 자체가 비정상적이라고 생각하지만) 이데올로기를 그대로 흡수한 집안에서 태어나 평생을 가난도 부유함도 모르는 채로 평범하게 자랐다. 그리고 별 이변이 없는 한 아마 그렇게 늙어갈 것이다.

이쯤에서 톤을 바꿔 트위터 식으로 자기소개를 하자면 나는 헤테로 시스젠더 여성이며 온건 페미니스트다. SNS는 인스타그램과 블로그를 운영하고 있고 재테크보다는 명상에 더 관심이 많으며 주말에는 주로 합정동 근처의 독립 서점과 신촌의 아트 시네마, 인사동 미술관 근처를 고양이처럼 살금살금 배회하며 혼자만의 시간을 보낸다. 취미는 하늘 사진 찍기와 여행지의 엽서 모으기. 좋아하는 작가는 김애란, 편혜영, 정세랑이며 『두근두근 내 인생』은 거짓말 안 하고 백 번은 읽은 것 같다. 가장 애정하는 아티스트는 백예린과 아이유이며 인생 영화는 「라라랜드」, 인생 드라마는 「나의 해방일지」이다.

어쩌다 한 번 비행기를 탈 땐 예의 그 어마어마한 탄소배출량에 대해 심한 죄책감을 느끼긴 하지만 그러면서도 방학이 되면 비행기를 타고 훌쩍 떠나는 먼 여행을 즐긴다는 게 내가 생각하는 나라는 인간의 어쩔 수 없는 모순이다.

비록 완벽한 비건은 아니지만 지나친 육식주의와 인간중심주의가 지구 생태계와 동물권에 미치는 악영향에 대해서도 관심이 많으며 무려 13년 전 대학교 입학식에서 받은 모교의 대학 마크가 쩌렁쩌렁하게 박혀 있는 낡은 하늘색 텀블러를 아직도 애용하고 있다.

탄산음료는 마시지 않고 담배는 한 번도 펴본 적이 없으며 술은 조금 한다. 그리고 자가용이 있어서 매일 아침 출퇴근을 위해 장거리 운전을 한다. 무례한 인간이 끼어들기를 시도하면 가끔은 꽤 터프해진다.

그러나 '나'라는 인간을 구성하는 이 수많은 정체성과 키워드 중에서도 국적과 성별, 나이와 직업, 성 정체성과 정치적 입장 등에 앞서 무엇보다도 나는 내가 '비혼주의자'임을 제1순위로 강조하고 싶다.

왜냐하면…….

나는 이제부터 가지 않은 길을 가려 하기 때문이다.

#02
자아실현의
욕구

오승은(28세, 프리터, 4년제 애니메이션학과 휴학)

모든 종류의 구속(拘束)을 나는 혐오한다.

내가 남을 구속하는 것도, 남이 나를 소유하려 드는 것도 마찬가지다. 색즉시공(色卽是空) 공즉시색(空卽是色) 이 세상을 구성하는 만물은 시간이 지남에 따라 점차 변하기 마련이고 영원한 것은 절대 없다. 나의 마지막 아이돌, 지드래곤도 그렇게 노래하지 않았던가.

나의 부모님은 그 시절 정형화된 엘리트 코스를 밟아온 대단한 집안의 자제분들로 나의 외조부는 외교관, 친조부는 은행장과 3선 국회의원을 역임하셨다. 더한 집안에 비하면 사실 별것도 아니지만 아무튼 부모님은 이에 대한 긍지가 대단했고 자신들의 핏줄 속엔 '명예'라는 이름의 보이지 않는 다이아몬드가 표표히 흐르고 있다고 믿으셨다.

절도와 규율, 명예에 대한 존경심으로 가득 찬 숨 막히는 이 집안에서 환쟁이인 나는 평생 돌연변이 취급을 받았다. 도대체 누굴 닮았는지 공부 머리는 지지리도 없고 한글도 구구단도 겨우겨우 뗐다. 공부도 못하는 주제에 어른 말씀에 꼬박꼬박 말대답하기를 잘했고 책만 펴면 집중력이 3초를 안 가서 학부모 상담 때 담임이 '아동 ADHD'의 가능성을 조심스레 내비치기도 했다.

내가 유일하게 집중력을 보일 때는 오직 낙서할 때뿐이었는데 교과서 구석탱이에 졸라맨을 그리며 낄낄대던 나를 본 어머니는 책 파는 건 답이 없다는 판단 아래 일찍이 예체능 쪽으로 방향을 전환, 어린 나를 미술 학원에 처넣고 무섭게 굴리며 선화예중, 선화예고를 거쳐 서울대 미대에 들어가 그나마 남은 체면을 세워줄 것을 종용하셨다.

웬일인지 예중, 예고까지는 운이 좀 따라줬다. 문제는 대학이었다. 노력이면 세상만사 안될 게 없다는 부모님의 신앙과 달리 사실 미대 입시는 1등부터 꼴등까지 주르륵 줄을 세우는 게 불가능했다. 자리 위치, 주제, 옆에 있는 그림, 당일 아침 교수의 숙취 여부까지…….

그건 노력으로도 치성으로도 정신력으로도 안 되는 일이었다.

재수, 삼수, 사수…….

사수까지 하자 꼭 서울대 미대일 필요는 없다며 부모님은 우린 홍대 미대, 한예종까지도 괜찮노라, 용서해주겠노라 윤허해주셨지만 홍대 교문이 무슨 개구멍도 아니고. 나는 오수 끝에 스물다섯 살 나이에 한예종 애니메이션학과에 입학할 수 있었다.

애니메이션.

지브리 스튜디오의 영화가 해외 아카데미상을 휩쓸고 한국의 웹툰이 일본 만화시장에 진출하는 새 시대가 왔음에도 부모님께 만화, 영어로 애니메이션은 애들 만화 그 이상도 그 이하도 아니었다. 한마디로 예술이 아니었던 거다.

남들 보기 좋게 바이올린, 피아노, 하다못해 사돈의 팔촌처럼 발레 같은 걸 하면 얼마나 좋냐고 간판장이가 웬 말이냐며 길길이 뛰는 부친을 우리 집안에도 이제 예술가 한 명 나올 때 됐다는 말로 어머니가 달랬을 때, 그때 나는 나를 포박한 이 지독한 올가미의 정체를 깨달았어야 했다.

움직이는 졸라맨. 피어나는 꽃. 뻐큐, 똥. 이 모든 것들이 어떻게 예술이 아닐 수 있을까.

대학에 입학하자마자 나는 그 집을 나왔다.

이남희(43세, 중소기업 사무직, 4년제 전산학과 졸업)

미래를 생각하면 갑갑하다.

언제부터 그랬을까? 아마 내 나이 앞자리가 4가 된 이후부터였던 것 같다. 하루아침에 천지개벽이라도 한 것처럼 그때까지 나만 보면 들숨에 결혼, 날숨에 시집, 제발 너도 얼른 시집 좀 가라 노래 부르시던 부모님께서 결혼하라 닦달하기를 그만두셨다.

그런 부모님께서 누구네 집 막내가 이번에 결혼한다는 소리를 내 앞에서 하시다가 '어머? 너 거기 있었니? 지금까지 우리 한 말 다 듣고 있었니?' 흠칫 놀라실 때, 그래 아마 그때부터 내 가슴이 앞날만 생각하면 이토록 답답했던 것 같다.

생각해보면 어린 시절부터 엇나갔던 적은 단 한 번도 없었다. 근데 그건 우리 집에선 별 자랑거리도 못 됐는데 언니는 의사, 오빠는 판사이기 때문이다. 학교에 가서 종일 멍만 때리다가 돌아오는 나와 달리 그들은 태생부터 우수했다. 얌전한 데다가 모범적이었고 효심과 우애가 깊었으며 공부까지 잘했다.

"당연히 남희도 서울대지?"

주변 어른들의 그런 기대가 내가 영원히 충족시켜줄 수 없는 종류의 기대란 걸 알아서 스스로가 좀 창피하긴 했지만, 먼저 낳은 잘난 두 놈만으로도 자식 농사는 이미 차고 넘치게 지은 부모님께서는 나한테는 별 관심도 없으셨다. 그냥 평범하게만 자라나길 비셨다.

평범(平凡)

적당히 성적 맞춰 대학에 들어가고 졸업 후에는 안정적인 회사에 취직. 몇 년 만나던 남자와 늦어도 삼십 대 초반 결혼 적령기에 식을 올리고 일이 년쯤 신혼을 즐기다 첫째 출산. 육아를 위해 회사를 관둔 뒤 전업주부로 변신. 첫째가 어지간히 커서 유치원에 갈 즈음 둘째 탄생. 애들 돌잔치, 지인 결혼식, 애들 입학식, 운동회, 소풍, 졸업식, 앓으면서 커가는 아이들의 잦은 병치레와 시부모님과 친정 부모의 입원과 퇴원, 적당한 행복감과 안정감. 더도 말고 덜도 말고 딱 남들만큼의 불운. 그리고 장례식.

그게 부모님께서 나에게 기대한 평균치의 삶이었고 꽤 오랫동안 나도 그게 전혀 불가능한 꿈은 아니라고 생각했다. 우린 모두 꿈을 꾼 것이다. 너무 길어서 꿈인 줄도 몰랐던 그 꿈.

돌이켜보면 뭐가 문제인지 어린 나는 이미 눈치를 채고 있었다. 모른 척하려야 할 수가 없었다. 매일 아침 학교 가기 전 세수할 때마다 거울 속에 이미 그 답이 있었으므로.

"너는 공부 지인짜 잘해야겠다."

내가 초등학교 2학년, 오빠는 초등학교 6학년 때 우리 집에 놀러 온 오빠 친구 중 한 명이 힐끗 나를 돌아보더니 그렇게 말했다.

그렇다. 나는 못생겼다. 못생겼단 말로 표현이 안 되는 박색(薄色). 전래동화를 보면 아름다운 여자들은 온갖 고난과 고초를 겪다가도 꽃신을 신고 원님에게 시집가서 천년만년 행복하게 잘 살지만, 박색인 여자들의 끝이 어땠는지는 나오지 않는다.

못생긴 여자들은 행방불명된다.

김은혜(47세, 동네 한의원 데스크 근무, 여상 졸업)

지나온 날들을 돌이켜보면 웃음이 난다.

놀라울 만큼 나쁜 선택지만 골라대는 부모님과 이사할 때마다 점점 더 낡고 누추해지는 비좁은 집. 그 와중에 속속 태어나는 어린 동생들과 한 번도 제때 납부해본 적 없는 육성회비와 일하러 나간 엄마를 대신해 일찍부터 도맡아 했던 집안 살림. 쌀통 밑바닥 긁히는 소리를 들었을 때의 가슴 철렁함과 노상 돈이 없다 노래를 하면서도 정작 일하러 나가진 않았던 아버지와 한밤중 빚쟁이들의 급습. 우리 여기 없다고 하라며 비키니 옷장 안으로 숨어들던 부모님의 겁먹은 표정과 일상이었던 단수, 단전. 잠들지 못하는 밤.

열여섯, 어린 동생들 라면이라도 실컷 먹게 해주고 싶어서 지원했던 여상과 열아홉, 충무로의 작은 무역 회사에 입사한 후 회식 날 난생처음 먹어본 소주의 맛까지. 다행히 나는 참을성이 강했고 참는 것 말곤 내 인생에 별다른 수가 없다는 걸 깨달을 만큼은 똑똑했다.

줄줄이 딸린 동생들을 어떻게든 고등학교까지는 보내 적당한 자리에 취직시켜 제 밥벌이를 하게 하고 절대로 우리 부모님처럼은 살지 않게 가르치는 것. 착하고 무던한, 성실한 사람과 결혼해 저축도 하고 아이도 낳아 기르고 그렇게 소박하지만 행복하게 살아가는 모습을 지켜보는 것. 갚아도 갚아도 어디선가 튀어나오는 부모님의 빚을 갚고 동생들 학비를 대는 데 바빠 나 자신의 행복은 일찌감치 포기했지만 대신 내 형제들이 낳은 조카 녀석들에게 사랑을 주고받는 게 내 몫의 행복이려니 여기려 했다.

졸업 후 하나둘 직장에 나가 밥벌이를 시작한 동생들이 빚 갚는 데 한 푼 두 푼 돈을 보태기 시작하면서 우리 오 남매는

십칠 년 만에 부모가 남긴 유일한 유산, 지긋지긋한 빚더미에서 해방될 수 있었다.

근데 그러고 나니까 거짓말처럼 부모님이 쓰러졌다. 아버지는 폐암이었고 어머니는 자궁암과 위암이었다. 그때 내 나이가 서른일곱. 열 살 넘게 차이 나는 가장 어린 막냇동생까지 시집 장가를 다 들인 이후라는 게 그나마 위안이었다.

십 년을 병원 간이침대에서 살았다. 대통령이 세 번 바뀌었고 한 줄에 1,500원 하던 지하 식당가 김밥이 3,500원이 됐다. 고단하기는 했지만 비싼 간병인 월급을 생각하면 내 몸으로 때우는 게 천번 만번 옳았다. 다행히 동생 중엔 이제 좀 잘 살게 된 놈도 있어서 병원비를 대느라 빚을 또 지지는 않아도 됐다는 게 하나님께서 우리 오 남매에게 베푸신 은혜요, 그분의 광영이었다.

그렇게 질질 시간을 끌던 부모님은 어느 봄날, 하루 사이를 두고 차례대로 운명하셨다. 사람들은 그걸 보곤 천생연분이라고 했다. 자식들에게 짐 되기 싫어서 한꺼번에 상 치르라고 아버지도 그냥 어머니를 따라 일찍 가신 거라고, 그게 자식들은 죽어도 알 수 없는 부모 마음이라고.

그 말을 들은 우리 오 남매는 그냥 빙긋이 웃었다.

황한나(37세, 인터넷 쇼핑몰 운영 겸 인플루언서, 4년제 국문학과 제적)

나는 욕심이 많다.

만약 인터넷이 없는 시절에 태어났다면 나 역시 영광 그 촌바닥에서 이게 썩는 건 줄도 모르고 영원히 썩었을 거란 게, 딴 일을 하다가도 그 생각만 들면 언제 어디서든 온몸에 부르르 한기가 돈다.

서울에서 태어나 돈 많은 서울 부모 밑에서 큰 서울 애들은 저들이 얼마나 축복받은 인생인지 모른다. 서울대 갈 정도가 아니라면 지방 사는 계집애들은 제깟 게 감히 고향을 등지는 게 불가능하다. 기껏해야 다른 지방에 사는 남자에게 시집가는 것 정도?

사내놈들이야 서울 안의 삼류대학만 붙어도 우리 창원 황씨 집안의 대들보 소리를 들으며 힘닿는 데까지 돈을 마련해 어떻게든 상경시켰지만, 서울과 지방의 시간은 조금 다르게 흐른다는 걸 이젠 모두가 좀 알아야 한다.

애니웨이.

나는 공부 머리가 나빠서 서울대 갈 실력은 전혀 아니었지만, 다행히 특기가 하나 있어서 서울대에 안 가고도 서울에 가서 살 방법이 하나 있었다.

모친은 여객터미널 근처에서 술집을 하나 운영했는데 접대부가 나오는 그런 술집은 아니었지만 단골이 있어서인지 그럭저럭 돈을 좀 벌었고 이 집에 자식은 나 하나뿐이라 나는 일찌감치 중학생 때부터 서울로의 출분을 꿈꾸었다.

기숙사가 있는 학교. 안양예고의 문예창작과에 합격하는 게 나의 목표였다. 문예창작과야 고양예고에도 하나 있었지만 서울로 놀러 가기에는 고양보단 안양이 훨 나았다.

이제 와 돌이켜보면 글쓰기 과외 한 번 안 받아본 내가 예고 문창과 실기에 붙을 수 있었던 건 다독, 다작, 다상량 뭐 그런 허무맹랑한 착실함 때문이 아니라 순전히 교내 도서관 구석에서 발굴해낸 몇 년도 전국 백일장 수상 작품 모음집 덕이었다.

그건 그냥 노다지였다. 나올 만한 실기 주제는 거기 다 있었고 어떻게 써야 합격인지, 장원(壯元)부터 차하(次下)까지 전국에 난다 긴다, 글 좀 쓴다 하는 애들이 쓴 모범답안과 심사위원들의 평을 한눈에 확인할 수 있었다.

뒤집어보니 그 책은 비매품이었고, 너무도 간절했던 나는 그 책을 훔쳤다. 별로 죄책감을 느끼진 못했다. 어차피 나 아니면 그 시골 똥통 학교에 그 책을 읽을 만한 사람도 없으니까.

남들의 감수성, 남들의 고뇌, 남들의 문장을 살짝살짝 베

껴서 그럴듯한 '내 글'을 쓰는 데 나는 선수였다. 몇 번 해보니까 끙끙거리며 나오지 않는 내 글을 짜내는 거에 비해 결과물도 훨씬 좋았다.

봄, 문병, 편지, 손가락, 창문, 공중전화 박스.

덜렁 이런 단어들만 보고 원고지 10매 내외의 글을 앉은 자리에서 써내는 게 중학생에게 가능하다고 생각하는가? 솔직하냐, 솔직하지 못하냐 차이일 뿐 난 내 동기들 모두 나와 비슷한 방식으로 합격했다고 믿는다.

열일곱. 그렇게 영광에서 올라와 안양의 한 하숙집에서 하숙하게 된 나에게 그다음으로 생긴 목표는 바로 남자 친구였다. 나는 즉시 적당한 상대를 물색했다. 같은 반 동갑내기 친구와의 연애도 뭐 나쁘진 않았지만 우리반 애들은 뭐랄까…… 너무 진지했다.

삶이란 가벼운 것, 맛있는 것, 예쁜 것, 반짝반짝 빛나는 신나는 것들이 아니라 무거운 것, 버려진 것, 떫고 씁쓸한 것, 슬프고 약한 것, 그늘지고 가려진 뒤편의 것들에게 있다고 믿는 전국의 자의식 과잉 환자들이 문예창작과에 다 모여 있었다.

나는 문창과보단 연영과 애들과 더 친해지고 싶었다. 그 애들은 뭔가 나랑 말이 좀 통할 것 같았으니까. 하지만 아무리 친한 척해보려 해도 문창과와 연영과 사이엔 접점이 전혀 없었고 연극영화과에 다니는 2학년 오빠를 잠깐 좋아하긴 했지만 그 오빠가 내가 보낸 러브레터를 우리 교실로 그대로 반송하는 바람에 나는 전교생이 다 아는 은따가 되었다.

책상에 가만히 죽은 것처럼 엎어져 지낸 것도 잠시, 나는 네이트온에서 알게 된 대학생 오빠와 쪽지를 몇 번 주고받은 뒤, 그 주 주말 압구정동에서 만나 데이트를 하기로 했다.

오승은(28세, 프리터, 4년제 애니메이션학과 휴학)

집을 나온 뒤, 나는 내가 얼마나 좁은 새장 안에 갇혀 살았는지 알게 됐다.

안방 화장대 서랍을 뒤져서 찾아낸 오십만 원을 들고 무작정 집을 나왔을 때, 처음에는 미술 학원을 같이 다녔던 친한 언니의 자취방에서 신세를 졌다. 5평짜리 옥탑방 한쪽 벽을 지탱하고 있는 왕자행거 아래가 내 지정석이었다. 그 집에서 더부살이를 하며 나는 밤낮으로 알바를 뛰어 악착같이 돈을 모았고 몇 달 후에는 언니 집을 나와 학교 근처에 있는 여성 전용 고시원에 들어갔다.

창문 없는 제일 싼 방인데도 달에 38만 원이었다. 컵라면만 먹고 살다가 영양실조로 죽지 않기 위해서는 일을 좀 더

해야 했고 25년 만에 처음 맛보는 자유인데 신입생이 술을 안 마시는 것도 불가능해서 낮에는 수업을 제쳐놓고 거의 일만 했고 밤에는 동기들과 술을 먹다가도 새벽이면 고시원으로 돌아와 그림 외주 같은 걸 받아서 했다.

일러스트레이터.

원래는 웹툰을 하고 싶었지만 나에게 그림 그리는 손은 있어도 스토리 짜는 머리는 전혀 없다는 걸 깨달은 후 나는 일러스트 쪽으로 방향을 틀었다. 지금이야 용돈 벌이 수준이지만 잘만 하면 굳이 회사에 다니지 않고도 돈을 벌 수 있을 것 같았기 때문이다.

밤낮으로 일을 하면서 예종 수업을 제대로 따라가는 건 불가능했다. 학비야 부모님이 이미 완납한 상태라 신경 쓸 거 없었지만 학교 다니며 매끼 밥을 사 먹는 데에만 해도 돈이 많이 깨졌다. 한 학기가 끝나자마자 나는 휴학계를 제출했고 휴학한 뒤에는 외주 일을 더 많이 했다. 하루빨리 고시원을 나가 창문이 있는 원룸으로 이사 가는 게 나의 소원이었다.

그럭저럭 돈을 모으고 고시원 생활도 꽤 적응했을 무렵 나에게도 애인이 생겼다. 어느 인디 밴드에 소속된 드러머였다. 하체는 빈약하고 팔근육만 발달된 전형적인 드러머 체형이었던 그 사람을 시작으로 나는 여러 애인의 자취방을 철새처럼 전전하며 지냈다.

둘이 같이 사니까 원룸에서 각자 사는 것보다 더 넓은 집에서 생활비를 아끼며 살 수 있는 건 좋았지만 아무래도 좀 갑갑했다. 잘못한 거 하나 없는 애인의 밥 먹는 모습에 이상하게 정이 떨어질 때마다 나는 밖에 나가 다른 사람을 만나 숨통을 틔우고 돌아왔다. 그 시절 나는 새로운 사랑 덕에 오래된 사랑을 더욱 사랑할 수 있었던 거다.

몇 번은 들켰고 몇 번은 넘어갔다. 어떤 사람은 화냈고 어떤 사람은 울었고 어떤 사람은 위협했다. 그냥 자기가 다 미안하다고, 다 고치겠다고 하는 사람도 한 명 있었다.

슬펐다. 당신이 싫어진 게 아니라 당신만큼 사랑하는 사람을 한 명 더 찾은 것뿐인데.

폴리아모리(polyamory)

설국열차에 나온 틸타 스윈튼도 비독점적 다자연애, 폴리아모리의 옹호자다.

나는 사랑하는 이에게 무엇 하나 숨기지 않고 싶었다. 내가 너 아닌 다른 사람을 사랑할 수도 있다는 걸 애인에게 밝히고 떳떳하게 다른 사람과도 만남을 이어가고 싶었지만 세상 사람들은 그걸 그냥 '바람'으로 치부했다. 바람?

사랑이 소유가 아니라는 걸, 어떻게 납득시킬 수 있을까?

내 생각을 강요할 생각은 추호도 없었다. 그냥 나, 오승은 이라는 사람에게는 사랑이 결코 소유가 아니라는 걸 사랑은 그저 다 똑같은 사랑일 뿐이라는 걸 그래서 네가 어느 날 나 아닌 다른 사람을 사랑하게 된다 하더라도 내 마음에는 어떤 파동도 일어나지 않는다고 화가 난 애인에게 어떻게 설명할 수 있을까?

또다시 설명에 실패했던 날, 나는 애인의 집을 나와야 했지만 나를 기다리고 있는 다른 애인의 집으로 가는 것도 내키지 않았다.

정말 나를 이해해줄 사람은 없는 걸까? 이해가 빠진 사랑도 사랑인 걸까?

욕조 가득 뜨거운 물을 받고 그 안에 들어가 언 몸과 마음을 녹이고 싶었다. 물 밑에서 코를 막고 잠수를 하면 엉킨 생각들이 스르르 풀리며 모든 게 다 좋아질 것만 같았다.

이제 어디로 가지?

바로 그때 부동산 카페의 어느 게시물 하나가 내 눈에 들어왔다.

이남희(43세, 중소기업 사무직, 4년제 전산학과 졸업)

오빠 친구의 조언이 무색하게 나는 공부를 별로 잘하지 못했다.

대충 점수에 맞춰 경기도에 있는 한 대학의 전산학과에 입학했는데 신입생 70명 중 나를 포함한 단 세 명만 여자, 나머지는 다 남자였다. 나는 다시 꿈에 부풀어 올랐다.

원래도 쇠꼬챙이처럼 삐쩍 말랐던 나는 대학만 가면 곧바로 남자 친구를 사귀겠다는 일념 아래 수능이 끝나자마자 다이어트를 시작했고 미용실에 가서 머리도 하고 귀도 뚫고 옷도 샀다. 이제 같이 데이트할 남자 친구만 생기면 완벽했지만 남들은 두어 번 미팅만 나가도 생기는 남자 친구가 1학기가 종강하는 순간까지 나에겐 생기지 않았다.

성형도 고려해봤지만, 성형의 '성'자만 꺼내도 길길이 반대하는 부모님을 봐서 포기했다. 대신 체중 관리에 더 열을 올렸는데 매일 동기들과 토할 때까지 술을 마시면서도 157cm에 40kg을 유지했다. 가능한 한 모든 영양소는 소주와 막걸리, 맥주에서 얻었고 여자 동기들에게 다이어트 중이란 사실을 들키지 않기 위해 안주는 아주 조금만 먹은 뒤 몰래 뱉었다.

"남희 너는 날씬해서 좋겠다! 얘 다리 얇은 거 봐! 나는 완전 돼진데. 너무 부러워."

　이놈 저놈 다 흘리며 간 보고 다니는, 조금 헤프긴 하지만 우리 과에서 제일 이쁜 동기에게 그 말을 들었을 때 나는 날아갈 것처럼 행복했다.

　맞아. 내가 이렇게 날씬한데. 뚱뚱한 여자, 자기관리 안 되는 게으른 여자를 좋아하는 남자는 이 세상 어디에도 없을 텐데. 근데도 나보다 몸무게가 더 나가는 살짝 통통한 친구들이 오히려 남자는 더 잘 만나고 다닌다는 게 그 시절 나의 7대 불가사의였다.

　그러다 스물아홉 살에는 기적처럼 첫 연애를 시작했다. 대학 졸업 후 곧바로 입사한 회사에서 주임을 달고 처음으로 내 밑에 들어온 신입을 닦달해서 얻어낸 소개팅 자리였다. 원래 나오기로 한 남자는 대기업에 다니는 남자였는데 무슨 급한 일이 생겼는지 그날 대타로 내보낸 사람이 나의 첫 남자 친구, 김광모였다.

　1년간의 꿈 같은 연애 후 서른이 된 나는 언제쯤 광모 씨가 결혼 이야기를 꺼낼지 온몸의 촉수를 곤두세운 채 기다렸다. 원래 소개받기로 한 사람에 비하면 광모 씨는 학벌도, 집안도, 키도, 능력도 모든 게 다 처졌지만 나는 사랑 앞에서 그런 걸 하나하나 다 따지는 속물적인 여자가 아니었다.

"남희는 진짜 요즘 여자 같지가 않아."

기다리다 못한 내가 그해 크리스마스, 한강 야경이 한눈에 내려다보이는 남산의 근사한 레스토랑에서 무릎을 꿇고 광모 씨에게 반지를 건넸을 때 기뻐할 줄만 알았던 광모 씨가 뜻밖에도 손바닥에 얼굴을 묻은 채 젊은 그리스도처럼 괴로워했다.

"난 남희 생각처럼 그렇게 좋은 남자가 아니야. ……사실 집안에 빚이 좀 있어."

마음 같아선 자기도 당장 나와 결혼하고 싶지만 갚아야 할 빚이 있어서 안 된다는 게 요지였다. 부모님 집에서 살며 안 먹고, 안 입고, 안 쓰고 점심 한 끼 밥값이 아까워 어머니께 부탁해 도시락을 싸 들고 다니며 통장에 들어오는 월급을 전부 꼬박꼬박 저축해온 나에겐 그깟 건 문제도 아니었다.

"빚이 얼마나 되는데요?"

그리고 모두가 예상하는 대로 상황이 흘러갔다.

남희 너를 위해 너와 결혼하지 않는 거라며, 부디 나보다 더 좋은 남자 만나라는 말과 함께 내 첫 남자 친구, 내 첫사랑은 내 곁을 떠났다. 그리곤 석 달 후 다른 여자에게 장가갔다. 딱 요즘 여자 같은 그런 여자한테로 말이다.

그나마 이런 가슴 아픈 만남과 이별도 서른다섯이 넘어가자 발생하지 않았다. 우주가 진공 상태인 것처럼 내 삶도 텅 비어 있었다. 아무 소리도 들리지 않았고, 내 곁엔 아무도 없었다. 인생에 이벤트가 없으니까 지나간 추억을 같이 이야기할 상대가 없으니까 그 긴 세월이 손가락 틈 사이로 빠져나가는 모래알처럼 그냥 그렇게 흘러갔다. 흘러가버렸다.

이제 부모님은 결혼하라고 닦달하고 구박하는 걸 넘어, 우리가 애를 어떻게 잘못 키웠기에 막내 얘만 이렇게 안 풀리는 걸까, 교회에 나가 매일 기도하신다. 나 역시 어머니를 따라 모태신앙, 어려서부터 한 번도 빠지지 않고 주일이면 교회에 나갔지만 미혼의 중년 여성은 교회 커뮤니티에서도 받아들이기 어려운 이질적인 존재였다.

회사에서도 마찬가지였다. 이삼십 대 미혼 여직원들은 속닥속닥 저들끼리 몰려다니며 수다를 떨었고 친해지는 것도 토라지는 것도 편을 먹고 갈라지는 것도 자기들끼리만 했다. 중년의 또래 여직원들은 거의 다 결혼한 상태였고 직급도 나보다 높았다. 무엇보다 우리는 나이만 비슷할 뿐이지 친구가 되기엔 관심사가 너무 달랐다. 나는 오늘 지하철에서 본 잘생긴 남자나 TV 드라마 뭐 그런 이야기를 하고 싶은데 그들이 모이면 노상 떠드는 화제란 육아, 아이 교육, 시댁, 친정, 부동산……. 죄다 나는 모르는 이야기, 관심 없는 이야기뿐이었다.

밤은 길었다. 외로움을 달래는 데에는 역시 술만 한 게 없었다.

퇴근 후, 의정부 집으로 돌아와 부엌 식탁 앞에서 볶음김치를 안주 삼아 소주를 마시고 있는 마흔세 살 딸내미에게 어머니께선 뜻밖의 말씀을 전하셨다.

이 집에서 나가라는 거였다.

김은혜 (47세, 동네 한의원 데스크 근무, 여상 졸업)

10년 동안 일을 쉬었던 내가 할 수 있는 일은 많지 않았다.

아니, 하나도 없었다. 지난 10년간 단 하루도 쉬지 않았지만 오랜만에 책상 앞에 앉아 이력서의 빈칸을 채워 넣으려 하니 그간의 시간은 없는 시간이나 마찬가지였다.

다행인지 불행인지 셋째가 부모님 앞으로 보험을 들어놔서 장례비를 내고도 남은 보험금이 좀 있었다. 애들은 그간 제일로 고생한 큰누나에게 그 돈을 주자고 했지만 하필 그때 둘째네 사업에 문제가 생겨 나 혼자 살 작은 방 한 칸 구할 돈만 빼고 남은 돈은 다 둘째에게 보냈다. 나이 차가 많이 나는 막내 여동생은 자기네 집에 방 한 칸 남는 거 모르냐며, 애들도 다 언니 좋아하고 신랑도 좋다 하니 같이 살자고 몇 번이고 말했지만 아무 신경 쓸 것도, 거리낄 것도 없이 이번만큼은 나 혼자 자유롭게 살아보고 싶었다.

아담하지만 깨끗한 방을 하나 구하고 아는 분의 소개를 받아 일자리도 구하고 그렇게 한 반년 아침에는 출근하고 저녁에는 돌아와 밥해 먹고 혼자 텔레비전도 보고 책도 읽고 볕 좋은 주말에는 교회에 갔다가 근처 공원도 산책하는, 인생에서 처음으로 오직 '나' 하나만 챙기고 보살피면 되는 조용한 생활이 이어졌다.

잠들기 전이면 나는 내 인생이 너무너무 평화로워서 오히려 겁이 났는데 당장 천장이 무너지거나 도둑이 들어오거나 주방 가스가 펑 하고 폭발해도 이상하지 않을 것 같았다.

'놀라지 말자. 놀라지 말자.'

어떤 불행이 찾아와도 놀라지 말자고 여러 번 다짐한 덕분인지 한의원에 찾아온 둘째의 비굴한 웃음을 봤을 때 나는 덤덤하게 행동할 수 있었다. 또 돈이었다. 잠깐이면 되니까 큰누나는 막내 집에 가서 지내고 지금 사는 집의 보증금을 빼서 잠시 빌려달라는 거였다.

말이 빌려달라는 거지 내가 안 주면 셋째한테, 셋째가 안 주면 넷째한테, 넷째가 돈 없다 하면 남한테 싫다 소리 잘 못하는 불쌍한 막내한테까지 찾아갈 텐데.

"그래…… 조금만 기다려."

"아싸! 살았다! 고마워 누나."

둘째한테 그 돈마저 다 줘버려서 너에게로 왔노라, 막내에게 말할 자신이 없었다. 그리고 둘째가 그 돈을 가져가지 않았어도 다 늙어서 불쌍한 동생들에게 짐이 되고 싶진 않았다.

서울에서 작은 원룸, 하다못해 옥탑방이라도 구하려면 보증금 오백은 필요했다. 불혹은 지난 지 오래, 지천명이 코앞. 근데도 내 통장에는 겨우 돈 오백이 없었다. 한심했다.

복덕방이나 공인중개사 사무실에는 안 나오는 저렴한 매물을 찾아 인터넷 부동산 카페를 샅샅이 뒤지며 종일 스크롤을 내리던 그때 어떤 게시물 하나가 눈에 들어왔다.

'송파구 비혼 여성 공동체 멤버 모집 / 무보증금 월세 40 / 가락역 5분 거리 APT'

황한나(37세, 인터넷 쇼핑몰 운영 겸 인플루언서, 4년제 국문학과 제적)

검은색 BMW를 끌고 나온 네이트온 오빠는 입만 열면 지 자랑이었다.

집 자랑, 차 자랑, 학교 자랑, 시계 자랑, 형 자랑, 엄마 자랑, 아빠 자랑, 집에서 키우는 개 자랑……. 아주 그냥 끝이 없었다. 그나마 자랑만 계속했으면 좋았을걸 패밀리 레스토랑으로 자리를 옮긴 후에는 그새 자랑거리가 다 동이 났는지 나를 공격하기 시작했다.

"한나는 다 이쁜데. 여기 턱이랑 코, 이마 좀 하고. 그리고 앞트임이랑 뒤트임 그건 요새 기본이고. 가슴이랑 쌍꺼풀은 꼭 좀 해야겠다. 살도 좀 빼고. 그럼 진짜 이뻐지겠다."

"왜? 왜 문예창작과를 갔어? 한나는 평생 가난하게 살고 싶은 거야? 다시 생각해봐."

"근데 한나는 사람 좀 조심해야겠다. 오빠가 착한 사람이라 다행이지. 누군지도 모르면서 이렇게 막 번호 교환하고 만나고 그럼 어떡해. 한나네 부모님은 딸 걱정 안 하셔?"

"영광? 그럼 굴비 엄청 먹겠네. 근데 영광이 어디지? 경상돈가? 아닌가? 전라도야?"

"그래? 근데 생각보다 사투리 별로 안 쓰네. 한나야, 사투리 한번 해봐. 이번에 들어온 새내기들 보니까 '오빠야' 그거 엄청 귀엽던데."

"한나 삐쳤니? 에이, 그렇다고 그런 표정 지으면 오빠가 뭐가 돼?"

"헤―엑. 한나 키가 168이라고? 오빠가 키가 커서 다행이지. 남자들은 키 큰 여자 싫어해."

"어? 그럼. 오빠 친구들은 다 강남 살지. 사실 서울도 강남 밖은 잘 몰라. 그래서 너 영광에서 올라왔다고 했을 때 엄청 신기했어. 근데 진짜 사투리 하나도 안 쓰네?"

"나중에 수능 끝나면 오빠네 병원 와. 한나는 특별히 싸게 해줄게. 지인 D.C."

"성형을 안 하겠다고? 아니 왜? 여자애들 전부 다 성형하는데 너만 안 하면 너만 바보 되는 거야. 오빠가 우리 한나 이뻐해서 하는 말인데, 반에 여자애들 하는 말 하나도 믿지 마. 여자의 적은 여자. 그런 말 혹시 못 들어봤어?"

"근데 한나네 반에는 이쁜 친구 없니? 다음에 같이 데려와. 오빠가 밥 사줄게."

그러나 네이트온 오빠와의 불유쾌한 만남에서도 몇 가지 교훈은 있었다. 뭐니 뭐니 해도 머니가 세상 만물 가운데 가장 으뜸간다는 사실을 그날 나는 뼛속 깊이 깨달았다.

"돈이면 다 된다고. 돈이 최고란 말이야!"

부모님도, 엄마 가게의 손님들도 술만 취하면 혀가 꼬부라진 목소리로 잠꼬대하듯이 말했지만 그걸 알면서도 그들은 가난했다. 형편없는 인간들. 나는 그렇게 구질구질하게 살고 싶지는 않았다. 내가 만약 재벌집 딸내미였다며 일개 성형외과 원장의 아들인 그 오빠가 나를 그렇게 대할 수 있었을까?

아무도 나를 무시 못 하게, 나는 돈을 벌고 싶었다. 많이. 아주 많이.

돈을 벌고 싶다는 욕망은 가득한데 방법은 모르는 채로 안양예고를 졸업한 나는 문예 창작 특기자 전형이 있는 서울의 한 대학에 06학번으로 입학했다.

지금이야 다들 인스타그램 아니면 유튜브를 하지만 그때는 SNS가 미니홈피 하나뿐이었다.

사진, 즉 '이미지'로 모든 것이 대변되는 그곳에선 실제로 부자인가보다도 '부자처럼 보이는가'가 더 중요했다. 자주 올라오는 명품 쇼핑백 사진과 공항 사진, 자동차 운전석과 이국의 리조트 수영장을 배경으로 찍은 셀카, 제집 드나들 듯 드나드는 잦은 고급 호텔 출입 사진 등을 통해 사람들은 홈피의 주인장이 부자인지, 아닌지를 열심히 추측했다.

모두가 모두를 관음하는 그 세상에서 사람들은 만난 적 없는 타인의 고급스러운 일상에 열광하고 시기했으며 의심하는 동시에 부러워했다. 그리고 그렇게 얻은 일촌 수, 지금으로 치면 팔로워 수는 곧 영향력이 되었다. SNS상에서 영향력은 곧 '돈'을 의미했다. 있어 보이는 사진으로 일단 사람들을 끌어모으면 그 사람들이 다시 사진 속 주인공에게 돈을 벌어다 주는 기형적인 구조였다.

나는 오직 미니홈피에 올릴 사진을 찍기 위해 카드빚을 내 쇼핑을 하고 성형수술을 했다. 예뻐지고 싶다는 욕망은 돈을 많이 벌고 싶다는 욕망에 절대 뒤지지 않았다. 돈이 돈을 물고 오는 것처럼 예쁜 것도 돈이 됐으니까. 나는 주기적으로 필러를 맞았고 피부과에 다녔으며 다이어트도 했다. 그리고 여행을 다녔다. 돈이 없어 여행을 떠나지 못할 때는 가까운 호텔에라도 가서 밥을 먹고 사진을 찍었고 신용불량자가 되기 직전이 돼서야 급히 인터넷에서 일자리를 찾았다.

청담동 모던 스탠딩 토킹바
터치 없음 / 술 강요 없음 / 여대생 방학 단기 알바 大환영

당장 급한 카드빚만 갚는다는 게, 딱 일주일만 나간다는 게 한 달이 됐고 석 달이 됐다.

터치를 하는 대신 돈을 좀 더 주는 가게로 옮겼고, 학교 근처 원룸에서 강남역 근처 오피스텔로 이사도 했다. 여자들이 원가가 삼천 원도 안 되는 동대문 짝퉁 보세 의류에 말도 안 되는 돈을 쓴다는 사실을 캐치해 사업 아이템을 구상했고 나름 단골이었던 한의사 아저씨와 3박 4일 푸켓 여행을 가주는 조건으로 삼천을 사업자금으로 빌렸다.

몸에 쫙 달라붙는 홀복, 미시 원피스 따위를 동대문, 남대문에서 떼어다 블로그에서 팔기 시작했다. 배송받은 물건이 마음에 안 들었던 건지 자기들한테는 이런 짝퉁 보세나 떼다 팔면서 나는 명품만 걸치는 모습에 배가 아팠던 건지 사촌 동생 계좌로 입금을 받던 게 걸려 하루아침에 블로그가 정지당했다.

탈세라고 해봤자 워낙에 소소한 금액이라 금방 풀려났지만 다리가 후들거릴 만큼 아찔한 경험이었다. 하지만 내라는 대로 세금을 다 낼 순 없었다. 그럼 남는 게 없으니까.

1년 후에는 아예 사무실을 얻고 정식으로 쇼핑몰을 차렸다.

La vie en rose

간판장이를 불러 핑크빛 간판을 단 날, 자기 아버지의 검은색 BMW를 몰래 끌고 나온 그 시절 네이트온 오빠를 기리는 마음으로 나는 빨간색 BMW를 뽑았다.

그리곤 내내 악플러들과의 전쟁이었다. 모든 세금이 그렇듯 유명세(有名稅) 역시 지독했다. 대부분의 악플은 라비앙로즈 상품이 아닌 나의 소문에 관한 것이었다. 예전에 내가 이랬느니, 저랬느니. 개중엔 맞는 말도 있었고 틀린 말도 있었다. 실제 사실을 약간 첨가하긴 했지만 뻥이 좀 많이 섞인 것도 있었고 어처구니가 없을 만큼 황당한 순도 100%의 허구도, 이 사람 누군데 이렇게 나를 잘 아나 소름 끼치는 CCTV급의 증언도, 너무 아픈 진실이라 모른 척 외면하고 싶어지는 가슴 뜨끔한 이야기도 더러 섞여 있었다.

미니홈피에서 페이스북, 인스타그램에서 유튜브까지. 시류가 바뀔 때마다 나는 잘 적응해서 넘어왔고 금세 또 팔로워를 모았다. 이름 그대로 연분홍색 외관으로 꾸민, 2층짜리 단독 건물을 통째로 쓰는 라비앙로즈 부티끄를 청담동 한복판에 오픈했을 땐 영광에서 올라온 그 옛날의 촌년 황한나는 죽고 없었다.

그해 겨울 나는 세무조사를 받았다.

B사감과 러브레터

by. 블루스타킹

C여학교에서 교원 겸 기숙사 사감 노릇을 하는 B여사라면 딱장대요 독신주의자요 찰진 야소군으로 유명하다. 사십에 가까운 노처녀인 그는 죽은깨투성이 얼굴이 처녀다운 맛이란 약에 쓰려도 찾을 수 없다 뿐인가, 시들고 거칠고 마르고 누렇게 뜬 품이 곰팡 슬은 굴비를 생각나게 한다. 여러 겹 주름이 잡힌 훨렁 벗겨진 이마라든지, 숱이 적어서 법대로 쪽 찌거나 틀어올리지를 못하고 엉성하게 그냥 빗어넘긴 머리꼬리가 뒤통수에 염소 똥만 하게 붙은 것이라든지, 벌써 늙어가는 자취를 감출 길이 없었다. 뾰족한 입을 앙다물고 돋보기 너머로 쌀쌀한 눈이 노릴 때엔 기숙생들이 오싹하고 몸서리를 치리만큼 그는 엄격하고 매서웠다.

이 B여사가 질겁을 하다시피 싫어하고 미워하는 것은 소위 '러브레터'였다. 여학교 기숙사라면 으례히 그런 편지가 많이 오는 것이지만 학교로도 유명하고 또 아름다운 여학생이 많은 탓인지 모르되 하루에도 몇 장씩 죽느니 사느니 하는 사랑 타령이 날아들어 왔다.

(중략) …… 두 시간이 넘도록 문초를 한 끝에는 사내란 믿지 못할 것, 우리 여성을 잡아먹으려는 마귀인 것, 연애가 자유이니 신성이니 하는 것도 모두 악마가 지어낸 소리인 것을 입에 침이 없이 열에 띄어서 한참 설법을 하다가 닦지도 않은 방바닥(침대를 쓰기 때문에 방이라 해도 마루바닥이다)에 그대로 무릎을 꿇고 기도를 올린다. 눈에 눈물까지 글썽거리면서 말끝마다 하느님 아버지를 찾아서 악마의 유혹에 떨어지려는 어린 양을 구해달라고 뒤삶고 곱삶는 법이었다.*

비혼주의자라고 자신을 소개하면 으레 따라붙는 몇 가지 편견이 있다. 정상성에 집착하는 한국사회에서 편견 없이 있는 그대로의 모습을 존중해주는 경우가 얼마나 되겠냐만, 근래 들어 비혼주의가 확산이 되면서 결혼만 안 할 뿐 그 외 다른 액션은 아무것도 취하지 않은 세상 무해한 비혼주의자들은 구한말 천주교도들만큼이나 가혹한 문초와 핍박을 매일같이 받고 있다. '결혼과 가정'이라는 그들만의 성스러운 종교를 지키기 위한 일종의 종교전쟁인 것이다.

1925년 《조선문단》에 발표된 현진건의 단편소설 『B사감과 러브레터』를 보면 100년 후 이 땅에서 벌어질 일들을 미리 다 예견이라도 한 것

---

* 현진건 『B사감과 러브레터 (1925)』

처럼 '결혼 안 한 독신 여성'에 대한 차별과 혐오를 지독할 만큼 사실적으로 그려내고 있다.

내가 만국의 비혼주의자들을 대변하는 건 절대 아니지만, 과부 사정은 홀아비가 안다는 옛말처럼 내 입장에서 사실관계들을 하나하나 요목조목 짚어볼 테니 오지랖 꾼들은 제발 이 글을 읽고 자신의 무신경함과 무례함을 되돌아봤으면 좋겠다.

1. 비혼주의자는 못생겼다.

이집트 나일강 유역에서 발견된 양피지만큼이나 오래된 편견이다. 내 대답은 NO.

기혼자들의 외모가 유달리 준수해서 결혼에 골인한 게 아닌 것처럼 비혼주의자들은 못생겨서 결혼을 '못' 한 게 아니라 자기만의 인생 계획과 라이프 스타일, 성향, 경험 등에 비추어 결혼을 '안' 하기로 결심한 사람들이다. 그리고 자신의 결심을 주변의 왈가왈부와 상관없이 밀고 나가려는 뚝심까지 갖춘 사람들이다.

왜 비혼주의라고 하면 꼭 못생겼을 것으로 생각할까?

비슷한 자매품으로는 '페미니스트들은 하나같이 다 못생겼고 남자한테 사랑을 못 받아서 애꿎은 길고양이만 주워다 키운다'를 꼽을 수 있을 것 같다. 나는 비혼주의자이기도 하지만 페미니스트이기도 하기에 이 편견에도 명확한 답변을 줄 수 있을 것 같다.

NO, NO, NO.

2. 비혼주의자는 성격이 안 좋다.

성격이 좋다, 안 좋다는 사실 참 막연한 말이기에 '비혼주의자는 사회성이 안 좋다'로 질문을 바꿔보자면 역시 NO.

잠깐 일을 쉬어도 배우자의 벌이로 생활할 수 있는 기혼자들과 달리 금수저를 물고 태어나 일을 안 해도 먹고살 수 있는 극소수를 제외하면 비혼주의자들은 생존을 위해서라도 언제나 사회관계망 속에 있어야 한다. 직장 안팎에서 다양한 인간관계를 맺고 인연을 유지하기 위해 노력하며 육아와 가사에 치이는 기혼자들에 비해 취미 생활이나 여행을 즐길 수 있는 여유가 더 많으므로 동호회 등을 통해 다양한 사람들을 더 많이, 자주 만나게 된다.

성격, 달리 말해 사회성이 나빠지고 싶어도 나빠질 수가 없는 환경인 거다.

2번의 질문은 앞서 1번 질문과도 연결이 되는데 공적인 일터든 사적인 모임이든 비혼주의자들에게는 언제나 사회적인 약속이 예정되어 있으므로 적당한 수준의 외모 관리를 의무적으로 하게 된다. 툭 터놓고 이야기하자면, 여타 상황을 두루 고려했을 때 기혼자들보단 비혼주의자들의 외모가 더 준수할 확률이 높은 것이다.

비혼주의자들의 외모와 성격에 관한 편견은 '예쁜 애들이 착해. 못생긴 애들이 성격 좋을 것 같지? 못생긴 애들이 예쁜 애들보다 훨씬 이기적이라니까' 같은 한국사회의 유서 깊은 루키즘이 그냥 옷만 바꿔 입은 채 비혼주의 버전으로 업데이트된 것 같다.

부끄러운 일이다.

3. 비혼주의자는 연애를 안 한다. 혹은 연애를 한 번도 못 해봤다.

비혼주의자들은 비혼주의자지, 비연애주의자가 아니다. 제발! 이 둘을 헷갈리지 마시길!

미혼 성인남녀가 하는 연애의 끝은 꼭 결혼일 거라는 전제부터가 문제다. 왜 사랑하면 꼭 도장 찍고 같이 살아야만 하는가? 법적인 배우자가 되지 않더라도 얼마든지 연인의 삶을 응원하며 곁에서 지지해줄 수도 있는 건데.

그다지 유쾌하지 않았던 과거의 연애 경험이 어떤 비혼주의자들에게는 자신의 인생 향방을 결정하는 데 있어 중요한 근거가 되었을 거라는 사람들의 견해에는 나도 동의한다.

하지만 연애, 연애, 연애.

청춘남녀의 연애가 지나칠 정도로 숭배받는 이 나라에서 그렇게 연애가 좋다, 좋다 해서 한번 해봤더니 매일같이 들리는 뉴스는 남자 친구 혹은 남편 손에 죽어간 여자들 이야기뿐이니 연애가, 더 나아가 결혼이 싫어지는 것도 당연하지 않은가?

데이트 폭력, 스토킹, 불법 촬영 및 동영상 유포, 성폭행과 폭행, 감금과 살인. 여기에 이어지는 솜방망이 처벌과 "그럴 만해서 그랬겠지, 때릴 만하니까 때렸겠지!" 하는 가해자 옹호, 피해자가 당하는 2차 가해까지 생각하면 그깟 연애, 안 해도 된다!

비혼주의자들이 연애를 '안' 한다는 편견은 그나마 낫다. 할 수 있었는데 하기 싫어서 안 했다는 거니까. 하지만 비혼주의자들의 외모(박색)와 성격(파탄)에 관한 편견이 똘똘 뭉치면 마침내 '모태솔로' 그 나이 그때까지 연애 한 번 못 해본 불쌍한 인종들이란 편견으로까지 나아간다. 아아— 대체 세상 사람들은 비혼주의자들에게 왜 이렇게 관심이 많을까?

물론 나에게도 몇 번의 연애 경험이 있다. 하지만 이십 대 중반 무렵, 친구로부터 "너는 연애 몇 번 해봤어?"라는 질문에 "난 그거 횟수로 치고 싶지도 않아."라고 시니컬하게 답변했던 걸 보면 나는 이미 그때부터 연애를 그리 대수롭지 않게 여겼던 것 같다.

전공 공부, 교우 관계, 학교 안팎에서 맡은 이런저런 직책들과(동아리와 학과 활동을 열심히 해서 대단히 바빴다) 거기에 딸려 오는 책임들, 내 꿈을 이루기 위한 준비와 어학연수, 독서, 여행, 운동 등 남자 친구를 만나 시시덕거리는 것 말고도 할 일이 너무 많았다.

일반적으로 여자애들이 남자애들보다 먼저 조숙해지고 사춘기도 빨리 오는데, 이때 발생한 '성숙'의 시차(時差)가 죽는 날까지 좁혀지지 않는다는 말에 나는 동의한다. 동갑이든, 연상이든 남자 친구를 만나 사귈 때마다 '남자란 조금 열등한 동물이 아닌가'하는 고뇌에 깊이 빠져들었으니까. (부디 오해하지 마시길. 남성 혐오가 아니라 개인의 감상일 뿐이니!)

솔직히 연애가 뭐 별건가. 연애가 별거 아니라는 인식이 제발 우리 사회에도 확산되어 결혼 안 하면 무슨 큰일이라도 벌어질 것처럼 구는 작금의 분위기가 개선됐으면 좋겠다.

4. 비혼주의자는 남성을 혐오한다.

완벽한 비문이다. 우선 내가 발췌한 아래 신문기사를 보자.

혐오란 강자가 약자를 상대로 할 수 있다. 그러므로 신체·성별·성 정체성을 이유로 한 장애인/여성/성 소수자 혐오는 사회 내에 만연하지만, 비장애인/남성/이성애자 혐오는 성립할 수 없는 개념이다. 젠더 위계가 존재하는 세상에서 '남성혐오'는 불가능하다. 실제로 여성은 가부장제 사회에서 뿌리 깊은 성차별과 성적 대상화를 겪는 반면, 남성이라는 이유만으로 차별/찬양/비하/대상화/강간/살인 등을 경험하지 않는다. 성폭력의 대상이 되는 일, 혼자 밤길을 걷거나 공중화장실을 이용하는 일, 나도 모르는 사이 신체가 촬영되어 유포되는 일은 오로지 여성만이 일상적으로 두려워한다.

여성혐오는 보편적이고 거대한 현상으로 존재하는 반면, 안티 페미니스트들이 주장하는 '남성혐오'는 실체가 없다.*

여성혐오는 가능하지만 남성혐오는 불가능하다. 비혼주의자가 남성을 혐오한다는 주장은 그 말의 참과 거짓을 가르기에 앞서 애당초 '가정

---

* 오마이뉴스 2021.05.25 기사 '남혐' 논란, 누가 만들고 키우나 (김혜민 기자)

(假定)' 자체가 불가능한 넌센스다.

그리고 생각해보라. 비혼주의자들이 굳이 남성을 혐오할 게 뭐 있는 가? 관심이 있어야 혐오도 하지. 비혼 여성들은 남성에게, 아니 남에게 별로 관심이 없다. 자기 삶을 하루하루 충실히 꾸려나가기에도 우린 너무 바빠서 말이다.

5. 비혼 여성은 다른 여성들이 연애 혹은 결혼하는 것을 못마땅하게 생각한다.

남의 인생인데 결혼을 하든 연애를 하든, 하든 말든 그게 나랑 무슨 상관이 있겠는가.

오히려 나는 친구들과 가까운 동료들이 결혼, 임신, 출산 소식을 알려올 때마다 내 일처럼 기뻐하며 선물과 축의금, 케이크와 축하편지 등을 꼬박꼬박 챙긴다. 서울에서 먼 지방, 심지어 제주도에서 결혼식이 열려도 천릿길이 멀다 하지 않고 쪼르르 뛰어가 진심으로 내가 친애하는 이의 경사를 함께 축복해준다.

내가 내 삶에 대한 진지하고도 치열한 숙고 끝에 비혼이라는 선택을 하게 된 것처럼 나의 친구들 역시 결혼을 했을 때 본인에게 일어날 수 있는 여러 가지 상황과 가능성, 경우의 수를 다 따져봐서 현명하고 야무진 판단을 한 거라고 믿는다.

물론 그럼에도 불구하고 너무나도 똑똑하고 미래가 창창한 나의 친구들이 보장된 커리어 대신 안락한 가정을 꾸리길 선택했을 때 그 친구들의 선택이 못내 아쉬웠던 건 사실이지만 못마땅하게 생각한다니 그건 워딩이 잘못됐다.

남성의 경우 결혼을 하고 아이가 생기더라도 경력에 문제가 생기기는커녕 한 집안의 '가장'이라는 이유 하나만으로 수많은 잘못과 죄과가 면책되지만, 여성의 경우 결혼하거나 아이를 낳았다는 사실 하나만으로도 너무 많은 것을 포기해야 하는 게 작금의 현실이다.

독박 육아, 독박 살림, 시부모 간병, 명절 스트레스, 경력 단절, 임신과 출산으로 인해 겪게 될 돌이킬 수 없는 노화와 엄마, 며느리, 아내로서 짊어지게 될 수많은 의무들…….

부디 나보다 천만 배는 더 똑똑한 나의 친구들이 자기 삶에 가장 이익이 되는 방향으로, 자신의 행복을 제1순위로 삼아 올바른 판단을 했을 거라고 믿는 수밖엔 없다.

×××

브런치에 '비혼' 그리고 '비혼 여성 공동체'와 관련된 글을 연재하기로 마음먹었을 때 필명을 무엇으로 할지 오랫동안 고심했다. 본명이 워낙 흔한 이름이기도 하고 무엇보다도 현직 교사이기 때문에 나의 생각, 느낌, 주장을 속 시원하게 펼치기 위해선 나의 페르소나가 되어 줄 필명이 필요했기 때문이다.

내 이름은 '블루스타킹'이다.

'블루스타킹'은 18세기 영국에서 패션, 인테리어, 요리, 집안 살림 등 전통적으로 여성의 영역으로 여겨지는 일보다 문학에 더 관심이 많은 여성들과 여류작가들을 조롱하기 위해 만들어진 단어이다. 시대와 상관없이 남성들의 DNA 속에는 읽고 쓰는 여성들에 대한 근원적인 공포가 아로새겨져 있는지 시간이 더 흐른 후에는 여성의 참정권을 요구하고 나선 진보적인 여성 지식인들을 가리키는 말로도 쓰였다.

맨 처음 이 단어를 만든 사람들의 속뜻이야 조롱과 비난, 멸시와 비하였겠지만 당시로선 불가능한 꿈, 가당찮은 요구로 여겨졌던 여성의 참정권과 교육권은 블루스타킹을 신은 그녀들 덕에 오늘날에는 당연한 여성의 권리가 되었다.

자신의 이름도 없이, 그저 누군가의 '부인'으로만 불렸던 그들이 어떻게 그런 용기와 목소리를 낼 수 있었을까?

이젠 우리가 목소리를 낼 차례다.

#03
독박

수진이의 방은 부엌 옆에 붙어 있는 서재 방이다. 다른 방들과 뚝 떨어져 있는 데다가 창밖으로 내려다보이는 호젓한 공원 풍경이 마음에 들어 수진이는 그 방을 골랐다.

욕심 같아서야 당연히 욕실과 드레스룸이 딸린 널찍한 안방을 혼자 쓰고 싶었지만, 그렇게 되면 다른 사람들과 월세를 N분의 1 하는 게 좀 이상해졌고 무엇보다도 그런 이기적인 선택은 수진이의 신념에 위배됐다.

'완전히 평등하고 온전히 평화로운 비혼 여성 공동체'

느슨한 연대랄까? 이 넓은 집에 혼자가 아니라 벽 하나 너머에 소리 지르면 언제든 달려올 사람들이 있다는 건 난생처음 부모님 슬하를 벗어나 혼자 살기 시작한 수진이에게 꽤 안정감을 줬다. 부모님께서 보내주신 김치와 반찬을 감사히 나눠 먹을 순 있지만 효도 여행이나 명절 용돈 등에 대해서는 고민하지 않아도 되는 심플한 관계. 가족의 장점만 취하고 단점은 쏙 뺀 새로운 형태의 가족. 각자 독립적인 라이프 스타일을 유지하면서 자아실현을 위해 애쓰지만 필요할 땐 서로를 가족처럼 돕는 게 수진이가 생각하는 이상적인 비혼공동체였다.

예를 들면, 누군가 아프거나 이 집에 어떤 문제가 생겼을 때 우리는 밤새 옆에서 간호해줄 수도 있고 함께 문제를 해결하기 위해 머리를 맞댈 수도 있으리라.

그렇게 서재 방에 수진이. 현관 바로 앞, 붙박이장이 딸린 방에 남희 씨. 그 옆, 거실 화장실 옆방에 은혜 씨. 마지막으로 안방에 승은 씨와 한나 씨가 차례대로 들어오며 비행 소녀 1기는 역사적인 첫 비행(飛行)을 시작했고 한 달이 지났을 무렵 수진이는 불 꺼진 방 안 침대에 누워 핸드폰으로 인터넷 포털창에 '공황장애'를 검색해보았다.

공황장애 증상, 공황장애 초기, 공황장애 자가진단, 호흡곤란, 가슴 답답…….

아침 6시면 은혜 씨는 세탁기를 돌렸다. 그 점에 있어서 은혜 씨는 칸트보다 더 정확했다. 베란다 바로 옆방인 수진이는 매일 새벽 오래된 통돌이 세탁기의 소음과 진동에 놀라 잠에서 깼고 그렇게 일주일이 지나자 아침 6시가 되면 절로 심장이 쿵쾅대며 호흡이 가빠지는 지경에 이르렀다.

매일 출근 전 세탁기를 돌리는 인간이라니.

적당히 빨랫감이 모이면 그때 한 번씩 돌리는 게 세탁기 아닌가. 4인 식구 살림을 평생 도맡아 하신 수진의 어머니도 빨래는 일주일에 한 번, 세탁기가 꽉 찼을 때만 돌리셨다. 그래도 이날 이때껏 문제없이 잘만 살았건만, 유난도 이런 유난이 없었다.

세탁기를 매일, 그것도 모두가 잠들어 있는 새벽 6시에 돌리는 건 아무리 생각해도 너무 비상식적이었다. 애들도 아니고 다 큰 성인들끼리 이런 당연한 상식까지 하나하나 맞춰서 조율해가야 한다니. 퇴근 후 집에 돌아와서까지 선생 노릇을 해야 하는 현실이 수진이는 한심스러웠다.

비혼 관련 에세이나 팟캐스트 방송 어디에도 이런 이야기는 없었다.

공동생활인 만큼 지나치게 예민한 사람으로 비추어지고 싶지 않았던 수진이는 타박타박 베란다로 다가오는 은혜 씨의 발소리가 들리자 끙, 소리를 내며 벽을 보고 돌아누웠다.

7월. 방학을 맞이한 수진이의 하루가 이제 막 시작될 참이었다.

×××

　사람들은 다 위례 신도시가 망했다고들 하지만 소희는 그딴 소리 귓등으로도 안 들었다. 가락 시영아파트가 밀리고 그 자리에 헬리오시티가 들어섰을 때도, 수서에서 판교로 가는 허허벌판 세곡지구에 2000세대가 넘는 대단지 아파트가 지어질 때도 사람들은 늘 같은 소리를 반복했다. 겉으로 티 낸 적은 한 번도 없지만 소희는 그게 다 집 못 사서 배 아픈 사람들의 마스터베이션, '신 포도'라고 생각했다.
　그러나 가락동에 한 채, 위례 신도시에 한 채. 서울 시내에 알토란 같은 아파트가 자그마치 두 채나 있는 소희 역시 그날따라 기분이 그리 좋진 않았다. 민규 때문이었다.
　"아이고…… 저 불쌍한 놈들."
　이른 아침부터 아내가 발발거리며 집 안을 돌아다니는데도 민규는 그저 천하태평이었다. 결혼 전만 해도 쉬는 날에는 반드시 자기가 요리와 설거지를 담당하겠다고 큰소리를 쳐놓곤 밤늦게까지 게임을 하더니 일어나자마자 하는 소리가 오늘 메뉴는 뭐냐는 거였다.

밥! 밥! 밥! 그놈의 밥.

대충 냉장고에 남은 재료들을 볶아 넣어 볶음밥을 차려주자 민규는 맛있게 잘 처먹었다.

"자기야, 그냥 담가만 놔."

담가만 놓으라 해서 담가만 놓으면 그 설거짓거리가 내일도 모레도 어쩌면 이 아파트가 헐리고 재개발되는 그 순간까지도 계속해서 싱크대 개수대 안에 있을 걸 아는 소희는 "아냐, 금방 해."하며 혼자 식탁을 치웠다.

그 말을 들었는지 못 들었는지 귓구멍이 막혔는지 먹자마자 거실 소파로 돌아간 민규는 부여 미암사(米岩寺) 와불처럼 옆으로 척, 나자빠지더니 내셔널지오그래픽에서 틀어주는 환상적인 바다 생물 이야기에 흠뻑 빠져들었다.

오늘의 주인공은 수컷 코끼리물범이었다.

가장 몸짓이 큰 수컷에게만 암컷과 짝짓기할 수 있는 권한이 주어지는 수컷 코끼리물범은 몸짓을 최대한 빨리 불리기 위해 대륙붕 근처에 생활했다. 대륙붕 근처 얕은 연안에는 백상아리, 범고래 같은 무시무시한 포식자들이 호시탐탐 기회를 엿보고 있었지만 그만큼 먹이 자원이 풍부해서 몸집을 불리는 데 유리했기 때문이다.

수컷 코끼리물범은 암컷에 비해 최대 7배가량 무게가 더 나갔고 암컷에게는 없는 코끼리처럼 긴 코를 지녀 이런 이름이 붙여졌다. 암컷들은 포식자가 많은 대륙붕 근처 대신 먼 원양에 나아가 사냥을 했고 그런 암컷에 비해 수컷 코끼리물범은 6배가량 사망률이 높았다. 코끼리물범 사회에서는 가장 몸짓이 큰 한두 마리의 수컷이 20~60마리 되는 나머지 암컷들을 독점했는데 이 치열한 짝짓기 경쟁에서 절대다수의 수컷들은 자연스럽게 도태됐다.

얕은 연안에 먹이 자원이 풍부하다는 걸 알면서도 암컷들이 먼바다로 나아간 까닭은 간단한데, 포식자들과 마주칠 위험을 감수하면서 이른 죽음을 재촉하는 것보단 오랫동안 살아남는 게 암컷들의 생존과 번식에 훨씬 유리했기 때문이다.

더럽게 무거워 보이는, 둔한 수컷 코끼리물범 밑에 깔린 암컷이 소희는 불쌍했다. 그러나 똑같은 화면을 보고도 민규가 불쌍해한 건 번식에서 도태된 대다수의 수컷 물범들이었다.

평생 단 한 차례도 암컷과 짝짓기를 하지 못하는 수컷 코끼리물범들에겐 두 가지 선택지가 주어졌다. 목숨을 건 강간. 물론 이 선택에는 무리에서 가장 강한 수컷 코끼리물범에게 살해될 위험이 따랐고 암컷의 저항도 만만치 않았다. 개중 일부 수컷 코끼리물범들은 성숙한 암컷 대신 어린 새끼들을 강간하기도 했는데 몸집이 작은 새끼 코끼리물범은 2톤 가까이 되는 수컷 코끼리물범의 둔중한 몸에 깔려 성교가 끝나기도 전에 죽게 된다.

남은 또 하나의 선택지는 바로 '자위'. 아무리 애를 써도 제 거시기에 가닿지 않는, 있으나 마나 한 야속한 '팔'을 대신해 해변에 모여 적당히 판판한 바위에 대고 단체로 압박 자위를 하는 수컷 코끼리물범들을 바라보며 민규는 아이고, 아이고 곡소리를 낸 거였다.

"와…… 진짜 물범으로 안 태어나서 다행이다. 아이구 불쌍한 새끼들……."

불쌍해하는 건지 재밌어하는 건지 알 수 없었다. 남자들의 동정심에는 언제나 일말의 우월감과 조소(嘲笑)가 섞여 있는 모양이었다.

"자기야 도와줘?"

한시도 쉬지 못하고 집 안을 줄기차게 돌아다니며 남은 이삿짐 정리를 하는 소희를 슬쩍 본 민규는 드디어 집 나갔던 눈치가 돌아왔는지 아내에게 물었다.

도와줘?

별거 아닌 그 말이, 매일같이 듣던 그 말이 대체 왜 이렇게 화가 나는 걸까.

평소처럼 선선히 "응, 오빠. 도와줘."라고 말하면 곧장 일어나 빠릿빠릿하게 움직일 것도 알았다. 호들갑스러운 칭찬과 감탄, 박수가 더해지면 아이처럼 기뻐하며 더 열심히 할 것도 알았다. 근데 그러기가 싫었다. 도태된 수컷 코끼리물범의 집단 자위행위는 그토록 안쓰럽게 여기면서 제 마누라가 주말에도 쉬지 않고 밥을 차리고 설거지를 하고 빨래를 하고 청소기를 돌리는 건 '도와주는 일'로 여기는 자신의 남편이 소희는 징글징글했다.

수컷 코끼리물범.

연애할 때야 서로를 강아지, 토끼, 고양이, 곰돌이 같은 귀여운 애칭으로 불러댔지만 사실 민규는 그중 어떤 동물도 닮지 않았다. 그런데 오늘 보니 자신의 남편은 빼도 박도 못하게 수컷 코끼리물범의 판박이였다.

백년해로(百年偕老)

여자가 남자와 같이 살기 위해선 마음의 어느 한 부분을 마비시켜야만 했다. 나만 그런 게 아니겠지, 말은 안 해도 분명 당신도 나를 참고 있겠지. 참아주고 있겠지. 서로 참고, 참아주고 그렇게 서로 모자란 부분을 채워가며 같이 사는 게 부부겠지.

중얼중얼 속으로 다시 한번 자신을 다잡으며 소희는 자기 영혼에 스스로 마취 주사를 놓았다. 이번에는 마비가 아주 오래가게 해달라고 빌며 예의 그 스튜어디스다운 미소와 다정한 목소리로 소희는 남편의 호의에 응답했다.

"응, 오빠. 여기 와서 나 좀 도와줘."

×××

6월 한 달간은 눈코 뜰 새 없이 바빴다.

생각해보면 같이 살 사람을 먼저 구하고 집을 구하는 게 순서였지만 지금 돌아보면 그때 수진이는 꼭 뭐에 씌인 사람처럼 조급하게 굴었다. 하루라도 빨리 용인 집을 탈출해 뜻이 맞는 다른 여성들과 머리를 맞대고 의기투합하며 잘 살고 싶다는 생각뿐이었지, 솔직히 말하면 비혼 여성 공동체를 꾸리는 일에 대해 그전까진 그리 진지하게 고민해보지 않았기 때문에 막상 현실로 닥치자 수진이는 모든 것이 막막하기만 했다.

가락역 5분 거리에 위치한 보증금 1억에 월세 180, 방 4개, 화장실 2개짜리 아파트를 발견했을 때 수진이는 어떤 운명적인 교감을 느꼈다. 이 집을 놓치면 다시는 이런 기회가 없을 것 같아 수진이는 계약을 서둘렀고 부랴부랴 도장을 찍고 나니 이번에 빈집에 살림살이를 채워 넣는 게 또 일이었다.

'자기만의 방?', '자기들만의 방?', '우리의 방?'

온갖 이름을 궁리하던 수진이는 비혼해서 행복한 웃음 많은 여자들이란 의미로 공동체 이름을 '비행 소녀'로 지었고 비행 소녀용 SNS 계정을 파 멤버들을 모집함과 동시에 이케아와 오늘의 집을 들락거리며 인생 최대의 쇼핑을 시작했다.

비행 소녀들이 자기 취향에 맞게 자기 돈으로 가구를 사서 각자 방을 꾸미는 게 베스트였지만 공동체 멤버를 모집하는 게시글에 의자 하나 없는 텅 빈 방 사진을 올리려니 아무도 이 집에 선뜻 들어올 것 같지가 않았던 거다.

제일 싼 거. 그리고 화이트.

딱 두 가지 기준만 내세워 수진이는 자기 방을 제외한 나머지 방에 들어갈 가구들을 구입했다. 매일 저녁 퇴근 후 집에 돌아와서는 혼자 이케아에서 배달된 가구들을 조립했다. 처음엔 좀 헤맸지만 같은 침대, 같은 책상, 같은 의자, 같은 서랍장을 네 번이나 조립하니 나중에는 설명서를 볼 필요도 없이 거의 자동이었다.

돈이 없어서 다른 방에 들어갈 가구들은 최대한 저렴한 제품으로 구입했지만 인생 첫 독립인 만큼 자기 방에 들어갈 가구와 가장 오랜 시간을 보낼 거실에는 아낌없이 투자했다.

화이트 톤의 심플한 가구들을 기본으로 원목과 따뜻한 노란색 조명이 적절하게 섞인 코지한 스타일이 수진이의 로망이었다. 학교에서도 수진이는 틈만 나면 오늘의 집을 들락거리며 자기 방을 채울 귀여운 소품과 바닥에 깔 러그, 벽에 붙일 포스터, 포근한 침구 따위를 구경했고 소파와 TV를 대신해 거실 한복판에 놓을 완벽한 8인용 원목 테이블을 찾아 새벽까지 해외 사이트를 뒤졌다.

엘리베이터 안에는 도저히 들어가지 않아 사다리차까지 불러 마침내 북미산 8인용 떡갈나무 테이블을 이 집 거실에 들였을 때 수진이는 가구를 보고도 오르가즘을 느낄 수 있다는 사실을 그때 처음 깨달았다.

근데 그러고 나니 돈이 없었다.

세탁기, 냉장고, 가스레인지, 에어컨은 원래 있던 옵션이라 상관없었지만 밥솥과 전자레인지, 커피포트, 미니오븐, 후라이팬, 냄비 등 자잘한 살림살이들은 모두 돈을 주고 사야 했다. 더 이쁘고 좋은 게 있다는 걸 알면서도 그놈의 돈 때문에 수진이는 많은 것을 포기해야 했는데 취향 대신 가성비를 선택했음에도 불구하고 사야 할 건 계속 생겼고 돈은 부족했다.

겨우 쇼핑이 대강 마무리되고 엄마가 알면 미쳤다고 등짝을 때릴, 넉 달 치 월급을 쏟아부은 아름다운 북미산 떡갈나무 테이블 위에 맥북을 올려놓고도 수진이는 매일 한숨이었다. 집도 구하고 살림도 다 마련했는데 생각보다 사람들의 관심이 저조했던 것이다.

팔로워는 쭉쭉 늘었지만 2주가 지나도록 멤버 모집글 밑에 달리는 댓글이라곤 '우리 동네에도 이런 것 좀 제발 생겼으면', '비혼 여성 주거 안정 위한 예산 확보 투쟁' 어쩌고 하는 지방 거주자들의 한탄과 운동가들의 분노, '미성년자도 거기 들어갈 수 있나요?' 하는 가출 청소년들의 문의 글뿐이었다.

월세 날은 점점 다가오고 말일까지 사람들이 안 구해지면 어떡하나 하는 불안도 잠시, 2주가 지나자 첫 번째 지원자가 나타났다.

중소기업에서 사무직으로 근무하고 있다는 남희 씨는 수진이보다 10살 연상으로 쇠꼬챙이처럼 마른 작은 체구의 중년 여성이었다. 처음 보는 순간 '물기가 거의 없다, 건조해 보인다'는 인상이 뇌리를 스쳤는데 그건 아마 오랫동안 뿌리 염색을 하지 않아 얼룩덜룩, 푸석푸석한 남희 씨의 헤어스타일 때문인 것 같았다.

처음에 안방을 원했던 남희 씨는 그 방은 두 사람이 같이 써야 한다는 말을 듣더니 현관과 가까운 두 방 중 붙박이장이 딸린 두 번째 방을 선택했고 그녀가 마수걸이를 해준 덕인지 그다음부턴 속속 비행 소녀들이 나타났다.

며칠 후 연락이 온 은혜 씨는 요 앞에 있는 한의원에서 사무 일을 보고 있다고 했다. 수진이랑 띠동갑도 더 됐지만 아무리 말씀 편하게 하시라 해도 끝까지 말을 놓지 않는 게 사람이 괜찮아 보였다. 이미 간단하게 자기 짐을 싸서 온 은혜 씨는 거실 욕실과 가까운 남희 씨 옆방을 골랐고 그 자리에서 바로 그달 치 월세를 입금해줬다. 들어가기 전 거실 베란다까지 둘러본 은혜 씨는 작게 미소를 짓더니 남향이라 빨래가 잘 마르겠다는 소리를 했다.

빨래!

그러나 그때는 앞으로 무슨 일이 벌어질지 꿈에도 생각하지 못했기에 수진이는 웃으면서 앞에 가리는 건물도 없어서 경치도 좋다고, 얼씨구나 맞장구를 쳤다.

그다음 주엔 승은 씨가 방을 보러왔다. 그림도 그리고 디자인도 하고 이런저런 일을 다양하게 한다고 자신을 소개한 승은이는 연식이 오래된 아파트임에도 불구, 내부 인테리어는 새로 싹 되어 있는 걸 보곤 만족해했다. 비록 자기 집은 아니었지만 덕분에 수진이 어깨도 좀 올라갔고 이제 남은 방은 안방뿐이라는 소식에 얼굴이 잠시 굳어졌지만 안방 양 벽에 나란히 놓인 이케아 싱글 침대를 물끄러미 바라보더니 고개를 끄덕이며 계약하겠다고 했다.

"거실 욕실 저도 쓸 수 있을까요?"

"그럼요."

승은이는 두 침대 중에 어느 쪽을 쓸지는 자기가 골라도 되냐고 수진이에게 물었고 수진이가 그러라고 대답하기도 전에 번갈아 가며 양 침대의 쿠션을 엉덩이로 시험해봤다. 한참을 그러더니 그날 바로 선택하지는 못하고 뒤에 일이 있다며 승은이는 제집으로 돌아갔다.

승은이를 배웅하며 수진이는 어색하게 웃었다. '요즘 애들'이란 말을 정말 싫어하는데 아무리 봐도 승은이는 요즘 애들 같았다. 하긴 뭐 아직 어리니까.

그날 저녁 방문한 한나 씨는 안방밖에 안 남았다는 수진이의 말에 어차피 자긴 일이 바빠 집에서는 잠만 잘 것 같다며 누구랑 방을 같이 써도 상관없다고 했다.

"근데 이 방은 좀 싸게 해주나요?"

"미안해요. 방값은 다 40만 원이에요. 그리고 이 방만 욕실을 따로 써요. 옷방도 있고."

길고 화려한 네일, 노출이 많은 옷차림을 보곤 경계부터 했는데 설명을 들은 한나 씨는 바로 수긍했고 외모와 달리 생각보다 무던하고 쿨한 사람 같다고 수진이는 생각했다.

이제 와 돌이켜보면 여자 둘이 힘을 모아 집도 사는 세상에 겨우 월셋집 하나 구하는 게 뭐 그리 어렵겠냐고 깔봤던 게 가장 큰 패착이었다. 사람과 사람이 같이 사는 일은 도를 닦는 것과 마찬가지였다. 문제는 집이 아니었다.

문제는 인간이었다.

저기요. 수진 님.

한나 님이랑 저는 안방을 같이 쓰고 다른 분들은 다 독방을 쓰는데 월세를 똑같이 N분의 1 하는 건 좀 불공평하지 않나요? 처음 집 보러 왔을 땐 수진 님께서 안방 안에는 드레스룸이 있다, 욕실도 따로 있다 하셨는데 세 분이 쓰는 거실 욕실에만 욕조가 있고 안방은 샤워부스도 없잖아요. 이게 무슨 욕실이에요? 그냥 화장실이지. 저는 짐도 별로 없어서 드레스룸은 한나 님만 써요. 신발장도 보면 한나 님인지 다른 분인지 모르겠는데 제 자리에 자기 구두 막 넣고요. 월세를 20으로 내려주시든지 아님 다른 방으로 바꿔주시든지 해주세요.

방학을 맞아 오랜만에 늦잠을 자고 일어난 수진이가 샤워 후 토스트 한 조각에 커피 한잔으로 여유로운 주말 아침을 시작하려는 그때 한 문제 많은 인간이 DM으로 불만을 표시해

왔고 노트북 앞에 앉아 있던 수진이는 순간 뒷골이 당기는 것을 느꼈다.

✕✕✕

소희와 민규는 소개팅에서 처음 만났다.

스키장의 하얀 설원을 배경으로 활짝 웃고 있는 소희의 사진을 우연히 보게 된 민규는 그 미소를 실제로 딱 한 번만 볼 수 있다면 죽어도 여한이 없을 것 같았다. 조르고 조른 끝에 소개팅이 성사되었고 처음 만난 날, 민규는 소희에게 한눈에 반했다.

27살에 만난 두 사람은 1년 반 동안 연애한 뒤 가을에 식을 올렸다.

민규는 소희뿐만 아니라 소희의 가족들에게도 참 잘했는데 특히 소희의 어머니에게는 '장모님, 장모님' 넉살 좋게 굴며 무슨 일이 있을 때마다 없을 때마다 '이 앞 꽃집에서 장모님을 닮은 예쁜 꽃을 팔기에 생각이 나와서 사왔다'는 필살멘트와 함께 꽃다발을 안기고 점수를 땄다. 비행이 끝난 소희를 픽업하러 잠실에서 인천까지 먼 거리를 왔다 갔다 하면서도 단 한 번도 피곤하거나 귀찮은 티를 내지 않았고 그런 '한

결같음'이 소희로 하여금 수많은 남자들 중 민규를 제 짝으로 선택하게 했다.

올해 서른세 살 동갑내기인 두 사람은 처음에는 서로 존대를 하다 곧 반말을 하게 됐는데 민규가 자신이 빠른 년생이란 걸 슬쩍 밝힌 이후부터는 쭉 '오빠'라고 불렀다.

프러포즈는 소희가 28살, 민규가 29살이 되던 해의 크리스마스에 잠실 시그니엘 호텔 99층에서 받았다. 프러포즈 링과 결혼반지는 그라프 인게이지먼트링과 부쉐론 콰트로 웨딩밴드였고 기타 혼수와 예단은 허례허식에 불과하다는 판단하에 대부분 생략했으며 신혼집을 채울 가구와 가전 등 살림살이는 36개월 무이자 할부로 긁어 두 사람이 힘을 합쳐 차근차근 갚아나가기로 했다.

몰디브로 10박 12일 꿈 같은 허니문을 다녀온 두 사람은 시부모가 길 바로 건너편에 사는 방 4개짜리 가락동 현대아파트에서 신혼생활을 시작했다. 석 달 후 소희는 남편의 간청에 못 이기는 척 회사에 사직서를 제출했고 자기들이 능력이 없어서 딸내미가 그 무거운 캐리어를 끌고 다니며 힘든 승무원 일을 하는 거라고 여겼던 소희의 부모님은 송 서방한테 더, 더 잘하라는 말로 딸에 대한 죄책감을 간단히 씻어냈다.

기브 앤 테이크.

그동안 받아온 게 있으므로 자기도 줄 건 줘야 한다는 생각에 잔뜩 긴장하고 있던 소희는 반년이 채 지나기도 전에 왜 세상 사람들이 시어머니 시집살이만 과장하고 시아버지 시집살이에 대해선 일언반구조차 해주지 않았는지, 억울하고 답답해서 분통이 터질 지경이었다.

시어머니는 약국 운영만으로도 바빠 아들 내외가 어떻게 사는지 들여다볼 시간이 없었다. 딱 붙어사는 만큼 아침저녁으로 들러 게슈타포가 수색하듯 살림 참견을 할 거라 예상했던 것과 달리 시어머니는 자기도 집안일은 처음부터 도우미에게 다 맡겨서 이 나이까지 국간장, 조선간장, 진간장도 잘 구분하지 못한다고 고백했다.

문제는 시아버지였다. 예로부터 며느리 사랑은 시아버지라는 낯간지러운 말이 이 집안에서는 통하지 않았다. 하나뿐인 아들에 대한 집착이 대단했으므로 새아기를 본 시아버지라기보다는 시앗을 본 큰마누라에 더 가까웠다.

"아버지랑 사이가 좀 각별한 편이야."

연애할 적에도 밥을 먹거나 드라이브하거나 여행을 가면 여지없이 민규의 핸드폰으로 전화가 왔고 그럴 때면 민규는 소희에게 양해를 구한 뒤 소곤소곤 아버지와 긴 통화를 했다.

"어머니가 일이 바쁘셔서 거의 아버지 손에 컸거든. 엄청 가정적이셔."

"그래? 그러면 오빠도 가정적이겠네. 오빠도 요리 잘해?"

"아빠만큼은 아닌데. 기본적인 건 해. 우리 아빠 요리 진짜 잘해. 요리사야."

민규는 신이 나서 핸드폰을 열어 아버지가 해줬다는 갈치조림, 닭도리탕, 매운탕, 짜장면, 탕수육, 골뱅이 소면, 보쌈 사진을 주르륵 보여줬고 아버지와 단둘이 나란히 찍은 사진부터 시작해 아버지의 젊었을 적 사진과 자신의 어렸을 적 사진도 굳이 굳이 보여줬다.

느낌이 좀 이상하긴 했지만 소희는 모른 척했다. 그래도 마마보이보단 나으니까. 지나치게 돈독한 부자 관계가 부부관계에 미칠 영향에 대해 충분히 숙고하기에 소희는 상상력이 좀 부족한 편이었다.

허니문에서 돌아온 그날부터 시아버지는 하루걸러 하루꼴로 아들 내외의 집에 와서 같이 저녁 식사를 하고 돌아가셨다. 단둘이 먹을 땐 대충 먹어도 됐지만 '시' 자 붙은 어른이 방문하시니 대충 차리는 건 불가능했다. 혼신을 다해 요리책까지 뒤져가며 잡채와 갈비찜을 해드렸을 때는 한두 수저 맛보시더니 김에 밥을 싸서 김치 하나만 덜렁 놓고 밥 한 그릇을 비우고 돌아가셨고, 아내 속을 아는지 모르는지 식탁 위에 올라온 갈비찜을 보자마자 감탄하던 민규는 그때 아버지와 둘이 가서 먹은 수원의 무슨 무슨 왕갈비찜이 아주 죽여줬다는 말 같지 않은 소리나 해댔다.

소희의 핸드폰으로 직접 전화를 걸거나 연락 좀 자주 하라고 타박하신 적은 단 한 번도 없었지만 아들에게는 연락이 잦으셨고 어쩌다 연락이 좀 뜸하면 바로 서운해하셨다. 아들 내외의 단란한 주말 외출, 여름휴가에도 당연하다는 듯 한 자리를 떡하니 차지하셨고 둘이서만 몰래 어디 여행을 떠나거나 외출을 하는 건 불가능했다. 이럴 때 친정이라도 멀면 좀 좋으련만, 소희는 그것도 아니었다.

어디 마트나 백화점이라도 가기 위해 자동차를 탈 일이 생기면 민규가 운전석에, 시아버지가 조수석에 타셨고 소희는 자연히 뒷자리였다.

그래도 잠은 꼭 본인 집에 가서 주무셨지만, 그 시절을 돌이켜보면 소희는 둘이 아니라 셋이 같이 살았다는 느낌이다. 그마저도 자신은 본처가 아닌 둘째 마누라. 시아버지가 남편의 정실부인이었고 소희는 대를 잇기 위해 잠깐 들인 눈엣가시 같은 젊은 첩년이었다.

당연히 아이가 생기지 않았다. 첫째 마누라가 서방님을 붙들고 놔주질 않는데, 부부가 둘이서만 오붓하게 있을 시간을 잠시 잠깐도 주지 않는데 임을 봐야 뽕을 따지 어떻게 여자 혼자 힘으로 아이를 만들겠는가.

산부인과에 가보니 모든 게 다 정상이었고 엄마 아빠 아직 젊으니 걱정할 것 없다고 했다. 원인은 잘 모르겠지만 '스트레스'일 거라고 했다. 친정엄마에게 전화를 걸어 의사가 한 소리를 그대로 전하니 집에서 팽팽 노는 애가 뭔 놈의 스트레스냐며 호강에 겨워 요강 타고 자빠지는 소리 한다는 둥 호된 질책만이 돌아왔다.

"여자는 애를 낳아야 그 집 사람이 되는 거야. 엄마 말 무슨 말인지 알지? 우리 딸?"

아파트 지하주차장에 차를 대놓고 몰래 엄마에게 전화를 건 소희는 그 통화가 끝나자마자 눈물을 터뜨렸다. 온몸의 수분이 다 빠져나갈 것 같은 아주 긴 울음이었다.

×××

은혜 씨가 매일 아침 세탁기의 소음으로 수진이를 괴롭혔다면 승은이는 시각적으로 남희 씨는 미각적으로 한나 씨는 후각적으로 수진이의 오감(五感)을 마비시켰다.

프리랜서인 승은이는 밤에 일하고 아침 늦게 잠자리에 들었는데 오후 3시쯤에는 거실로 나와 욕조 가득 물을 받고 반신욕을 했다. 다른 사람들은 다 회사에 출근하고 방학을 맞아 집에 있는 수진이만 그 사실을 알았는데 문제는 승은이가 욕실 문을 잠그지 않아 수진이가 실수로 그녀의 알몸을 봐야 할 때가 몇 번 있었다는 점이다. 잘못한 것도 없는 수진이는 그때마다 소스라치게 놀라며 사과를 했고 더 놀라운 건 승은이는 목욕을 마친 뒤 옷을 입지 않고 알몸으로 나와 대충 물기를 훔치고 자기 방으로 들어갔다는 것이다.

거실에 나와 책을 읽다가 몇 번 그 몸뚱아리와 마주친 수진이는 오후 3시가 되면 스스로를 방 안에 유폐시켰고 고심 끝에 부엌에서 마주친 승은이에게 '샤워 후 밖으로 나올 때 꼭 옷을 입어달라'고 부탁했지만 그 앤 꼴같잖다는 표정으로 "에." 하며 대충 대답할 뿐이었다.

"에."

예, 도 아니고 네, 도 아닌 에.

그러다 승은이의 반신욕이 길어질 때면 어쩔 수 없이 수진이도 안방 화장실을 이용해야 했는데 밤에 일하고 낮에 자는 건 한나 씨도 마찬가지인지라 암막 커튼을 친 그 방은 낮에도 밤처럼 어두컴컴했다. 승은이의 책상 위에 켜져 있는 모니터 불빛에만 의지해 화장실 앞에 당도하면 이번엔 말로 표현할 수 없는 끔찍한 악취가 수진이를 반겼는데 가정집 화장실이 아니라 무슨 호프집 화장실 같았다. 절대 청소하지 않기로 둘이 맹세라도 했는지 배수구에는 머리카락이 잔뜩 엉켜 있었고 변기와 세면대에는 붉은 물 때와 곰팡이가 끼어있었다.

각자 자기 방 청소는 알아서 하고 거실과 부엌, 욕실 등 공동공간 청소는 돌아가면서 하는 게 비행 소녀들의 규칙이었다. 아침은 각자 챙겨 먹는 대신 저녁은 함께했는데 정해진 당번은 없었다. 그때그때 먼저 퇴근하는 사람이 식사를 준비하면 나머지 사람들이 식탁을 치우고 설거지를 하는 식이었다.

은혜 씨와 남희 씨, 수진이 셋 중 가장 먼저 퇴근하는 건 보통 남희 씨였다.

수진이와 마찬가지로 평생 부모님과 같이 살았다는 남희 씨는 어머니가 시집가면 다 하게 된다면서 집안일을 비롯해 아무것도 가르쳐주지 않으셨다고 먼저 실토했는데 할 줄 아는 요리가 간단한 볶음밥 아니면 소시지 야채 볶음 정도라고 했다.

'볶음밥이 그냥 볶음밥이지.'

그러나 몇 번 먹어본 남희 씨 표 볶음밥은 너무 짜거나 너무 달아서 먹기가 괴로울 지경이었고 그나마 괜찮은 건 소시지 야채 볶음, 파전, 제육볶음 같은 안주류였는데 이건 이거대로 또 문제였다.

남희 씨는 매일 저녁 소주를 두 병씩 마셨다. '매일' 술을 마시는 사람이 진정 실존했던 것이다. 이런 건 뉴스에서나 봤던 수진이는 자연히 그녀의 건강을 걱정했지만 반주는 술이 아니라 보약이라는 엉뚱한 대답이 돌아왔고 타고난 술꾼답게 남희 씨는 혼자 마시는 걸 싫어했다.

"딱 한 잔. 우리 딱 한 잔만 같이 마셔요. 네?"

집 안에 '매일' 술을 먹는 인간이 있다는 것은 하여튼 불쾌한 일이었다. 그러나 그렇게 술을 먹고도 자기 할 일은 다 했기 때문에 딱히 뭐라 할 수도 없었다. 한마디로 애매했다.

수진이는 남희 씨의 샴푸 냄새도 좀 애매했는데 요즘 들어 욕실 선반 위에 올려둔 샴푸와 린스가 부쩍 빨리 주는 것 같았기 때문이다. 향기에 민감하고 피부가 예민한 수진이는 마트에서 파는 저렴한 대용량 샴푸 대신 백화점에서 파는 프랑스산 바스 제품만을 고집했는데 요 근래 남희 씨 근처에 가면 술 냄새와 함께 수진이와 비슷한 향기가 풍겼기 때문이다.

욕실 선반 위에 있는 남희 씨의 샴푸는 물론 마트에서 파는 대용량 한방 샴푸였다. 오렌지 빛에 가까운 밝은 갈색. 거기에 구불구불한 파마기가 있는 남희 씨의 긴 머리카락에 코를 갖다 대고 킁킁 냄새라도 맡아보고 싶었지만 문득 그런 자신이 너무 치사스럽게 느껴져 수진이는 그 생각을 지워버렸다.

"다 알고 들어왔으면서…… 이제 와 무슨 어거지야? 월세 20? 진심인가? 얘 나 놀리나?"

제일 큰 문제는 승은이였다. 매사 불만만 많고 예민한 스타일. 승은이는 비행 소녀에 들어온 지 일주일 만에 마트에서 공동으로 장 보는 게 형평성에 어긋나는 것 같다며 자기는 동참하지 않겠다고 쏙 빠져나갔고 앞으로 자기 먹을 건 자기 돈으로 사겠다며 냉장고 안에 자기 칸을 만들어달라고 요구까지 한 애였다.

수진이가 아침에 일어나 느긋하게 브런치를 해 먹으려고 부엌을 쓰면 가스레인지 옆에 튄 기름 왜 안 닦았냐고 메시지가 왔고 거실에 앉아 혼자 햄버거를 먹고 있으면 쓰레기 혼합배출은 과태료 대상이니 포장지와 음식물 분리배출을 똑바로 해달라는 말을 남기곤 휑하니 자기 방으로 들어갔다.

어이가 없었다. 내가 얼마나 참고 있는데. 공동생활은 '양보'와 '배려'를 기반으로 한다는 걸 그리고 그 양보와 배려는 일방적인 게 아니라 호혜적이어야 한다는 걸 저 어린애는 아직도 깨닫지 못한 것 같았다. 요즘 애들은 정말 저만 알았다.

어리다고 무작정 오냐오냐하는 건 애를 망치는 지름길이었다. 쪽지로 이럴 게 아니라 얼굴 보고 툭 터놓고 이야기하는 게 더 나을 것 같았다.

　승은이를 제외한 다른 사람들에게 그 애가 보낸 쪽지를 보여준 뒤 의견을 묻고 그 후 우리 의견을 하나로 모아 주말 저녁쯤 다 같이 거실 테이블에서 모여 앉아 차라도 마시며 부드럽고 원만하게 미안하지만 그건 좀 어렵다고 거절할 계획이었다.

　방을 바꾸는 것도 자기만 월세를 절반으로 깎겠다는 것도 이미 다 알고 입주한 것이므로 당신이 요구한 그 파렴치한 제시안은 그 무엇도 받아들이는 게 '불가능'하다고 차근차근 알아듣게끔 설명할 생각이었다.

　"그런가? 음…… 좀 불공평한가요?"

　최고 연장자 은혜 씨의 반응은 미적지근했다. 냉장고에서 우유를 꺼내는 은혜 씨를 불러 세운 수진이는 그 미온적인 반응에 속이 터졌다.

　"말이 안 되죠! 독방이 쓰고 싶었으면 먼저 보러 오든가. 제일 나중에 와놓고 들어와서 잘 살다가 월세 낼 때 되니까 딱 맞춰서 그런 소리 하는 게 너무 무책임하잖아요?"

　속닥속닥 저들끼리만 뭐 재밌는 일이 생긴 줄 알았는지 약속이 없어 주말에도 집에만 박혀 있던 남희 씨는 얼른 밖으로 나와 그 대화에 끼어들었다.

"뭔데? 뭔데 그래요? 나도 알려줘."

수진이는 은혜 씨에게 몇 분 전 했던 설명을 다시 반복했다.

"방을 누구랑 바꾸겠단 거야? 어이없네? 이 사람 주말에도 욕실 쓰고 뒷정리도 제대로 안 해요! 그렇게 치면 이 사람이 쓰는 물값만 해도 장난이 아닌데 우리가 그거 다 똑같이 N분의 1 하잖아요. 너무 이기적이다!"

"그쵸? 남희 님 그쵸?"

"은혜 님이랑 수진 님이랑 저는 직장인이라 아침에 나갔다가 저녁에 들어오잖아요. 그…… 다른 한 분은 잘 모르겠고. 이분 프리랜서라면서요? 종일 빈집에서 자기가 쓰는 전기세, 가스비, 물세 그런 건 하나도 생각 안 하나?"

"그쵸? 맞죠? 아 진짜, 그니까요. 저 아침에 이 쪽지 보고 너무 놀랐어요."

"음…… 근데 수진 님이랑 남희 님 두 분도 욕실 청소 잘 안 하시던데? 배수구에 머리카락 이만큼씩 끼어 있고."

"네?"

"그리고 남희 씨는 점심 도시락 매일 싸가시잖아요. 남희 씨는 아침 점심 저녁 다 집에서 먹는 거랑 마찬가지인데 그건 다른 사람들이 다 N분의 1 하고 있고."

그와 동시에 전자레인지에서 '띵!'하는 경쾌한 소리가 났다. 우유가 든 머그잔을 후후 불며 은혜 씨는 자기 방 안으로 사라졌다.

남희 씨와 수진이가 거실 욕실 청소를 제때제때 안 한 건 사실이었다. 하지만 자기가 한 번 안 한다고 계속 더러운 상태로 있는 게 아니라 며칠 좀 지나면 다시 깨끗해지길래 심각하게 여기지 않았을 뿐 다른 뜻은 없었다. 수진이는 태어나서 한 번도 똥 싸고 오줌 누는 변기를 락스 묻힌 솔로 박박 문질러 닦아본 적이 없었고 그건 부모님 슬하에서 사십 년 넘게 살아온 남희 씨도 마찬가지였다.

주기적으로 돌아오는 공동공간 청소뿐만 아니라 밥 먹고 설거지한 후에 꼭 해줘야 하는 배수구 거름망 비우기, 쓰레기 분리배출, 어질러진 거실 테이블과 의자 정리, 섬유 먼지로 꽉 막힌 세탁기 먼지 망 비우기, 플랜테리어를 위해 구입한 거실 화분 물주기, 레인지 후드 청소, 기름을 잔뜩 쓰는 요리 후 가스레인지와 그 주변에 튄 기름때 닦기, 행주 삶기, 샤워 후 바닥 배수구에 엉켜 있는 머리카락 정리, 화장실 쓰레기통 비우기 등 자질구레하고 티 안 나는 집안일은 다섯 명의 비행 소녀 중 오직 은혜 씨만이 하고 있었다.

"뭐야, 저 여자……?"

남희 씨는 은혜 씨의 방문이 닫히는 소리가 들리자 그제야 뒤돌아서 작은 소리로 쏘아붙였고 기분이 나빴는지 거세게 냉장고 문을 열어 포도 한 송이를 씻더니 그릇에 담아 자기 방으로 휙 들어갔다. 수진이는 남희 씨가 지나간 자리에 궤적처럼 남아 있는 싱크대 주변과 바닥에 튄 물방울을 바라봤다.

수진이는 안방 문에 대고 똑, 똑 조심스럽게 노크를 했다. 보아하니 한나 씨는 어제 들어오지 않은 것 같았고 승은 씨는 방에서 잠을 자든지 일을 하든지 하고 있을 것 같았다.

"승은 씨? 잠깐 들어가도 돼요?"

묵묵부답이었다.

월세 깎는 것도 방을 바꾸는 것도 안 된다고 하면 저 어린 이는 나간다고 할 게 뻔했다. 집을 구하고 살림살이를 마련하느라 수진이는 모아둔 돈을 거의 다 쓴 상태였다.

2인실인 안방에 선뜻 들어오겠다고 할 사람을 구하는 건 쉽지 않을 것 같았다. 승은이가 나가면 어떻게 되지? 월세 180만 원에 관리비 20만 원. 남은 사람들이 한 사람 나간 것까지 N분의 1로 돈을 부담해주지 않는다면 수진이가 남은 돈을 채워 넣는 수밖엔 없었다.

처음 이 집 거실에 들어온 모습을 봤을 때 33년 인생에서 가장 큰 행복감을 느끼게 해줬던 거대한 북미산 떡갈나무 테이블이 오늘따라 더럽게 크기만 큰 집 덩어리로 느껴졌다.

'저걸 사는 데 내가 얼마를 썼지?'

이 집에 사는 사람들의 인성과 가치관과는 상관없이 떡갈나무 테이블은 여전히 홀로 아름답다는 게 수진이를 괴롭게 했다.

그 주 주말 수진이는 승은이와 방을 바꿨다.

×××

생활 패턴이 맞지 않는 사람과 같은 방을 쓰는 건 스트레스의 연속이었다. 두 사람은 생활 패턴이 정반대였는데 수진이가 하루를 마무리하고 잘 시간이 되면 한나 씨는 부스럭거리며 일어나 외출 준비를 하고 반대로 수진이가 깨어나 하루를 시작할 즈음이면 한나 씨는 집에 돌아와 씻고 잠드는 식이었다.

자기 방이 자기 방이 아니었다. 한나 씨가 깨든 말든 방에서 할 일을 하려 했으나 말이 쉽지 곤히 잠든 사람 옆에서 왔다 갔다 하는 것도 미안했고 그렇다고 계속 숨죽이고 있는 것도 못 할 짓이라 수진이는 하루의 대부분을 거실이나 동네 카페에 나가 죽치며 보냈다.

한나 씨는 짐도 많았다. 그 넓은 드레스룸이 터져나갈 정도로 옷이 많았는데 옷뿐만 아니라 구두도 액세서리도 화장품도 모든 게 다 과잉이었다. 한 칸만 빼고 드레스룸을 다 양보했음에도 한나 씨는 슬금슬금 안방 바닥에 가방과 옷가지를 쌓아 올리기 시작했고 보다 못한 수진이는 구석에 있던 스탠드 조명을 중앙으로 옮겨, 미안하지만 이 스탠드를 기준으로 짐들이 넘어오지 않게 해달라고 부탁했다.

개인 물품을 간수하는 것도 일이었다. 값나가는 물건을 소지하고 있진 않았지만 생판 남과 같이 방을 쓰니 신경이 쓰이는 게 사실이었다. 통장과 도장, 아끼는 액세서리, 한 장에 오만 원이 넘는 비싼 유기농 마스크팩 따위를 한나 씨가 찾을 수 없을 만한 곳에 감추기 위해 방 안을 두리번거리던 수진이는 문득 그런 스스로가 혐오스러워서 견딜 수가 없었다.

하루하루 사는 게 아니라 참는 날들이 이어졌다. 서재를 쓸 때만 해도 거실 화장실 청소는 셋이서 돌아가며 했고(대부분 은혜 씨가 했지만) 화장실 쓰레기통도 때가 되면 알아서 비어 있었지만, 안방으로 방을 옮기고 나니 화장실 청소는 빼도 박도 못하고 자신과 한나 씨 둘이서 해야 했다.

태어나서 처음 겪는 공동생활에 스트레스가 심했는지 어느 날 밤에는 한나 씨가 외출한 걸 확인하자마자 이불 밑으로 들어가 조용히 울었다. 처음에는 손바닥으로 입을 막고 소리죽여 울었는데 가만 생각하니 내가 왜 내 집, 내 방에서 소리 내어 울지도 못하냐는 억울함이 들어 소리 내어 울었다.

여자들끼리 모여 장도 보고 쇼핑도 하고 테이블에 모여 앉아 커피와 홍차, 맥주와 와인을 나눠 마시며 두런두런 이야기도 하고 각자 가장 친한 친구를 한 명씩 불러 한 달에 한 번쯤은 홈파티도 하는 그런 소박하지만 행복한 삶을 꿈꿨을 뿐인데 정신을 차려보니 수진이가 도착한 곳은 그 꿈과는 너무도 동떨어진 장소였다.

차라리 혼자 산다면 나 1인분의 생활만 책임지고 돌보면 됐지만 내가 아니어도 이 일을 대신해줄 사람이 있다는 이기(利己)가 모두의 마음속에 조금씩 자리 잡고 있었기 때문에 꽤 자주 남의 생활을 챙기는 데에도 내 시간과 수고를 쏟아야 했다.

이건 수진이가 원하는 삶이 아니었다. 그러나 수진이가 원했던 삶이란 대체 무엇이었는가?

강원도에 있는 한 연수원에 2박 3일짜리 교사연수를 온 수진이는 오랜만에 독방을 썼다.

'이렇게 편하구나.'

공기 좋은 곳에 와서 아침마다 산책도 하고 밤이면 조용한 방 안에서 혼자만의 시간을 보내며 재충전을 했더니 안개가

걷히듯 머릿속이 맑아졌다. 서울에 올라가면 다 같이 한강에 피크닉을 가자고 해야지. 가서 같이 도시락도 까먹고 대화도 나누고 사진도 찍고 자전거도 타다 보면 꽤 많은 문제가 풀릴 거라고 수진이는 최대한 긍정적으로 생각했다.

긍정, 긍정의 힘.

달력을 확인한 수진이는 소희의 계좌에 180만 원을 입금했다.

고등학교 때만 해도 자기는 학급 부반장이었고 지각을 밥 먹듯 하던 소희는 아침마다 교문 앞에서 벌을 섰는데 세월이 흘러 다시 만나니 자기는 세입자, 소희는 집주인이었다. 공인중개사의 말을 들어보면 이 집 월세는 물론 위례에 있는 아파트 역시 소희 앞으로 되어 있다고 했는데 이상하게도 수진이는 그 말을 들어도 하나도 부럽지가 않았다.

위례 신도시 집값이 많이 빠졌다는 부동산 기사를 어제 읽어서 그런 걸까?

부러울 만한데도 전혀 부러움을 못 느끼는 자신이 꼭 로봇처럼 느껴졌다.

계약서에 사인할 때 본 소희가 사는 위례의 아파트 가격이 궁금해서 한 번 검색해봤지만 10억이 훨씬 넘어가는 시세를 확인해도 정말이지 수진이는 아무 감정이 들지 않았다.

그건 대체 왜 그런 걸까? 나 참 이상하다…… 중얼거리며 수진이는 지하 편의점에서 산 싸구려 와인 한 병을 천천히 비웠다.

×××

사는 게 매가리가 없었다. 음식물 쓰레기통 맨 위에 허옇게 눈을 뜨고 죽은 국거리용 멸치, 그게 나였다. 이럴 수는 없었다. 이건 사는 게 아니었다.

사는 게 사는 게 아닌 채로 그 집에서 소희는 3년 반을 살았다.

결혼 3년 차가 됐을 때 소희는 이사와 이혼, 두 카드를 놓고 심각하게 고민했다. 뭐가 됐든 둘 중 하나라도 하지 못하면 자신이 말라 죽을 거란 예감이 들었다. 중국에서 열린 무슨 학회에 참석한 시아버지를 빼고 신혼여행 이후 처음으로 단둘이서 제주도로 여행을 갔을 때 소희는 마침내 와인 한 병을 혼자 다 비운 뒤 남편에게 모든 것을 털어놓았다.

"근데 소희야……. 나 돈이 없어."

딸꾹질까지 해가면서 서럽게 우는 아내에게 민규가 하는 말이란 고작 그런 거였다.

사실 그때까지도 시부모는 자기들 명의의 집에서 아들 내외가 무상으로 지낼 수 있게 해줬을 뿐 명의를 이전해주지는 않았다. 소희가 타고 다니는 차도 마찬가지였다. 부자가 괜히 부자인 게 아니었다. 이혼하게 될 경우 일어날 재산 분할을 걱정한 건지 민규 앞으로는 마땅한 재산이랄 게 하나도 없었고 민규의 월급은 2인 식구의 생활비와 민규가 타고 다니는 자동차 할부, 혼수를 장만할 때 긁은 카드값을 갚는 데 다 쓰이고 있었다.

  아이가 태어나면 아이 양육과 교육에 들어갈 비용은 부모님께서 도와주시겠다고 약속했다고 민규는 말했지만 그건 공짜가 아니었다. 평생에 걸쳐 죽는 순간까지 갚아야 할 빚이었다. 부모 뜻대로 고분고분하게 굴지 않으면 언제든지 줬다 뺐을 수 있는 돈. 세상에서 제일 더럽고 치사한 돈. 소희는 아직도 그걸 깨닫지 못한 우둔한 남편이 답답할 뿐이었다.

  "그럼 내가 방법을 찾아볼게. 오빠. 암튼 이사 가는 건 불만 없지?"

  "응. 사실 그동안 말 안 해서 그렇지……. 나도 울 아빠 피곤해."

  두 사람 앞으로 잡혀 있는 재산이 민규의 자동차 한 대뿐이어서 그랬는지 소희가 매일 주택 청약 사이트와 부동산 카페를 수백 번 들락거린 끝에 신혼부부 특공으로 위례 신도시에 있는 신축 아파트에 당첨됐다. 106동 504호. 24평형. 방 3개 화장실 2개.

몇 번이고 모니터 화면을 다시 들여다본 소희는 초등학교에 입학하자마자 딸 앞으로 청약 통장을 만들어두신 친정 부모님의 선구안에 감사하고 또 감사했다.

며느리가 얼굴만 반반한 골 빈 아이는 아니라는 생각이 들었는지 아니면 3년 넘게 자기 남편의 '시'자 짓을 묵묵히 견뎌낸 인내심을 높이 산 건지 청약 당첨과 함께 이사 소식을 알리자 시어머니는 가락동 아파트 명의를 아들 부부 앞으로 돌려줬다. 공동명의였다.

새로 들어갈 위례 아파트는 소희 이름 앞으로만 되어 있었다. 당장 갚아야 할 중도금과 매달 내야 하는 대출이자가 장난이 아니었지만 다행히도 민규는 탄탄한 직장에 다니는 성실한 남편이었고 연봉도 또래에 비해 높은 편이었으며 여차하면 대출을 받을 수도 있었다.

소희에게 구애했던 남자 중엔 민규보다 돈을 더 잘 버는 남자도 있었고 대단한 부잣집 아들도 있었다. 부모님 그늘에서 못 벗어났다는 점에선 그들과 비슷했고 낳아준 어머니도 아닌 아버지와의 사이에 탯줄을 그 나이가 되도록 못 끊은 건 좀 끔찍했지만 이만하면 민규는 썩 괜찮은 남편이었다.

이사 온 위례 아파트에서 처음 잠을 자던 날, 소희는 행복에 겨워 잠이 잘 오지 않았다.

내 집. 우리 집.

나랑 민규, 우리 식구만 사는 집. 다른 사람들은 들어올 수 없는 집.

안방 화장실에서 샤워를 마치고 나온 민규는 수건으로 머리를 대강 털며 소희가 있는 침대로 다가왔다. 새집이라 그런지 수압이 장난이 아니라고, 살이 빨개졌다고. 민규의 밉지 않은 너스레에 소희는 피식 웃었고 딱 거기까지만 했으면 좋을걸, 불을 끄고 옆에 와서 누운 민규는 한마디를 더 했다.

더 노산이기 전에 얼른 아이부터 갖자. 소희 너, 늙었어.

자기만의 방

by. 블루스타킹

지금으로부터 100년도 더 전에 영국 태생의 위대한 여성 작가 버지니아 울프가 "한 개인이 최소한의 행복과 자유를 누리기 위해선 연간 500파운드의 고정 수입과 타인의 방해를 받지 않는 자기만의 방이 필요하다"고 말했음에도 불구, 꽤 오랫동안 나에겐 자기만의 방이 없었다. 나뿐만이 아니라 하늘 높은 줄 모르고 치솟는 월세와 물가를 생각하면 서울과 수도권에 사는 대다수의 비혼 여성들에게는 왕복 3시간이 넘는 장거리 통근을 감수하더라도 부모님의 집에서 함께 사는 게 경제적으로는 더 나은 선택지였기 때문이다.

그러나 시도 때도 없이 난무하는 시집 공격과 사돈의 팔촌까지 합세해 오는 결혼 압박, 수틀리면 당장 "내 집에서 나가!" 소리가 나오는 부모님 집에 딸린 자기 방이 여성들에게 온전한 자기만의 방이 되어줄 수 있을까?

자기만의 방을 찾아 33년 만에 부모님으로부터 독립한 나는 문득 다른 비혼 여성들의 삶이 떠올랐고 그동안 모은 저축액에 신용 대출을 약간 껴서 1억 정도 되는 목돈을 만들었다. 그리고 이 돈으로 단순한 독립보단 좀 더 의미 있는 일을 하고 싶어졌다.

비혼(非婚)해서 행복한 웃음(笑) 많은 여자들(女), 비행 소녀는 그렇게 탄생했다.

나는 혼자서 쾌적하게 살 수 있는 직장 근처 원룸 전세를 구하는 대신 방이 많고 월세가 저렴한 아파트를 찾아 동분서주했고 지성이면 감천이라는 옛말처럼 내 노력에 마침내 하늘도 감복하셨는지 주변 시세보다 훨씬 괜찮은 가격대에 방 네 개, 화장실 두 개짜리 아파트를 구할 수 있었다.

그러나 예산 안에 딱 들어맞는 적당한 집을 구하고 나니 이번엔 다섯 명의 비행 소녀들을 다 모으지 못하면 어쩌나, 하는 불안이 나를 덮쳤다. 아파트는 보증금 1억에 관리비를 포함해 매달 월세가 200만 원이었고 나는 다섯 명이 각각 40만 원씩 집세를 부담하는 것으로 계획을 짰기 때문이다. 대부분의 원룸들이 월세 50만 원부터 시작하니 그보다 10만 원 저렴한 가격에 무보증금으로 안전하고 튼튼한 아파트에서 거주할 수 있다면 다른 비혼 여성들에게 더할 나위 없이 좋을 것 같았기 때문이다.

물론 이 역시 기우였다. 걱정과 초조, 불면의 밤이 무색하게 막상 마음을 먹고 몸을 움직이기 시작하니 모든 일이 순리처럼 술술 풀렸다. SNS와 부동산 카페에 모집 글을 올린 지 일주일 만에 인원이 마감됐고 그 이후에도 꾸준히 입주 문의가 빗발쳐 나는 예비 비행 소녀들에게 각각 정성 어린 사과문(?)을 보내야 할 정도였으니까.

방 배정 문제도 마찬가지였다. 방마다 크기와 위치, 옵션이 다 다른 데다 안방은 2인실이었기 때문에 다섯 명의 비행 소녀들이 각자 어떤 방을 쓸지를 두고 당연히 갈등이 있을 것으로 예상했다. 그러나 이 역시 나의 노파심이었을 뿐, 프리랜서라 밤에 일하고 낮에 잠드는 등 생활 패턴이 비슷한 두 명의 비행 소녀가 먼저 자기들이 안방을 쓰는 게 좋을 것 같다고 의견을 말했고 다른 사람들도 그게 우리 모두에게 가장 좋은 선택이라고 동의했다.

상상할 땐 두렵기만 했던 일들이 막상 툭 터놓고 대화를 시작하자 어이없을 만큼 쉽게 해결됐다. 이 모든 게 혼자 자취를 했다면 절대 깨닫지 못했을 귀중한 경험이었다.

독박 육아? 독박 살림? 독박 벌이?

이 모든 건 우리 비행 소녀들에겐 해당되지 않는 먼 나라 이야기일 뿐이다. 우리는 월세뿐만 아니라 각종 공과금과 공동으로 장 본 비용도 칼같이 N분의 1로 계산하는데 그 덕에 혼자 사는 것에 비해 훨씬 알뜰하고 풍족하게 살 수 있다. 요리, 청소, 분리수거 등 각종 집안일도 마찬가지인데 자기 방은 각자 청소하는 대신 거실, 욕실, 부엌 등 공동공간 청소와 요리는 돌아가면서 분담하는 덕에 가사에 대한 부담도 훨씬 덜하다.

특히 나는 그중에서도 비혼 여성 공동체의 저녁 식탁에 대해 자랑하고
싶다.

장칼국수, 호박전, 닭개장, 재첩국, 병어조림, 편수, 동태찌개, 가자미
식해, 나박김치 등 다 다른 어머니의 손맛에 길들여 커온 비행 소녀들
이 한집에 모인 덕에 출근하기 전부터 매일 저녁이 기다려진다. 정해진
당번 없이 가장 먼저 퇴근한 비행 소녀가 식탁을 차려놓고 다른 이들
을 기다리는데 퇴근하고 집에 돌아갔을 때 나를 반겨주는 따뜻한 식탁
과 소중한 사람들이 있다는 게 얼마나 감사한 일인지 나는 매일 깨닫
고 있다.

비록 피가 섞이진 않았지만 우리 다섯 명은 모두 느슨하게 연결되어
있다. 그리고 서로에게 서로가 필요한 순간이 오면 우리는 그 손을 절
대 놓지 않을 것이란 것도 안다.

즐거운 곳에서는 날 오라 하여도 내 쉴 곳은 작은 집, 내 집뿐이니.

완전히 평등하고 온전히 평화로운 이곳에서 우리들은 마침내 자기만
의 방에 이르렀다.

우리는 비행 소녀다.

#04

HELP!

강원도에서 돌아온 이튿날 아침 거실 천장에서 물 폭탄이 쏟아졌다.

가장 먼저 사태를 파악한 은혜 씨가 집에 있는 양동이와 헌 수건을 꺼내왔고 바깥의 소란에 방에 있던 다른 사람들도 하나둘 밖으로 나와 파자마 차림으로 주저앉아 바닥의 물기를 훔치기 시작했다.

제일 누수가 심한 거실 천장 구멍 밑에 양동이를 가져다 놓자 상황은 좀 나아졌지만 천장과 바닥 사이의 낙차 때문에 주변에 있는 원목 테이블과 책장, 마룻바닥에 사정없이 물방울이 튀었고 도배 풀과 먼지가 잔뜩 뒤섞인 희뿌연 물이 집 안

을 난장으로 만들어놓는 광경을 그저 멍하니 바라보는 수밖
엔 없었다.

'내가 저걸 얼마를 주고 샀더라.'

거실 한복판에서 거대한 존재감을 자랑하는 북미산 떡갈나
무 테이블은 수진이의 오랜 로망이었다. 비싸기도 비쌌지만,
엘리베이터에는 도저히 안 들어가는 저 테이블을 어떻게든
이 집 거실에 두기 위해 수진이는 사다리차를 따로 부르기까
지 했었다.

대충 상황이 수습되자 다른 사람들은 다시 자기 방 안으로
들어가고 수진이는 혼자 위층에 올라가 904호의 문을 두드
렸다. 식구들이 모두 외출 중인지 안에선 개 짖는 소리만 들
렸다. 별 소득 없이 집으로 내려온 수진이는 우선 집주인 소
희에게 전화를 걸었다. 거실과 부엌 바닥에 물난리가 난 사
진, 물 무게를 이기지 못하고 떨어져 나간 천장 벽지 사진 등
을 몇 장 찍어 보냈더니 메시지를 확인한 소희가 곧바로 연락
을 해왔다.

원목 마루는 괜찮은지, 지금 상태는 좀 어떤지, 대체 언제
부터 그랬는지, 정확히 어디서 누수가 생긴 건지, 윗집은 뭐
라고 하는지.

수진이는 윗집은 외출 중인 것 같아 대신 그 집 현관문에

쪽지를 붙이고 왔고 사람은 아직 안 불렀다고 했다.

"왜? 왜 안 불렀어?"

내내 존대를 하던 소희가 갑자기 반말을 했다.

"어?"

"업체부터 불러. 거기서 계속 물 떨어지는 거 보면서 살 거야? 전문가가 와서 견적을 떼봐야 누구 잘못인지 공사비가 얼마나 깨질지 알 수 있잖아. 사진만 보고 내가 어떻게 아니? 전문가도 아닌데."

"근데 지금 위층 집에 없어. 연락도 안 오는데 뭘 어떡해?"

"암튼 일단 사람부터 불러. 금액 나오면 얼만지 꼭 알려줘. 영수증 챙기고."

그리고 통화는 뚝 끊겼다.

수진이는 이게 바로 내 집 없는 설움인 건가, 중얼거렸다.

×××

윗집에 사는 사람들은 나이 지긋한 노부부였다.

"아이고 미안해요. 아들 집에 갔다 오느라 이걸 이제 봤어요. 집은 괜찮아요?"

전화를 받고 904호로 올라가자 그 집 할아버지는 출타 중인지 안 계셨고 인상 좋은 할머니가 왕왕왕 시끄럽게 짖어대는 치와와 한 마리와 함께 수진이를 맞이했다. 수진이는 거실과 부엌 사진을 보여주며 대강 상황을 설명했고 업체에서 사람을 불러 직접 점검을 해봐야 어디서 물이 샜는지 알 수 있다고도 했다.

다행히 위층에 사는 사람들은 상식적인 사람들 같았다. 할머니는 오늘 내내 집에 있을 거니까 얼른 부르라며 비용이 나오면 얼만지 자기한테도 꼭 알려달라고 했다. 수진이는 그 말에 안심했다. 수리비만 제대로 정산해준다면 이웃사촌끼리 정신적 피해보상이니 손해보상이니 운운하며 골 아프게 나갈 생각은 없었기 때문이다.

가구가 물을 먹은 건 가슴이 좀 아팠지만.

백발의 파파 할머니가 자꾸자꾸 미안하다고 빌었기에 겸연쩍어진 수진이는 아니라고 이젠 물도 별로 안 새고 괜찮다고, 진짜 괜찮다고 손사래를 쳤다.

"암튼 아기엄마. 미안해요."

마지막 인사는 별로였지만.

집으로 돌아온 수진이는 소희에게 위층 전화번호와 함께 그 집 할머니가 일체 수리 비용을 다 대주겠노라 말씀하셨음을 알렸다. 소희는 곧바로 '확실해?'라고 메시지를 보내왔고 그 말에 심사가 꼬인 수진이는 'ㅇㅇ'이라고 답장을 보낸 뒤 핸드폰을 침대 위로 던져버렸다.

오후에는 업체에서 직원이 나왔다. 여전히 영감님은 집에 안 계셨고 이번에도 할머니가 문을 열어주셨다.

아니나 다를까, 부엌 싱크대 밑에 걸레받이를 들어내니 밸브가 열려 있었다.

"어머, 나는 이거 건든 적도 없는데!"

왕왕 깽깽 시끄럽게 짖어대는 치와와를 가슴팍에 안은 할머니는 개를 더욱 꼭 끌어안으며 자신의 무고를 주장했다. 직원 중 키가 작은 남자가 오래된 아파트는 시간이 지나면 밸브가 헐거워지면서 절로 풀리기도 한다고 대답했다.

"꽉 잠가주세요, 선생님, 아주 꽉!"

집에 손님이 와 있는 동안만이라도 개를 잠깐 방 안에 넣어두면 안 되나, 하는 생각이 들었다. 개는 쉴 새 없이 짖었고 짖지 않을 땐 이빨을 드러내며 으르렁거렸다. 수진이는 아파트에서 개를 키우는 사람들을 도통 이해할 수 없었다. 개도 고통, 이웃 주민들도 고통. 그래봤자 외로움을 달래기 위해 말 못 하는 동물을 끼고 사는 것에 불과하면서 '동물을 사랑하는 정의로운 나'에 잔뜩 도취되어 있는 견주들도 꼴불견이었다.

싱크대 밑바닥으로 흘러 수진이네 집 천장에 고인 그 물들이 다 빠진 후에야 공사든 뭐든 시작할 수 있을 거라는 말을 남긴 채 그들은 출장비를 챙겨 떠났다. 첫날처럼 대차게 쏟아지진 않았지만 아직도 거실 천장에서는 잊었던 게 갑자기 생각났다는 듯 이따금씩 조르륵, 양동이로 물이 떨어졌다. 수진이의 표정을 본 할머니는 주말에는 영감이 돌아올 거라며 그때 이야기하자고, 조금만 더 참아달라고 했다.

"미안해요, 아기엄마."

계단을 내려오면서 수진이는 어느새 자기가 '아가씨'나 '학생'보다는 '아기엄마' 혹은 '사모님' 호칭이 더 잘 어울리는 나이가 된 건가 싶어, 아연해졌다. 이제 겨우 서른세 살인데. 서른세 살이면 청년과 중년 중엔 당연히 전자에 해당한다고 생각했다.

아기엄마나 사모님, 어머님 소리도 듣기 싫긴 마찬가지였지만 그보다 더 두려운 건 바로 '아줌마' 소리였다. 그 말 속에는 억척스러움과 뻔뻔함, 몰염치와 교양의 부재가 지옥의 에테르처럼 한데 뒤엉켜 있었다.

분명 언젠가 자기도 아줌마가 되겠지만 사실 수진이는 '중년 여성'이 된 자신의 삶을 구체적으로 그려보는 게 어려웠다. 누구의 아내, 누구의 엄마가 아닌 중년 여성에 관한 긍정적인 이미지를 접해본 경험이 없어서 더 그런 것 같았다.

노년의 기준이 점점 늦춰지는 만큼 수진이가 '아줌마' 소리를 들으려면 적어도 오십 대는 되어야 하겠지만 누가 아줌마, 라고 불렀을 때 자연스럽게 고개를 돌려 보는 자신을 상상하는 건 아무래도 괴로웠다.

　반면 '할머니'가 된 자신의 미래를 그려보는 건 그리 어렵지 않았다.

　사오십 년 후에는 비행 소녀 같은 비혼 여성 공동체가 훨씬 많아질 테니까 아마 그중 한 곳에서 다른 비혼 할머니들과 함께 수다도 떨고 배드민턴도 치고 여행도 다니고 독서도 하며 느긋하고 유쾌하게 노년의 싱글라이프를 즐길 것 같았다. 근데 그러려면 아마 건강관리를 좀 잘해야겠지. 요즘 들어 허리가 아픈 수진이는 요가나 필라테스를 해볼까, 생각했지만 카드값이 무서워 엄두도 못 내는 실정이었다.

　결혼식은 물론 요즘 유행하는 비혼식(非婚式)도 딱히 할 계획이 없었으므로 수진이는 근래 들어 장례식 생각을 제일 많이 했다.

　반드시 신나는 음악을 틀어야지. 플레이리스트는 뭐가 좋을까. 이승에서 듣는 마지막 음악이니 신중을 다해 골라야 할 것이다. 그리고 마지막 떠나는 길을 함께하기 위해 와준 친구들한테는 가능한 한 가장 맛있는 음식을 대접하고 싶다. 비건

식도 포함해서!

　수진이는 비행 소녀들이 있는 단체채팅방에 오늘 아침 있었던 물난리 사태와 현재 진행 상황을 공유했다. 물이 다 빠진 후에 일주일 정도 공사가 진행될 거고 소음과 불편이 예상되긴 하지만 가급적 양해해달라고.

　한 지붕 아래 같이 살면서 채팅방에 공지를 남기는 게 웃기긴 했지만 일종의 가족 단톡방 같은 거라고 생각하기로 했다.

　더불어 내일 예정된 한강 피크닉은 아쉽지만 다음 달로 미뤄야 할 것 같다고도 썼다. 부엌 천장에도 물이 새고 있으므로 도시락을 싸기가 어려울 것 같다고. 메시지를 읽은 남희 씨와 은혜 씨가 아쉽다며 우는 이모티콘을 한 개씩 보냈고 한나 씨는 자느라 메시지를 읽지 못했으며 승은이는 읽고도 답장이 없었다.

　단체 생활에 비협조적인 사람들을 수진이는 당최 이해할 수가 없었다.

×××

　공사가 시작된 후 수진이는 종일 집 앞 카페에 나가 시간을 보냈다. 교사가 된 후 해외로 떠나지 않고 한국에서만 방학을 보내는 건 이번이 처음인 것 같았다. 하지만 그것도 그리 나쁘지 않았는데 나름의 루틴이 생겼기 때문이다.

오전 8시쯤 일어나 샤워. 잠든 한나 씨를 피해 수진이는 거실 욕실에서 씻고 머리를 말렸다. 그 후 부엌에서 아이패드로 넷플릭스를 보며 시리얼이나 토스트로 간단히 아침을 때웠고 노트북을 챙겨 오전 9시쯤 집 앞 카페로 출근했다.

공사는 오전 10시부터 오후 5시까지 이어졌고 그 시간대를 피해 아침부터 저녁까지 수진이는 동네에 있는 서너 개의 카페를 순례하며 책도 읽고 영화도 보고 브런치에 올릴 비혼 에세이도 썼다.

그동안 정신이 없어 꾸준히 글을 올리지 못한 탓인지 조회수나 댓글 반응은 아직 미미한 수준이었지만 뭐, 괜찮았다. 대기만성이라는 말도 있으니까. '비혼'과 '비혼 여성 공동체'라는 소재가 워낙 좋았기에 곧 반응이 올 거라고 수진이는 믿어 의심치 않았다.

메일함에 출판사로부터 온 출간 제의 메일이 있는지 한 번 더 확인한 뒤 점심은 카페에서 파는 베이글이나 샌드위치를 사 먹었다. 글이 잘 풀리지 않을 땐(잘 풀리는 날이 드물었다) 유튜브로 세바시나 TED, 유퀴즈 영상 클립을 하나씩 보며 나중에 배수진이 아닌 '블루스타킹'으로 텔레비전 토크쇼에 출연했을 때 유재석 씨가 어떤 질문을 하고 또 자신은 어떻게 받아칠지 중얼중얼 인터뷰 연습을 하기도 했다.

"대한민국 제1세대 비혼 여성 공동체 리더! 베스트 셀러 작가! 선한 영향력의 대명사!"

"안녕하세요. 블루스타킹입니다."

철저한 이미지 트레이닝에 기반한 상상 예능 출연은 확실히 효과가 좋았는데 연습에 연습을 거듭할수록 수진이는 자기가 생각해도 점점 더 자연스럽고 자신감 넘치는, 그러면서도 무례하지 않고 만인에게 호감을 줄 수 있는 유쾌한 여자, 블루스타킹이 됐기 때문이다.

8월. 본격적인 여름휴가 철을 맞아 3층짜리 건물을 통째로 쓰는 프랜차이즈 카페 안에는 손님이 드물었다. 은혜 씨도 병원 휴진 기간에 맞춰 여름휴가를 받아 사흘간 동생네 집에 다녀온다고 했고 직장인이 아닌 한나 씨와 승은 씨는 평소와 비슷하게 생활했다.

여행을 좋아하는 수진이는 어젯밤 부엌에서 마주친 남희 씨에게 어디 여행 안 가시냐고 가볍게 물어봤는데 자기는 여름휴가 계획이 없다는 뜻밖의 대답이 돌아왔다. 그럼 집에도 안 내려가실 거냐고 물으니 여기가 자기 집이라는 대답이 돌아왔고 수진이는 그 대답이 꽤 마음에 들었다.

"잘 자요. 수진 씨."

"남희 님도 굿나잇."

두 여자는 공범의 미소를 지으며 각자 방 안으로 사라졌다.

×××

남희 씨가 여름휴가를 가지 않는 건 남희 씨의 회사에서 연차수당을 주기 때문이지, 뭐 다른 이유가 있는 건 아니었다. 중소기업 월급이야 뻔했고 굳이 연차를 써봤자 만날 사람이 있는 것도 아니니 수당으로 받는 게 남희 씨로선 더 남는 장사였던 거다.

수진이는 세상의 모든 비혼주의자들이 자기처럼 철저한 젠더의식에 근거해 비혼을 '선택'했다고 생각하지만 실제로는 하루하루 먹고살다 보니 순식간에 시간이 흘러 때를 놓친 사람들이 태반이었다. 이성에 별로 관심이 없거나 있다 해도 동호회나 소개팅 같은 인위적인 만남보다는 '자연스러운 만남'을 추구하는 수동적인 사람들. 그러나 주변에 이성이 그리 많지도 않은 환경이라 '자연스러운 만남'으로는 이성을 만날 방법이 없었던 사람들이 나이가 들어 비혼주의자가 되는 게 수진이가 외면하는 진짜 현실이었다.

따라서 비혼 여성 공동체에 들어온 지금도 남희 씨는 결혼하고 싶었고 그게 안 된다면 적어도 남자 친구라도 생기기를 간절히 바랐다.

　그리고 그건 남희 씨 부모님의 소원이기도 했다. 막내가 적당한 짝을 찾아 결혼만 한다면 지금 당장 눈을 감아도 이승엔 미련이 없을 것 같았다.

　의사인 첫째나 판사인 둘째가 시집 장가를 안 들겠다고 고집을 부리면 속상하긴 해도 우리 죽은 후 그 애들의 미래가 걱정되진 않겠지만 하필이면 형제 중 직장도 제일 시원찮고 돈도 별로 못 버는 외로움 잘 타는 막내가 아직 혼자라는 게 두 노인네의 유일한 근심거리였다.

　애물단지.

　첫째나 둘째에 비해 남희를 덜 사랑해 키운 것도 아닌데, 자식놈이 마흔이 넘도록 저러고 있는 걸 보면 우리가 막내를 잘못 키운 건 맞는 것 같다고 부부는 잠들기 전 가끔 천장을 보고 누운 채 이야기했다. 그 속을 아는지 모르는지 퇴근하고 돌아와 식탁 앞에 혼자 앉아 매일 밤 술잔을 기울이는 딸년을 더는 두고 볼 수가 없었고 더 나이 들기 전에 집 밖으로 내쫓아서 혼자 살게 해야 남자를 만나도 만날 게 아니냐는 주변의 조언에 따라 남희 씨의 부모님은 집을 팔고 일산의 큰딸네 집 근처로 이사를 감행했다.

　원룸을 구해 자취를 시작하면 금방 남자를 만날 거라는 부모님의 희망과 달리, 43년 평생 부모님 슬하에서 살아온 남희 씨는 혼자 사는 삶이 두려울 뿐이었다. 언젠가 이 집을 나가 독립을 하게 된다면 그건 당연히 결혼일 줄로만 알았기에, 남희 씨는 결혼생활이면 몰라도 '혼자 사는 삶'에 대해서는 아무런 로망도 계획도 없었다.

　"너 결혼하기 전엔 이 집 올 생각하지 말아라. 진희네랑 태희네 갈 생각도 관둬."

　마음을 단단히 먹은 남희 씨의 모친은 이사가 결정된 후 얼굴만 마주치면 그 소리를 했다. 이삿짐을 싸는 와중에도 결혼하기 전까지는 조카들을 보러 형제들 집에도 가지 말고, 명절에도 절대 오지 말라고 거듭 다짐을 시켰다. 어머니 잔소리를 못 들은 척 넘기는 거야 식은 죽 먹기였지만 조카들도 보지 말라는 소리는 조금 가슴 아팠다. 모친에 대한 섭섭함이 극에 이르자 남희 씨도 결국 비장의 카드를 꺼냈다.

　"엄마! 엄마 아빠 아프면 나중에 누가 모실 것 같아? 언니? 오빠? 새언니?"

　"큰딸이 의사인데 뭐가 걱정이야. 너나 잘해. 늙어서 우리랑 같이 살아달라고 안 할 테니까. 우린 네가 더 걱정이야 이

것아. 우리 다 죽으면 그다음엔 어쩔래?"

"정아 있잖아……."

"요새 누가 이모, 고모를 챙겨? 지 부모도 요양원에 갖다 버리는 세상에."

물론 씨알도 먹히지 않았다.

부모님 집에 얹혀살며 생활비 한 푼 안 내고 꼬박꼬박 월급을 다 저금했으므로 남희 씨는 모아둔 돈이 꽤 됐다. 시집갈 때 온갖 이쁜 물건을 바리바리 다 혼수로 해갈 계획이었으므로 근검절약은 당연했다. 회사 근처에 오피스텔 전세를 구할 수도 있었지만 퇴근 후 귀가했을 때 반갑게 맞아주는 이가 하나도 없는 불 꺼진 집은 상상만으로도 공포였다.

어차피 시집가면 다 하게 되어 있다며 기본적인 요리와 청소, 빨래 등 집안 살림을 어머니는 가르치지 않으셨고 남희 씨는 그때까지도 집에서 설거지만 가끔 하는 수준이었다.

고심 끝에 남희 씨는 원룸을 구하는 대신 쉐어하우스에 입주하기로 결정했다. 드라마광인 그녀에겐 일전에 재밌게 본 드라마 속 배경이 대학가 근처 여성 전용 쉐어하우스라는 점도 큰 영향을 미쳤다. 원룸을 구하면 가구부터 시작해서 살림살이를 하나하나 다 돈 주고 사야 하는데 쉐어하우스는 제 짐만 가지고 쏙 들어가서 살면 된다는 것도 마음에 들었다.

"송파구 비혼 여성 공동체 멤버 모집⋯⋯."

비혼주의가 뭔지는 남희 씨도 알고 있었다. 회사에 이십 대 젊은 여직원들이 저들끼리 이야기를 할 때 더러 나오는 화제였기 때문이다. 거기에 끼고 싶었던 남희 씨는 근무시간 중 인터넷으로 몰래 비혼주의를 찾아봤고 그러면서 자연스럽게 다른 것도 알게 됐다.

똑같이 나이 든, 결혼 안 한 두 사람이 있어도 스타일리쉬하고 이성에게 인기가 많은 사람은 비혼주의자, 그렇지 않으면 그냥 결혼 못 한 노총각, 노처녀에 불과하다는 걸.

인터넷에 누가 장황하게 써둔 글에 의하면 비혼주의자가 되는 건 대단히 힘든 일이었다. 직업, 연봉, 외모, 인기, 건강뿐만 아니라 가족들과 사이가 돈독한지, 시간 가는 줄 모르고 흠뻑 빠져 즐기는 자기만의 취미가 있는지, 혼자 있는 걸 좋아하고 외로움을 안 타는 성격인지, 남들이 무슨 소리를 해도 배 째라 신경 안 쓰는 독고다이 과인지도 중요했다.

이걸 다 충족하는 사람이 있기는 할까?

차라리 결혼을 세 번 하는 게 더 쉬울 것 같았다.

남희 씨는 혼자는 싫었다. 결혼도 할 수 있다면 하고 싶었다. 입주 조건 중 '결혼 계획이 있는 분은 ×' 조건을 보긴 했지만 지금 당장은 만나는 사람도 없고 결혼 계획도 없으니 괜찮을 것 같았다. 언젠가 좋은 사람을 만나면 분명 결혼하겠지만 결혼하기 전까지는 노처녀보다는 비혼주의자로 불리고 싶다는 게 남희 씨의 솔직한 심정이었다.

비혼 여성 공동체가 뭔지는 잘 모르겠지만 아무튼 좋은 것 같았다. 같이 살면 서로 의지도 되고 돈도 아낄 수 있고 외롭지 않을 것 같았다.

어떤 외로움은 사람을 죽이기도 했다.

남희 씨로선 망설일 이유가 없었다.

×××

천장과 바닥 마루 교체 공사는 금요일이 돼서야 끝났다. 한숨 돌린 수진이는 피크닉을 못 간 대신 내일 저녁 가볍게 와인 파티라도 하면 어떻겠냐고 단체채팅방에 공지를 올렸다. 남희 씨가 가장 먼저 좋다며 심장에 화살을 맞고 풀썩 쓰러지는 토끼 이모티콘을 보내왔고 한나 씨도 내일 저녁은 자기도 시간이 될 것 같다며 참여 의사를 밝혀왔다. 오직 한 사람 승은이만이 내일 저녁 알바가 있어서 안 될 것 같다고 했다.

거짓말.

수진이는 그 말을 믿지 않았지만 없는 게 더 나을 것 같아 그냥 모른 척했다.

　카드값이 간당간당한 수준이었지만 무사 공사 완료를 기념하는 비행 소녀들의 첫 번째 파티였기에 수진이는 꽤 좋은 와인 한 병을 공금이 아닌 개인 카드로 결제했다. 승은이가 형평성 문제를 제기하며 혼자만 공공 장보기에서 쏙 빠져나간 뒤로 수진이는 재정을 투명하게 운영하기 위해 몹시도 노력했다.

　"짠!"

　토요일 저녁 7시. 아무리 공기청정기를 돌리고 환기를 해도 묘하게 물비린내가 남아 있는 거실에서 네 명의 비행 소녀들의 와인 파티가 시작됐다. 같은 방을 쓰긴 하지만 생활 패턴이 아예 달라 거의 대화를 해보지 못한 한나 씨가 가장 궁금했다.

　파티라고 해서 파티룩을 입어봤다는 한나 씨의 옷차림은 오늘도 역시 대담했다. 와인빛이 도는 붉은 H라인 스커트에 쫙 달라붙는 흰 셔츠, 검은색 망사스타킹에 립스틱 색깔도 걸친 액세서리도 전부 다 화려하고 눈에 띄는 것뿐이었다.

　수진이가 시킨 피자와 치킨, 떡볶이에 남희 씨가 만든 두부김치와 홍합탕이 상에 올랐다. 방 안에서 뒤늦게 나온 한나 씨는 자기도 돕겠다며 부엌으로 들어가 치즈를 잘라 비스킷과 함께 내왔고 냉장고 안에 있는 재료를 꺼내 후다닥 카나페도 만들었다.

주렁주렁 큐빅이 달린 네일을 하고도 한나 씨는 과일을 깎는 데 거침이 없었다. 특히 세팅이 범상치 않았는데 접시에 오렌지, 멜론, 참외, 수박, 사과, 샤인머스켓, 포도 등 갖가지 과일을 소담하고 높게 쌓아 올린 뒤 마지막으로 그 위에 물방울을 톡톡 떨어뜨리자 과일에서 윤기가 차르르 흘러내렸다. 옆에서 지켜보던 수진이는 입을 벌리고 감탄했다.

다들 테이블 위에 잔뜩 차린 음식을 사진으로 찍고 서로를 찍어주기도 하며 즐거워했다. 수진이는 마샬 스피커에 아이폰을 연결해 음악을 틀었고 거실 형광등 대신 무드등과 촛불을 켜자 분위기가 확 살아났다.

퇴근해서 돌아온 은혜 씨는 식탁을 보더니 함박웃음을 지었다. 첫 와인을 딴 수진이가 한 사람 한 사람 돌아가며 잔을 채워줬다. 바로 이런 순간을 위해 큰마음 먹고 구매한 크리스탈 와인잔이었다.

"예수님의 피네요."

"아멘."

진심인지 농담인지 헷갈린 수진이가 마땅한 대답을 찾지 못해 가만히 있자 다행히도 한나 씨가 옆에서 맞춰줬다. 은혜 씨가 활짝 웃는 걸 보고 수진이도 뒤늦게 따라 웃었다.

와인을 한입에 털어 넣은 남희 씨는 자기는 맨날 소주 아니면 맥주만 먹었는데 와인이 이렇게 맛있는 술인 줄 몰랐다며 매일 파티를 했으면 좋겠다고 했다. 은혜 씨와 일전에 욕실 청소를 두고 다퉜던 건 그새 다 잊었는지 다행히 은혜 씨와 남희 씨는 사이가 좋아 보였다.

음식은 맛있었고 와인은 향기로웠으며 음악은 은은했다. 한 사람이 말을 독점하는 일 없이 관심과 집중은 서로에게 고르게 분배됐다.

시작은 수진이였다. 직장인들은 교사인 수진이의 방학이 있는 삶을 부러워했고 어떻게 이런 공동체를 꾸릴 생각을 다 했냐며 정말 대단하다는 치하의 말을 꺼내기도 했다. 집을 잘 구했다, 인테리어가 깔끔하다는 칭찬도 있었다. 기분이 썩 나쁘지 않았다.

다음은 한나 씨가 주목을 받았다. 어떤 일을 하시냐는 은혜 씨의 조심스러운 질문에 의류 사업을 하고 있다고 자신을 소개했다. 그 말 한마디에 방 안 가득 산더미처럼 쌓인 옷가지와 평소 스타일, 밤에 나가고 아침에 귀가하는 생활 방식이 한 방에 이해됐다. 그러나 수진이는 그보다도 한나 씨가 왜 비혼을 선택했는지가 가장 궁금했다. 다른 사람들이야 그렇다 쳐도 한나 씨는 주변에 결혼하자고 보채는 남자도 꽤 많았을 것 같은데 도대체 어떤 사연이 있기에 자신과 같은 선택을 한 건지 못내 궁금했다.

그러나 수진이가 질문을 꺼내기도 전에 이미 너무 많은 와인을 마신 남희 씨가 한나 씨는 아는 오빠들이 정말 많을 것 같다며 소개팅 좀 해주면 안 되겠냐고 조르기 시작했다.

"어…… 제 주변에? 남희 님 이상형이 어떻게 되시는데요?"

"저는 그냥 착하고 잘생기고, 저만 사랑해주는 남자요. 그리고…… 맘이 따뜻한 사람."

"에이. 그래도 나이나 키나 뭐 그런 게 있을 거 아니에요?"

"나이? 나이는 그냥 저랑 비슷했으면 좋겠어요. 동갑…… 아니면 연하도 괜찮고."

"아 맞다. 아까 남희 님 나이가 어떻게 되신다고 했죠?"

"저? 저 스물다섯 살이잖아요. 어? 한나 씨 안 믿네? 진짠데."

수진이는 남희 씨가 이 이상 술을 더 마시지 못하게 해야겠다고 생각했다. 거실이 어두워서 잘 보이진 않았지만 얼굴이 포도주 빛일 게 뻔했다. 반쯤 빈 과일 접시를 본 수진이는 포도 좀 더 가져오겠다고 한 뒤 베란다로 나가 무알콜 샴페인을 한 병 가지고 돌아왔다.

"은혜 씨, 은혜 씨 다니는 한의원 원장님 잘 생기셨어요?

몇 살이에요?"

아무리 봐도 한나 씨는 영 가망이 없다고 판단했는지 남희 씨는 이번엔 옆에 앉아 있는 은혜 씨를 조르기 시작했다.

꼭 저렇게까지 해야 할까. 자존심도 없나?

수진이는 남희 씨가 연애하든 말든 아무 관심도 없었다. 여기는 비혼공동체지, 비연애공동체가 아니니까. 그렇지만 이렇게 무례하게, 같이 사는 사람들을 불편하게까지 하면서 남자 소개를 요구하는 건 정말 아닌 것 같았다.

시간은 벌써 새벽 2시. 병원에서 일을 마치고 곧장 온 은혜 씨는 눈 밑이 퀭했다. 한나 씨도 아까부터 계속 방을 왔다 갔다 하며 통화를 하는 게 일이 생긴 눈치였다.

"우리 그럼 마지막으로 짠 하고 다 같이 마무리할까요?"

더 마시자며 떼를 쓰는 남희 씨를 은혜 씨가 질질 끌어 방 안에 데려다 눕히는 것을 끝으로 비행 소녀들의 첫 번째 파티는 마무리됐다. 체리향이 진한 무알콜 샴페인을 한입에 털어 넣으며 수진이는 내일 아침 숙취 걱정을 잠깐 했다.

×××

오후 2시. 숙취와 갈증에 시달리던 수진이는 누가 현관문을 두드려대는 소리에 잠에서 깨어났다. 거실로 나와 보니 은혜 씨와 남희 씨도 현관 앞에 서서 밖을 향해 누구세요, 누구세요 묻기만 할 뿐 선뜻 나가보지 못하고 있었다.

그때 수진이의 핸드폰이 울렸다. 우렁우렁 사투리가 심한 목소리라 귀가 아팠다. 위층이니까 문을 열라는 거였다. 주저주저하며 현관문을 열자 이 시간에 대체 어디서 약주를 하셨는지 얼굴이 대춧빛인 등산복 차림의 할아버지가 등산 가방을 멘 채 그 앞에 서 있었다.

그는 들어오자마자 술판으로 난장판이 된 거실 꼴을 쓱 둘러보더니 물이 새기는 대체 어디서 샌다는 거냐고 버럭 화를 냈다. 입을 열자마자 생선 썩는 것 같은 악취와 막걸리 냄새가 공기 중으로 퍼졌다. 수진이는 말없이 거실 천장과 부엌 천장을 차례대로 가리켰다.

"멀쩡하구먼 뭘."

"공사를 했으니까요. 사진 보여드려요?"

"일 없수다."

"왜 오셨어요 그럼? 보기 싫어도 보세요."

수진이는 물이 새는 영상을 찍어두길 잘했다고 생각하며 동영상을 켰다. 할아버지는 핸드폰을 빼앗아 눈을 찡그리며 들여다보더니 정말 미안하게 됐수다, 애기엄마 어쩌고 하며 근데 그 돈을 다 줄 수는 없다며 반반 하자는 소리를 해왔다.

"무슨 소리세요? 전부 위층 과실인데? 할머니랑 이야기 다 끝났어요!"

"할망구는 쏙…… 노망나서 오늘내일하는 할망군데 젊은 사람이 그…… 우리는 나이가 들면, 나이 든 사람들은 머리가 빨리빨리 안 돌아가요. 그 할망구가 뭘 안다구? 어? 이놈의 할망구 이거 못 쓰겠네. 젊은 사람이 거참! 어른한테 이래도 돼?"

또 냄새였다. 머리가 아팠다. 할아버지는 기관지가 안 좋은지 말 사이사이에 계속해서 가래 끓는 소리를 냈다. 거실 테이블 위는 어젯밤 상태 그대로였고 그중 개봉된 와인병 하나에 와인이 삼 분의 일쯤 남아 있었다. 수진이는 그걸 보자마자 화장실로 달려가 변기통을 부여잡고 속을 게워내고 싶었다. 잠자코 뒤에서 지켜보고 있던 은혜 씨가 가까이 와 할아버지 일단 올라가시고 술 깨면 내일 아침 다시 이야기하자고 했다.

"뭘 다시 이야기해! 놔봐요! 이거 완전 사기꾼 아니야? 아줌마 혼자 말도 없이 사람 불러서 견적서 달랑 내놓으면 그 돈 다 내가 물어줘야 해?"

"억지 쓰지 마세요. 그리고 아줌마는 누가 아줌마야!"

"아줌마 아니면 할머닌가? 여자들이 대낮부터 집구석에서 술판이나 벌이고 말이야!"

"어른은 얼어죽을. 어디 대낮부터 술 처먹고 여자들 사는 집에 들어와서 추태야?"

그러나 두 사람이 끼자 상황은 점점 더 복잡해졌다. 수진이는 남희 씨와 말싸움을 하는 할아버지의 등을 떠밀어 현관 밖으로 쫓아냈다. 술 취한 인간과 무슨 이야기를 하겠는가. 말이 통할 상대가 아니었고 등산 가방 밖으로 비쭉 솟아 나와 있는 등산스틱이 무섭기도 했다. 아무리 할아버지라 해도 상대는 남자 아닌가.

윗집 할아버지를 내쫓고 현관문 위에 보조키까지 걸어 잠근 뒤 수진이는 화장실로 뛰어가서 오바이트를 했다. 그리고 소희에게 전화를 걸어 방금 일어난 어처구니없는 사태를 설명했다. 천장에서 물이 샌 후로 메시지는 여러 번 했지만 통화는 처음이었다. 수진이의 하소연이 끝나자 소희는 수화기 건너편에서 한숨을 푹, 내쉬었다. 안 그래도 그쪽에 일이 있어 오늘 한번 가보려 했다며 네 시에 방문하겠다고 했다.

'네 시? 지금 몇 시지?'

"네가 뭘 어쩌려고? 그 노인네 남의 말은 듣지도 않아. 완전히 벽창호야."

"그럼 수리비 네가 낼래?"

그 말에 수진이는 입을 꾹 닫았다.

소희와 통화가 끝나자마자 수진이는 난리법석을 피우면서 거실의 술판을 정리했다. 약속했던 대로 오후 네 시에 소희가 제 남편과 함께 방문했다. 소희의 남편을 처음 만난 수진이는 소희가 자신을 뭐라고 소개할지, 인사는 뭐라고 해야 할지 고민스러웠는데 소희는 가타부타 별말 없이 천장과 바닥 상태를 쓱 훑어보더니 남편을 데리고 위층으로 올라갔다.

같이 가잔 소린 없었지만 수진이도 두 사람의 뒤를 쫓아갔다. 현관문을 열고 나온 904호 할아버지 옆에는 할머니가 서 계셨고 왕왕 깽깽 시끄러운 치와와는 현관 바닥에 서서 외부인들을 향해 죽어라 짖어댔다.

소희는 남편을 앞세워놓고 자기는 한걸음 뒤에 서서 또박또박, 수진이가 아까 낮에 할아버지에게 했던 말과 똑같은 말을 그대로 반복했다. 위층 과실이고 우리는 수리비를 반반 낼 이유가 전혀 없다. 그리고 수진이가 하지 않은 말도 한마디 덧붙였다.

계속 이렇게 나오면 소송을 거는 수밖에 없다.

소희 입에서 '소송' 소리가 나오자 할아버지의 얼굴은 새빨개졌다. 하지만 얼굴과 목덜미가 불그죽죽해질 뿐 아까처럼 노발대발 억지를 쓰진 않았다. 바로 눈앞에 젊고 건장한 남자가 지키고 서 있어서 그런지 참는 기색이 역력했다. 기가 막혔다.

　소희의 남편 역시 소희가 한 말을 그대로 반복했다. 어르신, 어르신 하며 말투는 공손했지만 노인네가 무슨 말을 하려고 해도 들어주는 법이 없었다. 끼어들 틈도 안 주고 치매 노인을 타이르듯 같은 말만 반복하자 할아버지는 성이 났는지 아까부터 깽깽깽 짖어대던 치와와를 오른발로 걷어찼다.

　"조용히 해! 이 개새끼야!"

　젊은 남자한테 뺨 맞고 강아지한테 분풀이하는 그의 저열함에 수진이는 진저리가 났다. 개상놈의 새끼. 개를 별로 좋아하진 않았지만, 세상엔 개만도 못한 인간들이 너무 많았다.

　"저기요 애기엄마, 그게 아니라 우리는……."

　보다 못한 할머니가 옆에서 끼어들자 할아버지는 당신은 조용히 해, 버럭 큰소리를 치더니 오른손으로 할머니의 뺨을 쳤다. 짝 소리가 난 건 아니었고 손바닥으로 할머니의 뺨을 기분 나쁘게 툭툭 치며 신발장 쪽으로 얼굴을 밀어버리는 정도였지만 폭력은 폭력이었다. 근데도 할머니는 하지 마, 소리 한 번 하지 않았다. 그 광경을 목도한 모두가 조용해졌다. 할머니도 조용해졌다. 개도 조용해졌다. 자기 빼고 모두가 조용한 이 분위기가 마음에 든 건지 할아버지는 금세 기세가 등등해졌다.

"맞다! 보험!"

할머니는 갑자기 양 손뼉을 짝, 치더니 안 그래도 전에 무슨 보험을 들어놨던 것 같다며 안으로 들어가서 한참을 나오지 않았다. 그러더니 무슨 파일철에서 보험 증서를 꺼내 우리 눈앞에 보여줬다.

"아이고. 내가 이렇다니까. 보험 처리하면 되겠네. 비용은 걱정 말아요, 애기엄마."

"이 사람이 이렇다니까. 맞아야 정신을 차린다니까. 허허. 미안하게 됐수다."

그리고 두 노부부는 아무 일도 없었던 것처럼 하하호호 마주 보고 웃었다. 웃으니까 두 사람 다 인상이 참 선해 보였다. 기분 좋아진 할아버지가 먼저 악수를 청해서 소희의 남편은 그 노인네와 악수까지 한 뒤 그 집 문을 나섰다.

"잘 해결됐네."

계단을 타고 한 층 내려와 8층에서 엘리베이터를 기다리면서 소희의 남편은 가벼운 목소리로 아내에게 말을 걸었지만 소희는 아무 대답도 하지 않았다. 어떤 기분인지 알 것 같았다. 말로는 표현할 수 없는 그 기분, 인간이 아니라 한 마리

벌레가 된 것 같은 기분.

엘리베이터가 도착하자마자 소희는 남편과 함께 말없이 아파트를 떠났다. 현관문을 열고 집 안에 들어설 때까지 수진이의 몸은 딱딱하게 굳어 있었다.

×××

"뭐가 문제야? 왜 또 기분이 안 좋아?"

"그냥 좀 피곤해서 그래."

"근데 저 여자는 뭐 하는 사람이야? 여자들끼리 산다며? 쉐어하우스 뭐 그런 건가?"

"걔가 뭘 하든 우리가 무슨 상관이야. 평수만 더럽게 큰, 물 새는 아파트에 들어오겠단 사람 있는 줄 알아? 게다가 월세로?"

"그래서 자기가 많이 내렸다며. 엄청 싸게 내놨다며."

"사람이 안 들어오니까. 그나마 독신들이 집 깨끗하게 써. 애완동물도 안 키우고. 갓난아기도 없고. 인가 떨어지면 바로 나가라는 게 조건인데 세를 어떻게 높게 받아?"

"근데 자기 오늘 좀 예민하네. 그날이야? 아닌데? 그날은 아닌데…… 아님 오늘 아버지랑 같이 저녁 먹는다고 해서 화났어? 에이, 좀 봐줘라. 어쩌다 한 번이잖아. 나도 울 아빠 만나는 거 지겨워. 근데 어떡해? 자식이 나 하나뿐인데. 예약까지 다 해놓으셨다는데."

"······."

"기분 풀어, 알았지? 오늘 다 잘 해결됐잖아. 나도 창석이한테 보험 좀 알아봐야겠다."

×××

따지고 보면 승은이는 비혼주의자는 아니었다. 그리고 그건 한나도 마찬가지였다.

결혼에 대해 진지하게 생각해본 적은 한 번도 없지만, 자신의 성향을 100% 있는 그대로 이해해주고 받아들여주는 사람이 나타난다면 승은이는 내일 당장 결혼해도 괜찮을 것 같았다. 땅콩집 같은 걸 구해서 각자의 독립적인 생활공간만 보장된다면야. 사랑하는 사람이 한두 명이 아니라는 게 늘 문제긴 했지만.

반면 한나는 그간 결혼 이야기가 오간 상대가 두엇 있었으나 이상하게도 상견례까지 가기도 전에 번번이 빠그라졌다. 파혼의 이유는 다양했다. 관상이 별로다, 집안이 안 좋다, 학벌이 후지다, 키가 너무 크다, 나이가 너무 많다, 소문이 안 좋다…….

출석 일수가 모자랐던 한나는 대학교 3학년 때 제적당했는데 종이 쪼가리에 불과한 졸업장에는 별 유감이 없었지만 그래도 자신의 이십 대를 기념하는 마음으로 졸업사진 시즌이 되자 동기들 사이에 껴서 학사모를 날리며 함께 사진을 찍었다.

서른 살 때였나, 이제 슬슬 시집을 가야겠다는 생각에 만나던 남자 친구를 들들 볶아 프러포즈까지는 받았는데 상견례 전 간단하게 인사를 나누는 자리에서 만난 시어머니가 한나씨는 학력이 어떻게 되냐고 묻기에 '대졸'이라고 별생각 없이 대답한 것이 나중에 문제가 됐다. 너무너무 억울했지만, 절대 학력을 속이거나 거짓말을 하려고 한 게 아니었지만 남자 친구도 예비 시어머니도 한나를 양치기 소녀 취급했다.

남자 친구는 쏙 빼고 시어머니와 한나, 둘만 만난 찻집에서 열어보라고 해서 열어본 서류 봉투 안에는 이거나 먹고 내 아들한테서 떨어져, 하는 수표 뭉치 대신 한나의 기본 인적사항이 담긴 서류와 초중고 학생생활기록부, 수능 성적표, 은행 대출 및 카드 연체 이력, 청담동에서 일하던 시절 가게 언니들과 호빠에 놀러 가서 단체로 찍은 생일파티 사진과 만났던 오빠들과 여행지에서 재미 삼아 찍었던 이런저런 사진들이 가득했다.

"너 설마 결혼할 생각이었니? 그러면 그렇게 살지 말았어야지."

남 뒷조사나 하고 다니는 주제에 우아한 척 고상을 떨며 차를 마시는 병원장 사모님을 향해 한나는 묻고 싶었다.

그렇게 사는 거 말고 그럼 내가 어떻게 살았어야 했냐고. 그렇게 남들 사는 대로, 당신들이 원하는 대로 쥐 죽은 듯 살았다면 여기까지 오진 못했을 거라고.

따라서 그해 겨울 세무조사를 때려 맞고(세무조사는 받는 게 아니라 두드려 맞는 거였다. 털어서 먼지 안 나오는 사람은 없으니까) 가진 차와 보석, 호텔 회원권과 백, 옥수동 아파트까지 팔 수 있는 건 다 팔아서 사업체 하나만 겨우 건졌을 때 한나는 투지에 불타올랐다.

친한 언니들마저 대부분 전화를 받지 않거나 한나를 피했지만 신경 쓰지 않았다. 달면 삼키고 쓰면 뱉는 게 이 바닥의 순리였으니까. 대신 아는 오빠들의 오피스텔을 전전하며 두 계절을 보냈고 그마저도 못하게 됐을 땐 최대한 저렴하고 있어 보이는 주거지를 찾았다.

그런 의미에서 이 집은 꽤 괜찮은 선택지였다. 구리구리한 동네에 다 썩어가는 아파트이긴 했지만 화이트톤의 인테리어가 꽤 깔끔해서 인스타그램에 게시할 일상 사진을 찍기에도 나쁘지 않았다. 게다가 같이 사는 여자들 대부분 아침에 출근하고 밤에 들어왔기 때문에 햇볕이 가장 잘 드는 낮 시간대에는 거실에 나가 몰래 라이브 방송을 켜기도 했다.

"안녕하세요, 여러분. 로즈예요. 저 오늘 이사한 집 보여드리려고 라이브 켰어요!"

하필이면 그때 집에 있던 승은이가 그 장면을 봐버렸지만 한나는 신경쓰지 않았다. 남들은 아무도 모르는 승은이의 비밀을 하나 알고 있었으니까.

×××

독방으로 이사 간 후 승은이는 집에 종종 친구들을 불렀다.

방 바꾸기야 되면 좋고, 아님 말고 식으로 한번 찔러나 본 건데 주인 여자가 너무도 순순하게 방을 바꿔줘서 승은이가 더 놀란 참이었다. 세를 깎아줄 리야 없고 당연히 그럼 이 집에서 나가라고 할 줄 알았는데 주인 여자는 뭐가 그렇게 아쉬운지 늘 다른 여자들에게 절절맸다. 승은이는 그럴수록 주인 여자를 더 업신여기게 됐다.

욕조가 아쉬워서 이 집에 들어오긴 했지만 예상대로 쉐어하우스 생활은 비좁은 고시원 생활보다도 못했다. 비혼 여성 '공동체'답게 그놈의 의무와 책임이 너무 많았고 평등, 평등 노래를 부르며 모든 것을 N분의 1 하려 드는 단순무식한 셈법에도 슬슬 질린 참이었다.

심심했다. 방을 돼지우리로 만드는 한나라는 여자만 빼고 나머지는 다 회사에 다녔으므로 승은이는 그 틈을 이용해 친구들을 불렀다. 한 번에 한 명씩. 여럿을 동시에 부르진 않았기에 두 달이 지나도록 아무도 그 사실을 눈치채지 못했고 그들의 둔함에 안심한 승은이는 친구들을 몰래 방에서 자고 가게도 했다. 벽 하나를 사이에 두고. 그래, 그건 꽤 재밌었다.

그러나 개학을 며칠 앞둔 8월의 마지막 주, 승은이는 결국 덜미를 붙잡혔다. 한밤중 목이 말라 부엌에 나온 수진이가 승은이의 밤손님을 알아차린 것이다.

처음에 수진이는 승은이가 이어폰을 끼지 않고 19금 영화나 드라마를 보는 줄 알았다.

"진짜 가지가지 하네."

수진이는 싱크대 앞에 선 채로 물 한 컵을 천천히 마셨고 방으로 돌아가려는 그때 무언가 이상하다는 느낌이 들었다. 희미해서 잘 들리진 않았지만 분명 아는 목소리였고 게다가 그건 남자와 여자가 아니라 여자와 여자의 목소리였다.

수진이는 이건 어디까지나 '확인'을 위한 거라며 살금살금 승은이의 방과 연결된 부엌 베란다로 나갔다. 방문이야 꼭 잠갔겠지만 방심한 승은이는 자기 방과 연결된 베란다 창문이 살짝 열려 있다는 사실을 잊은 모양이었다.

낮은 간접 조명 밑에서, 수진이가 심혈을 다해 고른 가구들로 가득 찬 그 방 안에서, 불과 얼마 전까지만 해도 수진이가 눕고 잠을 자고 꿈을 꾸던 그 침대 위에서 승은이는 자기 여자 친구와 그 짓을 하고 있었다.

여자가 여자를 좋아하는 건 아무렇지 않았다. 수진이는 여중, 여고, 여대를 나왔으니까. 성적으로 보수적인 편이긴 했지만 동성애에 관해선 아무런 유감도 없었다. 내가 왜 타인의 취향에 불쾌해해야 하는가. 다만 기가 막히는 건 공동생활 공간에서까지 몰래 그 짓을 하는 승은이의 동물성이었다.

수진이는 승은이가 말도 없이 여자들만 사는 집에 타인을 데려와 하룻밤 묵고 가게 했다는 사실에 화내야 할지, 비혼 여성 공동체에서 몰래 섹스를 했다는 것에 경악해야 할지 분간이 안 섰다. 승은이가 데려온 사람이 남자였다면 당장 자는 사람들을 깨워 일벌백계했겠지만, 하필 상대가 여자여서 수진이는 그만 아리송해지고 말았다.

그 후로도 승은이는 집에 애인을 데려왔다. 그동안 이걸 왜 못 알아차렸을까, 싶을 만큼 뻔질나게 드나들었다. 거의 다 늦은 한밤중이었고, 금요일과 토요일에는 사람을 부르지 않았다. 밤에도 이 정도인데 집이 텅 비어 있는 낮에는 어떨지, 수진이는 기가 막힐 노릇이었다.

CCTV를 달아서 증거물을 확보해 발뺌하지 못하게 하는 방법도 있었지만 그렇게까지 하고 싶진 않았다. 수진이는 승은이가 더 이상 이 집에 자기 동성 애인을 데려오지 않길 바랐다. 그러나 승은이는 또 야밤에 친구를 제 방에 끌어들였고 이번엔 남자였다.

더는 참을 수 없었다. 여자 친구까진 그러려니 했다. 근데 다른 곳도 아니고 비혼 여성 공동체에, 여자들만 사는 집에, 그것도 한밤중에 위험하게 남자를 끌어들이다니.

수진이는 승은의 방 베란다와 연결된 부엌 베란다 문을 잠근 뒤 사람들을 깨웠다.

"승은 씨 나와봐요."

물론 승은이는 자는 척을 했다.

"안에 있는 거 다 알아요. 경찰 부를까요?"

그러자 안에서 속닥속닥하는 소리가 들렸다.

"기다려요. 나갈게요."

승은이가 나오길 기다리는 3분이 억겁처럼 느껴졌다. 이 뻔뻔한 어린애가 무슨 표정을 지을까? 이번엔 설마 미안하다고 하겠지? 그치? 지도 인간인데?

수진이는 승은이가 미안하다고 용서를 구하면 받아줄 용의가 있었다. 다신 안 그러겠다고, 잘못했다고 우리 모두에게 빌면.

"친구 먼저 보내고요. 잘 가. 오빠."

"응. 잘 자. 굿나잇."

그러나 승은이는 수진이의 눈을 피하지도 않고 똑바로 쳐다보더니 안에 있던 남자를 먼저 밖으로 내보냈다.

끝까지 친구란다. 내가 보고 들은 게 있는데.

수진이는 온 힘을 다해 그 뻔뻔한 남자를 향해 눈을 흘겼지만 그는 신경도 쓰지 않았다.

범상치 않은 애라고는 생각했지만 승은이는 변명도, 사과도 일절 없었다. 부끄러워하는 기색 하나 없이 도대체 뭐가 문제냐는 표정이었다.

수진이와 승은이는 잠자던 심판관들을 불러 모아 새벽 3시에 방문 앞에 대치하고 섰다. 둘 다 입을 열지 않고 조용히 서로를 노려만 봤다. 처음엔 뒤에서 수군수군하던 남희 씨가 삼십 분쯤 지나자 하품을 했고 결국 내일 출근을 해야 했던 수진이가 먼저 입을 열었다.

"이건 아니지 않아요? 여자들만 사는 집에 몰래 한밤중에 남자 불러들이는 거?"

"미리 말했으면 괜찮은 거고요? 그럼 앞으론 미리 말할게요. 됐죠?"

"되긴 뭐가 돼요? 여기가 모텔이에요? 승은 씨가 남자 친구 만나는 거 상관없어요. 성인인데 뭐. 근데 이건 아니죠."

"구체적으로 뭐가 아닌데요? 집세 밀린 적 없고, 집안일 떠민 적 없고. 월세 냈으니까 내 방 한 칸은 내 마음대로잖아요. 누굴 부르든 말든 그건 내 맘이죠. 더러워서 진짜."

"뭐라고? 야!"

그러면 안 되는 줄 알면서도 수진이는 승은이에게 점점 말려들어갔다. 말이 전혀 통하지 않았다. 상식이 달랐으므로.

수진이의 상식은 이런 거였다.

"왜 사과 안 해? 왜 미안하다고 안 해? 왜 다신 안 그러겠다고, 잘못했다고 안 해?"

반면 승은이의 상식은 이랬다.

"너, 나한테 선생질하지 마."

선생질. 그 말은 꽤 아픈 말이었다. 수진이는 귓속이 먹먹해지는 것을 느꼈다.

아무 대답이 없자 다 끝났다고 생각했는지 승은이는 문을 닫고 제 방 안으로 사라졌다. 은혜 씨와 남희 씨가 옆에서 뭐라 뭐라 욕을 하고 편을 들어줬지만 무슨 소리를 하는지 하나도 귀에 들어오지 않았다.

내일은 개학일이었다.

다락방의 미친 여자

by. 블루스타킹

세계 3대 로맨스 소설로 꼽히는 제인 오스틴의 『오만과 편견(1813)』,
에밀리 브론테의 『폭풍의 언덕(1847)』, 샬럿 브론테의 『제인 에어
(1847)』 중 어떤 작품을 가장 좋아하냐는 질문의 대답에 따라 그 사람
의 캐릭터가 대강 파악이 된다고 나는 생각한다.

일종의 리트머스 시험지랄까?

모든 성격 유형 검사가 그러하듯 100% 확실하지는 않지만 나는 언제
나 『제인 에어』에 강하게 끌렸고 그건 내 친구들도 마찬가지였다. 어찌
보면 그건 당연했다. 엘리자베스, 캐서린, 제인 에어. 세 소설 중 여주
인공이 '일'을 하는 건 '제인 에어'가 유일했으니까. 직업이 결혼인 엘리
자베스나 사랑에 미친 열병 환자 캐서린에게는 감정이입을 하기엔 우
린 너무 현대적이었다.

그러나 당시로선 금서(禁書)에 오를 만큼 파격적이고 독립적인 여성상을 그린 이 소설을 읽으면서도 이해가 가지 않았던 부분이 있었다. 가령, 다락방에 갇힌 미친 여자 '버사 메이슨' 제인은 그녀를 어떻게 대해야 했을까?

소설 후반부에서 제인은 로체스터가 유부남이라는 사실을 깨닫고 손필드를 떠나고 우여곡절 끝에 자신의 사촌이자 목사인 존과 그의 여동생을 만나게 된다. 그 집에서 머물며 자선 학교에서 선생님으로 일하던 제인은 백부가 죽기 전 자신에게 2만 파운드의 유산을 남겼다는 것을 알게 되고 사촌들과 그 재산을 나누는데 존은 인도로 선교활동을 떠나면서 제인에게 청혼한다. 사랑하진 않지만 선교사의 아내로서 뛰어난 자질이 있다고. 제인은 애정 없는 결혼은 할 수 없다며 거절하지만 선교활동은 하고 싶었기에 아내가 아닌 사촌누이로서 따라가기를 청하지만 존은 그건 말도 안 된다며 끊임없이 자신과의 결혼을 종용하고 그 순간, 로체스터의 목소리를 들은 제인은 다시 손필드로 돌아간다.

제인이 떠난 사이 버사가 불을 질러 손필드는 폐허가 되고 하인들은 모두 뿔뿔이 흩어졌으며 버사는 죽고 살아남은 로체스터는 장님이 되어 있었다. 여태 그가 다락방에 갇힌 아내의 존재를 숨기며 자신을 기만했다는 사실을 잊었는지 버사가 죽자 더 이상 유부남이 아니게 된 로체스터와 제인이 결혼하며 소설은 싱겁게 끝난다.

'Reader, I married him.'

버사가 꼭 죽어야만 했을까? 한 여성 캐릭터의 '죽음'이 두 남녀주인공의 해피엔딩을 위한 '극적 장치'에 불과하다는 사실이 늘 내 마음을 찝찝하게 했다.

버사는 끊임없이 같은 여성인 제인에게 로체스터가 감추고 있는 추악한 진실을 알리기 위해 노력한다. 다락방을 빠져나와 로체스터의 방에 불을 지르기도 하고 결혼식 전날 제인의 꿈에 나타나 면사포를 찢기도 한다. 버사는 늘 제인을 도왔지만, 여주인공 제인은 버사를 가여워하며 로체스터를 비난할 뿐 버사의 구원이 되어주진 못했다.

대학에 입학한 후 여성 문학론 수업에서 『제인 에어』를 버사 메이슨의 관점에서 재해석한 진 리스의 소설 『광막한 사르가소 바다(1966)』를 접한 뒤 『제인 에어』에 대한 아쉬움은 더 커져만 갔다. 자신의 얼굴을 들여다볼 수 있는 거울 하나 걸려 있지 않는 황막한 다락방. 고작 편지 한 통을 받고 아내의 정조와 광기를 의심하는 로체스터. 버사 역시 다른 여성들처럼 결혼이 자신에게 행복과 안정을 가져다줄 것으로 기대하지만 결혼은 버사 한 사람만의 무덤이 되고 말았다.

지난주, 우리 비행 소녀들의 집에 문제가 좀 생겼다. 위층 부엌 싱크대 아래 밸브가 열리며 거실 천장과 부엌에 물난리가 난 것이다. 다행히 위층 할머니는 상식적인 분이셨고 일체 수리 비용을 위층에서 지불하는 것으로 이야기가 끝났지만, 그 댁 할아버지가 끼어들며 상황은 예상치 못한 방향으로 흘러갔다.

여자들만 사는 집이란 걸 깨달은 할아버지는 술을 잔뜩 마신 채 아래

층에 내려와 절대 그 돈을 줄 수 없다며 난동을 피웠고 우리 다섯 명은 똘똘 뭉쳐 위층에 올라가 할아버지에게 따졌다. 논리적으로 따박따박 증거 영상과 사진까지 보여주며 반론을 펼치자 위층은 기가 죽었는지 애먼 자기 집 강아지를 발로 찼고 우리가 개를 괴롭히지 말라고 저지하자 화가 났는지 자신의 아내에게 손찌검까지 했다.

가정폭력을 눈앞에서 목격한 나는 분노로 온몸이 다 떨렸는데 다른 비행 소녀들이 침착하게 112에 신고를 해서 다행히 경찰이 왔다. 경찰 소리를 듣자 그는 단숨에 꼬리를 내리고 돈을 주겠다고 했고 그 말을 들은 우리는 코웃음을 치며 우리가 지금 돈 때문에 이러는 것 같냐며 당신이 가정폭력범이라 신고했을 뿐이라고 똑똑히 말했다.

할머니는 그때까지도 그냥 울고만 계셨다. 분명 엄마나 아빠가 옆에 계셨다면 남의 집 일, 그것도 남의 부부관계에 네가 뭘 알면서 끼어드냐는 지청구를 들었겠지만 우리 다섯 명 중 그게 '남의 집 일'이라고 생각하는 사람은 단 한 명도 없었다.

가정폭력은 남의 일이 아니었다. 모른 척하는 건 부끄러운 일이었다.

그러나 경찰은 할아버지를 데려가지 않았고 아내를 왜 때리냐며 몇 차례 주의를 준 뒤 그냥 돌아갔다. 가정폭력 가해자와 피해자를 분리조차 하지 않는 행태에 어이가 없었지만 눈이 마주친 할머니가 말없이 고개를 저었으므로 나는 그녀에게 내 핸드폰 번호를 적어주고 할아버지에게 나름 협박(?)을 하는 것으로 만족했다.

"할아버지. 우리가 계속 지켜보고 있을 거예요. 아시겠어요?"

유령처럼 계단을 한 층 걸어 내려오며 우리는 끊임없이 할아버지를 노려봤고 으스스하게 쓱 웃어 보이기까지 했다.

우리는 아래층의 미친 여자들이다.

(P.S 이제 천장에 물 새는 건 다 고쳤다. 휴우……)

#05

두드려라,
그러면 열릴 것이다

돌이켜보면 외모에는 별 관심이 없었다.

소지품 검사를 하면 생리대 사이에 허겁지겁 틴트를 숨기고 벌점을 받으면서까지 기를 쓰고 교복 치마를 줄이는, 눈이 토끼처럼 새빨개져도 절대 서클렌즈를 빼지 않는 여자애들을 난 늘 한심하게 여겼다. 술이나 담배, 섹스 등 미성년자에게 허락되지 않은 일탈 행동을 하며 어른이 됐다고 착각하는 어린애들을 경멸했고 반에서 소외받는 친구가 한 명도 없도록 애들을 잘 챙겼다. 리더십이 강한 나를 두고 몇몇 애들은 '나대는 애'라고 뒤에서 수군대기도 했지만 자타공인 선생님들이 가장 예뻐하는 애였던 나는 그런 건 신경도 쓰지 않았다.

똑 부러지고 야무진 아이, 그게 내 포지션이었다.

수능만 끝나면 공부 따윈 내팽개치고 성형도 하고 살도 빼고 연애도 하며 자유롭게 살리라 이를 갈던 모범생들과 달리 나는 그런 일에도 별 관심이 없었다. 여대에 대한 로망이 있던 나는 공학 대신 여대에 진학했고 대학에 가서도 미팅이나 술자리에 끼어 쓸데없는 일에 시간을 낭비하는 대신 책을 읽었다. 견문을 넓히기 위해 여행을 다니고 어학연수를 떠났으며 동아리, 학생회 등 여러 대외활동을 하며 진짜 내공을 키우기 위해 노력했다.

이젠 여자들도 집에서 애만 키우는 게 아니라 밖에 나가 사회활동을 해야 한다는 말, 남자들과 마찬가지로 여자들도 일을 통해 성취감을 느끼고 자기 쓸 돈은 자기가 스스로 벌어야 한다는 말이 나한테는 그냥 하는 잔소리가 아니었다. 위로이자 지지였으며 내 삶을 향한 가장 큰 응원가였다.

얼굴만 이쁘장하고 꾸미는 데에만 관심 많은 머리 나쁜 여자애들이 하찮은 대학에 가서 자아실현과는 아무 관련도 없는 한심한 일을 하다가 오직 여자의 외모만 보고 점수를 매기는 멍청한 남자들에게 '선택'받기만을 기다리는 것과 달리, 나는 내 인생을 스스로 설계해나갈 수 있을 테니까.

직업 세계에서 나만의 영역을 구축하고 싶었던 나는 무슨 일이 있어도 결혼과 임신, 출산, 육아에 발목 잡혀 주저앉고 싶지 않았다. '안락한 가정'이라는 허상에 속기에는 결혼이 여자에게만 부과하는 책임과 도리가 너무도 막중했기에 나는 기혼 여성의 자아실현은 가부장제의 호의 아래에서만 가능하다는 사실을 한시도 잊지 않기 위해 노력했다.

껍데기가 아니라 나, 인간 배수진을 있는 그대로 바라봐주고 존중해주는 사람들에게 둘러싸여 사회적으로 존경받으며 많은 이들에게 선한 영향력을 끼치는 게 내 목표였다. 그래서 나는 교사를 선택했다. 일개 교사보다는 성공한 영화배우의 영향력이 백 배는 더 크겠지만, 현실적으로 내가 선택할 수 있는 직업 중 교사가 가장 적성에 맞았고 아직 자아가 확립되지 않은 아이들에게(특히 여자애들에게) '좋은 어른'의 롤모델이 되어주고 싶었기 때문이다.

따라서 사춘기가 되고 내 몸이 남자들의 눈길을 별로 끌지 않는다는 사실을 깨달았을 때 나는 오히려 안심했다. 욕망의 대상으로 전락하고 싶지 않았기에, 남자들의 끈질긴 시선 속에서 일방적으로 평가당하고 싶지 않았기에 나는 다른 여자애들처럼 쌍꺼풀 수술을 조르거나 다이어트를 하는 대신 나를 이렇게 낳아주신 부모님께 감사했다.

가장 중요한 것은 눈에 보이지 않는 법.

나는 이런 내가 만족스러웠다. 박소희를 다시 만나기 전까지 말이다.

×××

돌이켜보면 공부에는 별 관심이 없었다.

아주 어려서부터 그랬다. 학교는 지루할 뿐이었고 왜 배우는지, 이딴 게 살아가는 데 대체 무슨 쓸모가 있는지 내 딴엔 꽤 진지한 물음이었는데 화만 낼뿐 아무도 대답해주질 않았다.

중고등학교 내내 공학을 다녔던 나는 고등학교 2학년 때 처음 여고로 전학을 갔다. 엄마, 아빠, 언니, 나. 우리 네 식구는 하루아침에 폭삭 망해 외가댁에 들어가 곁방살이를 했는데 사업이 잘나갈 땐 우리 사위, 우리 사위 싸고돌던 외할머니가 아버지에게도 외손녀들에게도 순간 싸늘해지는 걸 보며 인심이란 참으로 괴팍한 거구나, 깨달았다.

초등학교 4학년이 된 사촌 동생은 여자가 궁금한 건지 언니와 내가 옷을 갈아입을 때마다 노크도 없이 불쑥불쑥 방문을 열었고 변태 같은 남자 선생들은 내가 지각을 하면 교문 앞에 세워놓고 하복 블라우스 안쪽에 손을 넣어 팔뚝 안쪽 살을 멍이 들 때까지 꼬집었다. 그나마 여선생들은 적어도 성추행은 안 했는데 대신 협박은 좀 받았다.

"나중에 커서 뭐 해먹고 살래? 너 얼굴 이쁜 거 그거 잠깐이다?"

전학생이 눈에 띄게 이쁘장하다는 사실에 움찔했던 여교사들은 내가 공부를 지지리도 못한다는 사실을 알고는 그럼 그렇지, 안심했고 자기도 옛날에는 예뻤다면서 내가 가진 젊음과 아름다움은 곧 시들어버릴 거라고, 반드시 그렇게 될 거라고 곧잘 저주를 퍼부었다.

외모는 하나도 중요하지 않다고 입버릇처럼 말하면서 나를 겉모습으로만 판단하는 건 그네들의 심각한 모순이었는데 그건 여자애들도 마찬가지였다.

숭배하거나 질투하거나 무시하거나. 예쁜 여자를 대하는 평범한 여자들의 처세는 무조건 이 셋 중 하나였다.

남자들도 나를 보았지만 그 시선이 오직 얼굴과 가슴, 종아리와 엉덩이 사이만을 줄기차게 오가는 것과 달리 여자애들이 날 보는 시선은 좀 복잡했다.

애초에 경쟁이 안 될 것 같다고 판단한 여자애들은 시녀 또는 엄마를 자처하며 나를 예쁜 인형 대하듯 대했다. 어딜 갈 때면 팔짱을 끼거나 손을 잡고 옆에 꼭 데리고 다니고 싶어

했고 내 머리를 빗겨주거나 고데기를 해주는 일로 자기들끼리 경쟁했다. 아무 데서나 아무 때나 뜬금없이 호들갑을 떨며 예쁘다는 말을 하기 일쑤였고 그런 발작 같은 말들이 그들에겐 일종의 유머이자 유희라는 사실을 깨달았을 때 나는 좀 뜨악했다.

자존심이 강한 보통의 여자애들은 당연히 그 꼴을 아니꼬워했다. 그들 나름의 복수법이란 친한 척 웃는 낯으로 다가와 화장품이나 액세서리, 신발 브랜드를 물어본 뒤 싸구려란 걸 확인하고 자기들끼리 뒤에서 비웃는 거였다. 그러면서도 며칠 후면 내가 쓰는 물건을 몰래 따라서 사는 애들. 끊임없이 관찰하고 모방하고 헐뜯으며 남자와 관련된 소문을 퍼뜨리기를 좋아하는 그 애들이 그래도 대하기는 제일 편했는데, 멍청한 척 백치 흉내를 내거나 털털한 척 머리를 일주일 동안 안 감았다고 한마디만 해도 쉽게 경계를 풀었기 때문이다.

반면 뭔가 뛰어난 게 한 가지라도 있는 여자애들은 나를 무시했다.

아직 학생 신분에 불과한 미성년자들의 자랑거리란 이런 거였다. 부모 재산, 성적, 외모. 차이가 있다면 집에 돈이 많은 애들은 나를 무시할 뿐이었지만, 노력해서 뭔가를 성취한 똑똑한 여자애들은 뼛속 깊이 나를 증오했다는 점이다.

노력.

열심히 공부해서 좋은 대학에 가서 대기업에 들어가거나 '사' 자 붙은 전문직이 되면 마침내 십수 년의 노력을 보상받아 돈도 많이 벌고 사랑도 쟁취하고 행복하게 살 수 있다는 한국의 오래된 신데렐라 스토리.

선생들이 아무 생각 없이 하는 그 입바른 소리를 믿는 순진한 애들이 더러 있기는 했기에 그때마다 나는 노력하는 건 참 좋은 일이지만 노력한다고 100% 원하는 걸 갖는 건 아니라고 사실관계를 정정해주고 싶었다.

어른들은 공부를 못하면 머리가 나쁜 거라고 단순하게 생각하지만, 장사꾼 집안에서 태어난 나는 전교 1등인 우리 반 반장보다 더 빨리 인생이 '장사'라는 걸 깨달았다.

나는 예뻤지만 냉정하게 생각했을 때 연예인이나 아이돌을 할 수 있을 정도는 아니었고 공부 머리가 특출난 것도, 물려받을 재산이 있는 것도 아니니 내가 가진 유일한 이 장사 밑천을 최대한 활용해야 엄마처럼 밑지지 않고 살 수 있을 것 같았다.

똑똑한 여자애들이 학벌과 직업을, 부잣집에서 태어난 여자애들이 집안과 재산을 자기 특기로 삼는 것처럼 나는 미모와 젊음을 나의 무기로 삼았다.

물론 그래도 안 되는 건 있었다.

여자가 어리고 이쁘기만 하면 모든 게 다 만사형통일 것만 같지만 결혼은 어디까지나 '끼리끼리' 하는 비즈니스였다. 안 사겠다는데 거기서 흥정을 더 해봐야 나만 시간 낭비였다.

집안도 처지고 학교도 전문대를 나온, 스튜어디스인 내가 결혼 시장에서 고를 수 있는 남자의 상한선은 처음부터 정해져 있었다. 그렇다고 실망하긴 일렀다. 내가 고를 수 있는 남자 중에 제일 상품(上品)을 고르면 되는 거니까.

나는 착하고 상식적인 남자와 돈 걱정을 하지 않고 살고 싶었다. 엄마처럼 고생하지 않고 그냥 남들처럼 평범하게, 안정적으로 사는 게 내 목표였다. 그래서 아무리 돈을 잘 벌어도 사업하는 남자는 만나지 않았다. 편모슬하나 자수성가한 남자, 형제가 많은 남자도 싫었고 여자를 너무 좋아하는 남자도, 친구가 많은 남자도, 술을 좋아하는 남자도 탈락이었다.

체에 남자들을 왕창 집어넣고 흔드는 일을 서너 번 반복했을 때 마지막까지 남은 남자가 민규였다. 우리 아빠와 모든 면에서 반대되는 남자. 그게 내가 남자를 고르는 기준이었다. 세상에 완벽한 남자는 없으므로 나는 민규의 작은 흠을 발견할 때마다 그가 가진 좋은 점을 떠올리기 위해 노력했다.

노력하는 건 참 좋은 일이지만 노력한다고 100% 이루어지는 건 아니었다.

예쁜 여자들도 죽도록 노력한다는 걸, 못생긴 여자들은 아마 모를 것이다.

×××

2학기가 시작됐다. 다음 날 승은이는 아무 말 없이 짐을 챙겨 집을 나갔다.

퇴근 후 집에 돌아와 그 사실을 확인한 수진이는 비행 소녀들이 있는 단체채팅방에 공지를 남겼다. 승은이가 마음대로 말도 없이 방을 뺐으며 그 자리에 다른 사람이 들어올 때까지 일시적으로 월세가 50만 원으로 상승이 될 거라고. 입주할 때 이미 다 설명한 내용인데 다시 한번 말씀드리자면, 퇴실 시 최소 3개월 전에는 미리 알려주는 게 상호 간의 '기본 예의'이며 '매너'라고. 사전 고지 없이 퇴실을 원하면 석 달 치 월세를 내야 한다고.

반응은 다 제각각이었다. 은혜 씨는 알겠다고 했고 남희 씨는 약간 투덜거렸으며 가장 마지막으로 메시지를 읽은 한나 씨는 대뜸 이런 소리를 했다.

나 돈 없는데.

다시 읽었다. 잘못 본 게 아니었다. 이사 오던 날, 집 옮기는 걸 도와주기 위해 지하주차장에 내려간 수진이는 한나 씨의 차가 BMW인 걸 봤기에 돈이 없다는 말이 무슨 소린지 당최 이해가 되지 않았다. BMW를, 그것도 빨간색 BMW를 타고 다니는 사람을 처음 본 수진이는 그때 속으론 이런 생각을 했었다.

'사업을 한다더니. 돈이 많으신 분이구나.'

카푸어의 가능성도 없지 않았지만, 평소에 그녀가 걸치고 다니는 옷과 가방, 구두가 하나같이 다 명품이었으므로 수진이는 한나 씨 같은 성공한 여성 사업가가 우리 공동체에 들어와준 게 항상 고마웠었다. 근데 돈이 없다니? 차는 어쩌고?

수진이는 메시지를 썼다 지웠다 수없이 반복하다가 겨우 '네?'라고 답장을 보냈다. 숫자가 빠르게 줄어들어갔고 1 하나가 한참이 지나도록 사라지지 않았다. 한나 씨는 요 며칠 일이 바쁜지 아예 안 들어오는 날이 많았다. 수진이는 그냥 장난이길 바랐다.

우선 방부터 옮기기로 했다. 승은이도 나간 마당에 더 이상 한나 씨와 같이 안방을 쓸 이유가 없었다. 퇴근하고 온 남희 씨와 은혜 씨가 도와주겠다고 했지만 수진이는 짐이 얼마 안 된다며 사양했다.

오늘의 집을 수백 번 들락거리며 고심해서 고른 책상, 침대, 화장대, 책장. 창가 쪽 벽에 기대 세워놓은 레터링 전신거울과 귀여운 무드등, 바닥에 깔린 아이보리색 카페트가 모두 낯설었다. 무엇보다 침대 위에 잠시 걸터앉자마자 그 위에서 승은이가 자신의 애인들과 한 온갖 말도 안 되는 더러운 짓들이 떠올랐다. 불과 얼마 전까지도 다른 사람이 잠을 자고 꿈을 꾸던 침대 위에서 어떻게 그런 짓을 할 수 있었을까. 마음 같아선 승은이에게 가구값도 몽땅 뱉어내라고 하고 싶었지만 이미 수진이를 차단한 눈치였다.

가구를 교체할 순 없으니 가구 배치를 바꾸는 것으로 만족하기로 했다. 도대체 방을 얼마나 더럽게 쓴 건지 여기도 저기도 다 먼지 구덩이였다. 방을 바꿔주는 게 아니었다.

콜록거리며 환기를 하기 위해 커튼을 열어젖히자 불도 켜지 않은 깜깜한 베란다에 은혜 씨가 서 있었다. 또 세탁기. 눈이 마주친 두 사람은 어색하게 눈인사를 했고 수진이는 다시 커튼을 닫았다.

오늘은 남희 씨도 빨래하는 날인지 저녁 내내 쉬지 않고 세탁기가 돌아갔다. 그래도 새벽에 돌리는 것보단 낫지 않냐며 수진이는 3M 귀마개로 귓구멍을 틀어막고 눈을 감았다. 소리는 조금 멀어졌지만 다른 감각이 모두 차단되자 웅, 웅 하는 세탁기의 진동은 더 잘 느껴졌다. 뒤척이며 자세를 계속 바꾸던 수진이는 가슴 위에 두 손을 얌전히 포개 올린 채 천장을 보고 바로 누웠다. 부모님 집에 있는 자기 방이 갑자기 생각났다. 다 그대로 있을까? 아니면 오빠 방처럼 홈쇼핑에서 배송된 물품들을 보관해놓는 창고로 변했을까?

오빠 수형이 군대에 갔을 때 수진의 모친은 하루도 빼놓지 않고 오빠 방을 청소했다. 밤이면 그 방에 들어가 혼자 오빠의 중, 고등학교 졸업 앨범을 들여다보기도 하고 오빠가 사 모은 만화책이나 건담 프라모델을 괜히 만져보기도 하셨다.

혹시 지금 엄마는 수진이의 방에서 그러고 계신 건 아닐까?

엄마 생각만 하면 코가 찡해지는 건 수진이의 오랜 병이었다. 하지만 돌아갈 생각은 없었다. 수진이는 자신의 지난 선택을 후회하지 않았다. 다만 엄마한테 미안하지 않기 위해서라도 이 집에서 더, 더 행복해져야겠다고 수진이는 결심했다.

×××

승은이가 나간 자리를 채울 사람을 구하기 위해 수진이는 매일같이 공고를 올렸다. 비행 소녀들이 있는 단체채팅방에도 혹시 주변에 아는 비혼 여성이 있다면 홍보를 해달라고 부탁했다.

일주일 넘게 집에 안 들어오던 한나 씨는 금요일이 되어서야 집에 들어왔다. 눈 밑이 퀭한 게 피곤해 보였고 술 냄새도 약간 났다. 곧바로 방으로 들어가려는 한나 씨를 붙잡은 수진이는 거실에서 노트북으로 맞고를 치고 있는 남희 씨가 신경 쓰여 잠깐 자기 방에 가서 같이 이야기 좀 하자고 했다.

"한나 씨, 그……."

"아, 미안해요. 수진 님. 제가 요새 돈 들어갈 데가 너무 많아서 현금이 좀 달리는데 수진 님께서 돈 좀 빌려주실 수 있을까요? 다음 달 1일에 바로 돈 들어오거든요."

"네?"

"미안해요. 근데 저 요새 진짜 잠도 거의 못 자요. 사업이 이렇다니까요! 돈을 주기로 했으면 그날 딱 돈을 줘야 되는데 인간들이 하루만, 하루만 하면서 날짜를 안 지켜요!"

"그럼……."

"네. 1일에 돈 들어오면 이자까지 쳐서 바로 드릴게요. 저 이제껏 돈 밀린 적 한 번도 없잖아요?"

맞는 말이었다. 같이 장을 보거나 공과금을 정산할 때 한나 씨는 잔돈에 신경 쓰지 않는 스타일이었다. 비행 소녀들이 각각 수진이에게 47,780원을 보내야 하는 상황이면 남희 씨는 47,780원, 은혜 씨는 47,800원을 보낸다면 한나 씨는 지갑에서 5만 원짜리를 한 장 꺼내 턱 건네는 식이었다.

수진이가 지금 거스름돈이 없으니 이체를 해달라고 하면 공인인증서 비밀번호를 다섯 번 틀렸는데 은행 갈 시간이 없다는 대답이 돌아왔다. 그래서 그런지 한나 씨는 월세도 늘 현금으로 냈다. 수진이는 한나 씨에게 받은 현금을 은행에 가서 입금하지 않고 그냥 서랍 속 잡다구니 사이에 잘 보관해두었다. 통장에 넣으면 카드값을 갚고 다른 데 흐지부지 쓰게 되니까 이렇게라도 강제로 저축을 하는 게 더 나을 것 같았다.

"이자는 무슨…… 우리 사이에. 알겠어요. 한나 님."

"살았다! 고마워요. 수진 씨. 그럼 저 좀 들어가서 잘게요."

사실 한나 씨는 별로 걱정되지 않았다. 오히려 요즘 수진이에게 스트레스를 주는 건 나간 승은 씨였다. 수진이가 부동산 카페에 신규 멤버 모집 공고를 올릴 때마다 따라와서 악질적인 허위 리뷰를 남겼다. 예를 들면 이런 식이었다.

여기 집에 물 샘 ㅇㅇ 그리고 공금으로 술 사서 술 안 먹는 사람한테도 N빵 하자 함 ㅅㅂ 맨날 먹지도 못할 만큼 사서 다 음쓰통에 버리고 그것도 물론 N빵임 ＋ 분리수거 개같이 함 ＋ 샤워하고 머리카락 아무도 안 치움 ㅇㅇ ＋ 하루 종일 세탁기만 돌리는 세탁기 빌런도 잇음 ＋ 주인 여자 성격 진짜 존나존나존나 이상함 ＝ GAJIMA

수진이는 차근차근 반박 댓글을 달았다.

안녕하세요. 실제 사실과 다른 악의적인 댓글 잘 봤습니다. 장 본 금액을 N분의 1로 계산하는 건 맞지만 주류 등 개인 기호품은 구매한 사람이 개인 카드로 결제하는 시스템입니다. 송파구 비혼 여성 공동체 '비행 소녀'에 많은 관심 바랍니다. 제발 한남은 꺼져 ㅗ^^ㅗ

그것만으로도 분이 안 풀린 수진이는 해당 화면을 캡처해 비행 소녀 인스타그램 스토리에 게시했다. 다른 여성 활동가들과 비혼 정보 계정들이 곧바로 좋아요를 눌러줬다. 댓글도 달렸다. 알림을 확인한 수진이는 부동산 카페에 다시 접속했다.

집샌물샌

또 승은이였다. 아이디 polyS2amory. 맨 처음에 단 댓글은 삭제한 뒤였고 '삭제된 댓글입니다' 아래에 수진이가 단 답글만 덩그러니 남아 있었다. 수진이는 곧바로 답글을 삭제했고 인스타 스토리를 내린 뒤 '집샌물샌' 옆에 있는 댓글 신고하기 버튼을 클릭했다.

신고하려면 사유를 선택해야 했다. '스팸홍보/도배글입니다'와 '욕설/생명경시/혐오/차별적 표현입니다' 사이에서 망설이던 수진이는 후자를 클릭했다.

승은이가 남긴 그 네 글자를 한참 동안 노려보던 수진이는 결국 부동산 카페를 탈퇴했다.

수진이는 밤새 승은이의 아이디 polyS2amory와 전화번호를 가지고 구글링을 해봤지만 별다른 성과가 없었다. 팔찌가 사라졌다는 걸 깨달은 건 그다음 날이었다.

주말을 맞아 오랜만에 친구들과 데이트가 있었던 수진이는 기분 전환 겸 한껏 꾸미고 나가 친구들과 사진을 잔뜩 찍기로 했다.

"팔찌야, 어딨니?"

부모님 집에서 살 때야 방을 아무리 어질러도 어머니께서 수진이의 방까지 청소해주셨으므로 퇴근하고 돌아오면 원상복구가 되어 있었다. 그런데 한나 씨와 같이 안방을 쓴 두 달

동안 안 좋은 습관이 옮은 건지, 수진이는 요새 들어 뭘 쓰고 제 자리에 갖다두지 않아 한참 동안 물건을 찾으러 다니기 일 쑤였다.

24K 화이트 골드 체인에 12개의 작은 담수 진주가 달랑달랑 귀엽게 매달린 그 팔찌는 수진이가 가장 아끼는 액세서리였다. 서른 살을 맞아 유럽으로 배낭여행을 떠났을 때 큰맘 먹고 구매한 거였다. 그동안 열심히 앞만 보고 달려온 자신의 이십 대를 기념하기 위해 스스로에게 선물한 뜻깊은 물건이었다.

한나와 안방을 쓸 때 수진이는 통장과 인감도장, 공인인증서가 들어 있는 USB 등과 함께 그 팔찌를 조그만 상자에 따로 넣어 서랍 깊숙이 숨겨두었었다. 한 장에 오만 원이 넘는 비싼 마스크팩과 대학에 들어갈 때 아버지가 사주신 오메가 손목시계도 그 상자 속에 있었다.

이 집에 이사 온 뒤로 한 번도 그 팔찌를 찬 적이 없는데, 팔찌에 발이 달린 건지 찾아도 찾아도 나오지 않았다. 수진이는 자신의 기억력을 의심하며 책장 뒤편의 벽 사이에 있는 조그만 틈과 옷장 속, 코트와 바지 주머니, 가방 속까지 뒤집어 확인했다.

약속 시간이 다 될 때까지 팔찌는 나오지 않았다.

울고 싶었다.

×××

　남희 씨는 요새 와인에 푹 빠졌다. 소주에 비하면 뒤끝이 좀 길긴 했지만 향과 맛, 색과 멋을 따지면 감히 소주에 비할 바가 아니었다. 와인잔에 따랐을 때의 빛깔은 레드와인이 더 아름다웠지만 뒷맛이 씁쓸한 쇠 맛이 나서 영 별로였고 제일 입에 맞는 건 역시 모스카토. 어금니가 깨질 만큼 달콤한 화이트 와인이 남희 씨의 취향이었다.

　처음에는 뭐가 뭔지 잘 몰라서 퇴근길에 편의점이나 마트에 들려 세일 행사 중인 와인을 한 병씩 집어 와서 저녁 식사 때 반주로 곁들였다. 그러다 옐로우 테일이라는 가성비 좋은 호주산 와인에 정착했다. 한식과 와인은 안 어울린다는 편견과 달리 와인은 참치 통조림을 넣은 김치찌개하고도 어울렸고 파김치하고도 궁합이 잘 맞았으며 특히 청국장하고 같이 먹을 때 그 맛과 향이 배가 되었다.

　커피프린스 1호점이라는 드라마를 인상 깊게 봤던 남희 씨는 어느 날 인터넷에 검색해서 찾아낸 레시피로 보글보글 청국장을 끓여 와인과 함께 곁들여보았고 그 순간만큼은 드라마 속 여주인공이 부럽지 않았다. 그야말로 원더풀, 환상적이었다.

이참에 와인 동호회에 한번 들어가볼까, 하는 생각이 든 남희 씨는 어느 주말 은혜 씨와 단둘이 거실에서 저녁 식사를 하다가 그 이야기를 꺼내봤다.

"은혜 씨, 우리 같이 와인 동호회 같은 데 들어가면 너무 재밌을 것 같지 않아요?"

"와인 동호회요?"

"네. 사람들도 만나고 와인 공부도 하고. 은혜 씨도 남친 생기면 좋잖아요!"

"제가 무슨……."

자신보다 네 살이나 연상인, 사십 대 후반의 은혜 씨는 멸치볶음을 젓가락으로 집어 꼭꼭 씹어 먹을 뿐 그 이상 별다른 대꾸가 딱히 없었다. 남들은 손주까지 볼 나이에 아직 결혼한 번 못 해봤으면서 여전히 남자 문제에 수동적인 은혜 씨의 태도가 남희 씨는 마음에 들지 않았다. 용기 있는 자가 미인을 차지하는 법인데! 은혜 씨도 자신도 미인과는 백만 광년쯤 동떨어져 있으니 그럼 용기라도 내야 할 게 아닌가.

"왜요? 다들 그런 데서 인연 만나는 거죠. 우리 나이 되면 이제 소개팅도 선 자리도 안 들어오잖아요. 들어와봤자 애 딸린 이혼남 아님 배 나온 대머리. 안 그래요?"

"무슨…… 계란말이 더 드실래요?"

남희 씨가 괜찮다고 하자 은혜 씨는 자기 먹은 밥그릇을 챙겨 부엌으로 가더니 바로 설거지를 했다. 수진 씨는 약속이 있다고 나갔고 한나 씨는 요새 잘 안 보이고……. 이 큰 집에 덜렁 은혜 씨와 남희 씨 두 사람뿐이었다. 같이 살면 재밌을 줄 알았는데 그렇지도 않았다. 공사만 끝나면 다음 달에는 꼭 한강으로 피크닉을 가자고, 수진 씨가 한 그 말만 믿고 철석같이 기다리고 있었는데 하필 그때 승은 씨가 나가며 다 흐지부지된 참이었다.

몇 년 전 회식 자리에서 젊은 직원들 테이블에 낀 남희 씨가 심심해 죽겠다고, 외롭다고 술 먹고 넋두리를 하자 다른 팀 주임 하나가 그럼 동호회라도 나가보시면 어떠냐고 해서 실제로 남희 씨는 산악회에 들어가기도 했었다. 스포츠, 여행, 악기와 달리 산악회라면 별로 돈도 안 들고 건강한 남자 회원들도 많이 나올 테니까 잘만 하면 괜찮은 짝을 만날 수 있을 것 같았다.

이삼십 대 젊은 피들이 많은 산악회에 들고 싶었지만 대부분 나이 제한이 걸려 있었다. 마흔 살인 남희 씨가 들어갈 수 있는 곳은 많지 않아 이거저거 가릴 처지가 아니었다. 그나마 집에서 좀 먼, 남한산성 근처에 나이 제한이 없는 산악회가 딱 한 곳 있었다.

　몇 년 전 제주도로 가족 여행을 떠났을 때 큰조카가 오름 길 앞에서 찍어준 셀카 한 장을 첨부해서 남희 씨는 '산이 좋아'산악회에 가입했다. 교회까지 빼먹으며 주말마다 꼬박꼬박 참석해 열심히 산을 탔지만, 모임 안에서 세 커플이 탄생하고 두 커플이 헤어질 때까지 남희 씨에게는 아무 일도 일어나지 않았다. 그러다 이쁜데 어리기까지 한 돌싱 회원이 한 명 들어오면서 모임은 아사리판이 되었다. 남희 씨가 침을 발라놨던 4살 연하의 귀여운 남자 회원이 그 회원과 공개적으로 썸을 타기 시작하면서 결국 그 모임은 끝장이 났다.

　왜 가장 잘난 수컷 한 마리가 모든 암컷을 차지하는 자연의 법칙과 달리, 인간세계에서는 예쁘고 어린 여자 한 명이 다수의 남자를 차지하는 일이 자꾸자꾸 발생하는지 남희 씨는 억울할 따름이었다.

　그러나 좌절하기엔 일렀다. 이번에는 교양 있는 똑똑한 남성을 찾아 남희 씨는 독서 토론 모임에 들어갔다. 다행히 여왕벌 노릇을 하는 재수 없는 여자회원도 없었고 그 여자회원을 떠받들고 싶어 안달이 난 머저리 같은 돌쇠 회원들도 없었다.

　모든 게 다 남희 씨의 마음에 딱 맞게 흘러갈 무렵, 대학원에서 상담학을 전공 중이라는 모임장의 주도하에 심리 테스트가 몇 차례 진행됐다. 알고 보니 사이비 종교 단체에서 포교를 목적으로 운영하는 모임이었고 모태신앙인 남희 씨는 그 후로 두 번 다시 동호회에 발을 들이지 않았다.

　근데 그 동호회가 다시 생각이 날 만큼 요즘 남희 씨는 심심했다. 같이 살면 주말마다 나들이에 피크닉에 외롭지 않을 줄 알았는데 살아보니 그것도 아니었다. 사이비든 여왕벌이든 동호회에 들면 일단 주말에 만날 수 있는 사람들이 생긴다는 게, 약속이 생긴다는 게 좋은 것 같았다. 은혜 씨가 같이 나가준다면 좋을 텐데. 게다가 와인 동호회면 돈 많고 잘생긴 키 큰 남자 회원을 만날 수 있을지 누가 아는가. 사람 일은 아무도 모르는 건데.

　"은혜 님 벌써 들어가세요? 같이 놀지."

　"네…… 저 할 일이 있어서요."

　"또 공부?"

　"네."

　퇴근 후 남희 씨가 거실에 나와 죽치고 고스톱을 치거나 와인을 마시며 봤던 드라마를 또 보는 것과 달리 은혜 씨는 매일 저녁 인터넷 강의를 보며 자격증 공부를 했다. 은혜 씨가 먼저 말한 건 아니고 데일밴드를 빌리러 그 방에 들어갔을 때 책상 앞에 펼쳐져 있는 문제집을 보고 알게 된 거였다.

'2주 완성! 미술 심리상담사 1급 완전 정복!'

그리고 그 옆에는 가죽 장정이 반질반질하게 닳은 오래된 성경책과 나무로 만든 십자고상이 나란히 놓여 있었다. 교회에 다니는 남희 씨는 기뻐서 얼른 아는 척을 했다.

남들이 볼 땐 식전기도를 건너뛰기도 하는 남희 씨와 달리 은혜 씨는 녹차 한 잔을 마시기 전에도 반드시 눈을 감고 입안으로 중얼중얼 기도를 올렸다.

기도는 물론 좋은 일이지만, 남희 씨는 은혜 씨를 보면 한숨이 나왔다. 예수님 말고 다른 남자 좀 좋아해보지. 내일모레면 쉰인데 어쩌려고 저러는 걸까. 은혜 씨를 향한 남희 씨의 감정 중엔 동질감도 있었지만 실은 안타까움이 더 컸다.

설거지를 마치고 방 안으로 사라지는 은혜 씨를 보며 남희 씨는 마지막 잔을 비웠다.

×××

일주일이 지나도록 팔찌를 찾지 못하자 수진이는 결국 같이 사는 사람들은 의심하기 시작했다. 집에 도둑이 든 적은 없으니, 달리 말하면 그건 이 안에 도둑이 있다는 뜻이었다.

승은, 한나, 남희, 은혜.

리스트에 오른 네 명의 용의자 중 수진이는 제일 먼저 은혜 씨의 이름을 삭제했다. 비록 함께 산 지 석 달밖에 지나지 않았지만 그녀가 그럴 사람이 아니라는 건 수진이가 가장 잘 알았다. 수진이가 보기에 은혜 씨는 남에게 악한 짓을 저지를 사람이 아니었다.

다음으로는 한나 씨의 이름을 삭제했다. 두 달 정도 방을 같이 쓴 적이 있으므로 맨 처음엔 한나 씨를 의심한 게 사실이지만, 범죄를 저지르기에 한나 씨는 집 안에 머무르는 시간이 지나치게 짧았고 집에 있는 동안에도 코를 골며 잠만 자는 사람이었다.

돈도 잘 벌고 액세서리라면 수진이의 것보다 훨씬 더 비싸고 좋은 게 많을 텐데 굳이 그 팔찌를 탐낼 것 같진 않았다. 자기 물건도 제대로 간수 못 하는 사람이 수진이의 자리를 뒤져 상자 안에 있는 팔찌만 쏙 빼간다는 건 말이 되지 않았다.

한나 씨 다음으로는 남희 씨의 이름을 지웠다. 일전에 자기가 쓰는 싸구려 한방 샴푸 대신 수진이의 비싼 샴푸를 몰래 쓴 적이 있어서 조금 괘씸하긴 했지만, 남희 씨는 절도를 저지르기엔 배포가 너무 작은 사람이었다. 남의 물건을 도둑질하더라도 있어도 그만, 없어도 그만인 볼펜이나 머리 끈 같은 걸 훔치지 환전성이 강한 귀금속을 훔칠 위인은 못됐다.

범인은 승은이였다. 주장을 뒷받침할 근거는 셀 수 없이 많았다. 우선 넷 중 집에 머무는 시간이 가장 길었고 '프리터'라 수입이 일정치 않을 테니 돈이 궁하면 남의 물건을 훔쳐서 팔아먹어야겠다는 나쁜 마음을 쉽게 먹을 법도 했다.

수진이는 이 집에 살면서 안방과 부엌 옆에 붙은 방. 총 두 개의 방에서 생활해봤는데 승은이도 그 두 방에서 지내봐서 방 구조를 잘 안다는 게 주장의 설득력을 높였다. 게다가 승은이는 수진이가 하는 작은 행동 하나하나에 꼬투리를 잡으며 분란을 일으켰다. 개인적인 원한 감정이 있으니 승은이가 수진이를 상대로 범죄를 저지를 이유는 충분했다.

"나쁜 년."

팔찌 때문에 정신이 없어서 잠시 잊고 지냈던 '집샌물샌' 사태가 다시금 떠올랐다. 수진이는 승은이가 출몰하는 네이버 부동산 카페 대신 SNS 계정에 새로운 비행 소녀를 찾는 공고를 올렸지만, 독방이 아니라 그런지 아직까진 별다른 연락이 없었다.

수진이가 오직 직관과 추론만을 동원해 팔찌 도둑을 찾아낸 그날 저녁엔 남희 씨가 주최하는 비행 소녀들의 두 번째 와인 파티가 열렸다. 일이 바쁜 한나 씨는 불참이었지만 병원 휴진일인 은혜 씨가 솜씨를 부려줘서 무려 수육과 겉절이가 테이블 위에 올랐다. 남희 씨는 와인에는 또 청국장이 기가 막힌다며 청국장을 끓여 왔고, 사실 수진이는 집 안에 냄새가 배는 게 싫어서 청국장이 별로였지만 성의를 봐서 한 숟갈 떠먹는 시늉을 했다.

"지금이에요! 수진 씨! 얼른 와인!"

남희 씨의 유난에 못 이겨 청국장을 한술 뜨고 와인을 한 모금 마시자 맛있긴 맛있었다. 의외였다. 냄새나는 청국장이 와인과 잘 어울린다는 게.

"근데 혹시 최근에 집 안에서 뭐 물건 없어지거나 그런 거 없으세요?"

와인이 두 병쯤 비워졌을 때 수진이는 슬쩍 팔찌 이야기를 꺼냈다.

"어 나, 나 있어요. 근데 물건은 아니고 돈 봉투. 오만 원. 돌잔치 초대받아서 돈 뽑아놨는데 가방 안에서 돈 봉투만 딱 없어졌더라고요."

"남희 씨. 그거 집 안에서 잃어버린 거 맞아요?"

"어, 아니……. 그건 잘 모르겠는데?"

"그럼 됐어요."

수진이는 순간 자기 말투가 날카롭게 나간 것에 아차, 했다.

"은혜 님은요? 혹시 있으세요?"

"저는…… 목걸이가 사라졌어요. 금으로 된 십자가 목걸이가 하나 있었거든요. 근데 뭐 제가 이사 올 때 짐 싸다가 잃어버린 걸 수도 있으니까요. 그냥 잊어버리려고요."

목걸이 소리를 들은 순간 수진이는 소름이 끼쳤다.

나야 그렇다 쳐도 죄 없는 은혜 씨의 물건은 왜 훔쳐 간 걸까. 그것도 심지어 종교 물품을. 이 정도면 도벽이었다.

학교 다닐 때도 보면 꼭 체육 시간이나 미술 시간같이 다른 교실로 이동하는 빈틈을 타 도난사건이 벌어졌다. 도둑질하다 들킨 아이는 그다음부터 교실 안에서 줄곧 소외당했고 반장이었던 수진이는 그때마다 그 아이들에게 먼저 다가가 친구가 되어줬었다.

아직 어리니까 그럴 수 있다고. 다음부터 안 그러면 된다고. 어린 수진이는 진심으로 그렇게 생각했었다.

남희 씨, 은혜 씨와 함께 웃고 떠들고 연신 와인잔을 부딪히며 수진이는 속으로 승은이의 나이를 헤아려봤다. 스물일곱.

아직까지 그 버릇을 못 고친 승은이가 수진이는 혐오스러울 뿐이었다.

╳╳╳

　가락동에 다녀온 날 밤, 소희는 모친으로부터 전화를 한 통 받았다. 둘째 고모가 위독하다는 소식이었다.

　"그 양반 맨날 하는 소리잖아."

　"글쎄 이번엔 아닌가 봐. 한번 가서 송 서방이랑 같이 얼굴 좀 비춰. 혹시 알아?"

　또 그놈의 상속 이야기였다.

　소희 아버지의 형제들은 아들 셋, 딸 셋 총 육 남매였고 그 중 제일 인물이 번듯하고 똑똑하고 잘난 형제가 지금은 일산의 한 요양원에 누워 있는 둘째 딸 박혜림 씨였다.

　어머니를 쏙 빼닮은 언니 소영과 달리 소희는 둘째 고모의 판박이였고 독신인 고모가 수없이 많은 조카 놈들 중 소희를 가장 편애하는 건 어찌 보면 당연했다.

　"소희야, 우리 소희도 고모처럼 나중에 커서 변호사 될래?"

　물론 소희는 고모의 겉모습만 빼닮았을 뿐이었다. 법대 4학년 재학 중에 사법 고시를 패스하고 그 시절 혈혈단신 미국에 건너가서 변호사 자격까지 딴 둘째 고모는 소희하고는 태생부터 다른 종족이었다.

　공부엔 일절 관심 없는 조카딸을 아쉬워하긴 했지만 고모는 변함없이 소희를 사랑했고 다른 이모, 고모들과는 달리 목소리가 또랑또랑하고 자세가 올곧으며 언제나 자신만만한 둘째 고모가 소희는 늘 자랑스러웠다.

뒤에서는 '노처녀'소리를 할지 몰라도 집안에 법조인이 있다는 건 삶의 우여곡절마다 큰 도움이 되었기에 식구 중 그 누구도 고모에게 감히 싫은 소리를 하지 못했다.

결혼해서 생기는 게 허즈밴드가 아니라 와이프라면 백번이라도 시집을 가겠지만, 여자한테 남편은 없느니 못한, 백해무익한 담배 같은 거라며 둘째 고모는 영원히 연애만 하며 독신으로 살 것을 할아버지의 회갑연 자리에서 천명했다.

"아버지! 이 좋은 날, 둘째 딸이 한 곡 올리겠습니다! 백 살까지 사세요!"

오른쪽 가슴에 무궁화 문양의 변호사 배지를 단 채 감색 아르마니 정장 차림으로 서문탁의 「사미인곡」을 열창하는 둘째 고모의 모습은 어린 소희에게 깊은 감명을 줬다.

그러나 아무리 돈 많고 능력 있는 똑똑한 사람이라도 시간이 흐르면 나이가 들고, 나이가 들면 아픈 게 인간사 이치였다. 어지간한 남자들도 고모 앞에선 다 등신 쪼다 새끼에 불과했지만 그 사실과 관계없이 예순이 됐을 때 고모는 갑상선암 수술을 했다. 그때까지도 고모는 씩씩했다. 바로 1년 후에는 자궁암 진단을 받았지만 그때도 고모는 끄떡없었다. 하지만 예순다섯 살이 되던 해 유방암 진단을 받아 가슴 한쪽을 반절 넘게 도려낸 후 고모는 눈에 띄게 쇠약해졌다. 전문 간병인이 24시간 옆에 붙어 있었지만 병든 고모는 외로움을 타는지 늘 가족들을 보고 싶어 했다. 찾아가 얼굴을 비추지 않으면 시도 때도 없이 간병인을 시켜 전화를 해대니 하는 수 없이 형제들과 그 배우자들이 돌아가며 곁을 지켰고 그것만으론 성이 안 찼는지 고모는 조카들에게 집착하기 시작했다.

"나 죽으면 내 돈이 다 어디로 가겠니? 응?"

소희는 그런 고모의 모습을 보고 싶지 않았다. 남들이 뭐라 하든 소희의 기억 속에 남아 있는 둘째 고모는 자신만만하고 매사에 능수능란한, 세상에서 가장 멋진 여자였다.

죽으면 자기 재산은 다 사회에 환원해서 고아들을 교육하는 데 쓰고 싶다던 고모는 이제 없었다. 치사하게 돈으로 사람을 오라 가라 하는 게 씁쓸했지만 그것만큼 효과적인 것도 없어서 멀리 지방에 사는 조카들까지도 둘째 고모의 생신이 되면 꼬박꼬박 과일 바구니를 사 들고 요양원에 들러 눈도장을 찍고 갔다.

"부모면 그냥 갖다 넣어놓고 나 몰라라, 죽기 전까진 들여다보기도 싫을 텐데 금고라고 생각하니까 자꾸자꾸 가보고 싶지. 그러게 젊었을 때 죽어라 일해서 남 좋은 일만 시키는 거야. 에구. 미국 놈이라도 만나서 까짓거 이혼이라도 한번 해보지. 남들 하는 건 다 그만한 이유가 있는 건데 똑똑한 여자들은 이게 문제라니까. 저만 잘났어. 저만. 헛똑똑이.”

평소 큰엄마의 냉소적인 시선과 거친 입담을 좋아하긴 했지만 명절날 둘째 고모가 없는 자리에서 그런 소리를 하는 건 싫었다. 심지어 고모와 피를 나눈 형제들까지 그 의견에 은근히 동조하는 눈치였고 그 눈치코치 속엔 잘난 인간이 낭패당하는 걸 볼 때의 고소한 희열감만이 있을 뿐, 일말의 죄책감도 없어 보고 있으면 절로 면구스러워졌다.

더 최악인 건 헛똑똑이 둘째와는 반대로 야무진 인생을 사는 장한 여자로 늘 소희가 꼽혔다는 점이다. 비록 공부 머리는 하나도 없지만 대신 얼굴 하나 예쁘장하고 남자 보는 안목이 뛰어나 시집가서 되려 팔자가 핀 희귀 케이스. 둘이 얼굴은 판박이로 생겼는데 사는 꼴은 정반대인 걸 보면 여자는 직업이고 능력이고 그저 신랑 잘 만나고 봐야 한다는 결론으로 이야기는 흘러갔다.

여자 팔자 뒤웅박 팔자.

학창시절 내내 사촌들과 비교당할 때마다 들은 ‘얼굴만 반반한 골 빈 년’ 소리는 소희가 결혼함과 동시에 ‘얼굴 반반한

데 영악하기까지 한 년' 소리로 바뀌었다.

남들이 뒤에서 뭐라고 하든 부모님은 그저 딸이 시집 잘갔다는 소리만 들으면 헤벌쭉 웃으며 아이처럼 좋아하셨고 그때마다 소희는 영원히 만족시킬 수 없는 두 잣대 사이에서 온 영혼이 찢겨나가는 느낌이었다.

그래도 소희에 비하면 친척들은 솔직한 편이었다.

아픈 고모가 무너지는 걸 보고 민규와의 결혼을 서두른 건 사실이었으니까.

둘째 고모를 생각할 때마다 소희는 자신이 품고 있는 거대한 모순과 마주해야 했지만 고모의 인생이 그런 식으로 부정당하는 건 싫었다. 소희가 다른 사람들한테 그런 소리를 들어야 할 이유가 없듯이 고모가 사람들한테 그런 소리를 들어야 할 이유는 어디에도 없었다.

그냥 소희는 고모처럼 살 수 없는 사람이고 고모 또한 소희처럼 살 수 없는 사람이었던 것뿐인데 사람들은 오직 선택의 결과만 놓고 모든 것을 판단했다.

남의 인생은 늘 이렇게 쉽고 간단했다.

자기 인생에 구질구질 변명이 많은 사람일수록 더 그랬다.

오만과 편견

by. 블루스타킹

제인 오스틴의 소설 『오만과 편견』은 모든 게 다 완벽하지만 성격에 좀 문제가 있는 까칠한 남자주인공과 당차고 명랑한 귀여운 여자주인공이 서로에 대한 오해와 난관을 딛고 마침내 결혼에 골인한다는, 오늘날 로맨틱 코미디 장르의 시초로 여겨지는 작품이다.

'오만'한 남자주인공과 그런 그에게 첫 만남에서부터 심한 '편견'을 품은 여자주인공 사이의 오해와 갈등은 이후 로맨틱 코미디 장르의 '클리셰'가 되었고 그 결과 『오만과 편견』은 작가 제인 오스틴의 대표작이자 18세기 영국 산문을 대표하는 클래식이 되었다.

It is a truth universally acknowledged that a single man in possession of a good fortune must be in want of a wife.

재산깨나 있는 독신 남자에게 아내가 꼭 필요하다는 것은 누구나 인정
하는 진리다.

소설의 배경이 되는 18세기 영국은 전쟁으로 인해 여성이 남성보다 훨
씬 많은 여초 사회였고 가문의 재산은 오직 아들, 그중에서도 장자(長
子)에게만 상속 가능했기 때문에 딸만 다섯인 베넷 가(家)의 초미의 관
심사는 물론 '결혼'이었다. 당장 내일 아침 아버지가 돌아가시면 베넷 가
의 모든 재산은 가장 가까운 남자 친척인 콜린스 씨에게 상속될 예정이
었기 때문에 여주인공 엘리자베스를 비롯한 다섯 자매들에겐 '오직 결
혼만이 명예로운 생활 대책'이자 '가장 좋은 가난 예방책'이었던 것이다.
그러나 여초 사회도 아니고 한정상속제도도 없는 21세기 한국에서 어
찌 된 일인지 결혼 적령기(난 이 표현도 이상하다고 생각한다) 여성이 자
신이 비혼주의자임을 밝히면 모두 소스라치게 놀라며 당장 무슨 일이
라도 생길 것처럼 오지랖을 떤다.

"대체 나중에 어쩌려고 그래?"

상상력이 빈곤한 그들로서는 남들과 다른 길을 뚜벅뚜벅 걸어가는 비
혼주의자들이 이해가 되지 않는 것이다. 골수에 사무치는 외로움과 사
회로부터의 고립, 찾아오는 이 하나 없는 쓸쓸한 말년과 그에 뒤따르는
고독사 따위가 그들이 상상할 수 있는 '비혼'의 거의 전부였다. 참을 수
없을 만큼 지독한 비혼에 대한 기혼자들의 오만과 편견.

생각보다 상대가 비혼에 대한 계획이 뚜렷하고 의지가 확실해 보이면

그들은 다른 방식으로 비혼주의자들을 떠보기도 하는데 비혼 여성들이 가장 많이 듣는 질문이란 이런 것이다.

"세상에서 제일 완벽한 남자. 얼굴은 막 차은우인데 키도 크고 돈도 잘 벌고 영원히 너 하나만 죽을 것처럼 사랑하는 그런 남자가 결혼하자고 해도 너 싫어? 그건 아니지?"

입도 뻥긋하기 싫을 만큼 유치한 질문이지만 실제로 몇 번 받은 질문을 워딩 그대로 옮겨보았다. 기혼자들의 그런 무례한 반응이 비혼주의자들의 비혼 결심을 더욱더 강하게 만든다는 사실을 대체 왜 아직도 모르는 걸까?

여기서 한 발짝 더 나아가면 이 질문은 '비혼주의'라는 한 사람의 신념에 대한 철저한 부정(否定)으로까지 나아간다. "정말 맛있는 1등급 한우 오마카세가 있으면 먹을 거지만 그 전까진 난 채식주의자야."라고 말하는 사람을 비건이라 할 수 없는 것처럼 "정말 정말 괜찮은, 완벽한 남자가 결혼하자고 하면 결혼하겠지만 그 전까지 난 비혼주의자야."라고 말하는 사람을 비혼주의라고 할 수 있겠냐는 논리가 바로 그것이다.

제발! 비혼은 비혼대로, 기혼은 기혼대로 각자 행복하게 살 순 없을까? 남과 다르면 불안해지고 같으면 공허해진다는 건 나도 안다. 그러나 본인의 공허함을 해소하겠다고 타인의 불안함을 과장하고 불행을 염원하는 건 인간이 할 짓이 아니다.

결혼하면 무조건 불행해진다고, 결혼하는 사람들은 다 바보 등신이라고 비혼주의자들이 결혼 그 자체를 폄훼한 적은 단 한 번도 없는데 어째서 기혼자들은 그토록 비혼주의자들에게 관심이 많은지. 행복하게 서로를 아끼면서 알콩달콩 잘 사는 기혼자들은 되려 조용하고 결혼생활과 배우자, 자녀에게 불만 가득한 기혼자들만 '결혼해라, 결혼해라' 노래를 부르니 이거 원 설득력이 하나도 없다.

재산깨나 있는 독신 여자에게 남편 따윈 필요하지 않다는 것은 누구나 인정하는 진리다.

It is a truth universally acknowledged that a single woman in possession of a good fortune doesn't need a husband.

『오만과 편견』의 그 유명한 첫 문장을 나는 이렇게 바꾸고 싶다.

제발! 이젠 좀 인정할 건 인정하자!

#06
사랑하고
사랑받는

퇴근 후 집에 돌아오니 은혜 씨와 남희 씨가 안방 앞에 장승처럼 서 있었다. 그들이 가리키는 손가락을 따라 들어가 보니 그 많던 한나 씨의 짐이 모두 사라진 채였다. 수진이는 유령처럼 드레스룸과 안방, 안방 욕실 사이를 빙빙 맴돌다 다리에 힘이 풀려 그 자리에 그대로 주저앉았다.

출근하기 전 잠그고 나간 수진이의 방문은 활짝 열려 있었다. 베란다와 연결된 창문, 옷장과 서랍장, 그 안에 있던 옷가지와 온갖 잡동사니들이 다 밖으로 삐져나와 방 안엔 발을 둘곳이 없었다. 다른 방도 상황은 비슷했는데 문을 아무리 잠가도 모든 방이 베란다와 연결되어 있어서 마음만 먹으면 손쉽게 침입할 수 있는 구조란 걸 그제야 겨우 깨달았다.

"한나 씨 전화 안 받는데요?"

"어떡해! 내 노트북!"

수진이는 난장판이 된 자기 방을 둘러보며 뭘 도난당했는지 파악했다. 역시 돈이 없었다. 그동안 한나 씨에게 현찰로 받은 석 달 치 월세 120만 원에 공동 경비를 정산한 90만 원가량 되는 돈. 거기에 한나 씨가 수진이에게 빌려 간 이번 달 월세와 다른 비용들까지 합치면 못해도 최소 삼백만 원이었다.

대학 입학 선물로 받은 오메가 손목시계도, 한 장에 오만 원이 넘는 비싼 마스크팩도, 심지어 수진이가 가진 옷 중 그나마 가격대가 있는 헤링본 코트도 자리에 없었다.

그 짧은 시간 안에 돈이 될 만한 건 하나도 빼놓지 않고 모조리 들고 나른 신묘한 솜씨에 수진이는 감탄이 나올 지경이었다.

남희 씨는 계속 노트북이 사라졌다고 징징댔고 은혜 씨는 방만 좀 난장판이 됐을 뿐 딱히 도둑맞은 게 없다고 했다.

"왜? 왜 내 노트북만 가져갔지? 은혜 씨 노트북은 안 가져갔어요?"

"제 건 고물이라 돈이 안 되니까요."

"알고 보면 둘이 한패 아니에요? 어떻게 은혜 씨 방만 멀쩡

해요?"

얼굴이 붉어진 은혜 씨는 조용히 방 안으로 들어가 방문을 닫았다. 그 나이가 되도록 할 말 못 할 말 가리지 못하고 마구 내뱉는 남희 씨가 수진이는 혐오스러웠다. 예상 밖의 반응에 당황했는지 남희 씨는 괜히 혼자 거실 허공을 향해 도둑년 어쩌고 욕설을 내뱉었다.

수진이는 부엌과 거실 서랍장을 하나씩 열어보며 더 훔쳐 간 물건이 없는지 확인했다. 발뮤다에서 산 베이지색 토스트기와 일리 캡슐커피머신, 레트로 디자인의 미니 오븐과 거실 책장 위에 올려뒀던 빈티지 턴테이블, 마샬 스피커와 빔프로젝터가 자리에 없었다.

정말 마지막이라는 심정으로 수진이는 한나 씨에게 전화를 걸었다.

그날 밤, 수진이는 황한나 씨를 경찰에 신고했다.

×××

남편을 출근시키고 집안일을 대강 마친 소희는 베란다에 나와 세탁기가 빙글빙글 돌아가는 걸 보며 담배를 피웠다. 솔직히 말하면 담배 맛이 뭔지 하나도 몰랐지만, 오늘 아침 민규의 바지 뒷주머니에서 라이터를 발견한 이후로 소희는 줄곧 담배를 피우고 싶었다.

　담배를 피우는 걸 가지고 싫은 티를 낸 적도 없는데 민규는 결혼 후 자긴 꼭 건강한 아이를 낳겠다며 대뜸 금연 선언을 했다. 그래도 가끔 몰래 숨어서 담배를 피우는 눈치였고 소희는 안방 욕실 수납장 구석에서 손쉽게 민규가 숨겨둔 멘솔 한 보루를 찾아냈다.

　VIP 노래방

　빨간색 라이터에 적힌 그 상호를 소희는 한참 동안 노려봤다. '노래방'에 붙은 이응 받침이 ♡였다.

　담배 한 대를 천천히 피우며 소희는 엄지손톱으로 글자를 하나씩 긁어 ♡만 남겼다.

╳╳╳

　소희는 수도권에 있는 2년제 전문대학의 항공운항과를 졸업했다. 우리나라에서 항공운항과로 가장 유명한 그 대학은 밑바닥을 기는 소희의 성적으로 갈 수 있는 가장 좋은 학교였고 스튜어디스는 여성들이 본인의 스펙에 비해 높은 연봉을 받을 수 있는 거의 유일한 직업이었기에 소희한테는 그게 최선이었다. 키, 몸매, 나이. 승무원이 되기 위해 필요한 스펙은 그 정도였고 외항사가 아닌 이상 영어도 필요 없었다. 토익은 700점만 넘으면 합격이었다.

그러나 대학에 입학했다는 기쁨도 잠시, 소희의 스무 살은 이런 것들로 채워졌다.

다나까 말투 사용, '-했어요' 등 '-요'체 금지, 압존법, 선배를 보면 언제 어디서든 90도로 인사하기(뒤에 오는 선배를 못 봐서 인사를 못 하면 전체 집합이었다), 품위 유지를 위해 버스 타지 않기, SNS 금지, 연애 티 내기 금지, 학교 근처 술집에서 음주 금지, 네일 색깔과 머리에 꽂는 실핀 개수까지 정해져 있는 세세한 어피(복장 및 헤어, 메이크업) 규정 등 쉴새 없이 울리는 학과 단톡방 알림과 군대식 서열 문화에 소희는 얼이 빠질 지경이었지만 1년이 지나니 놀랍게도 대충 적응이 되었다.

'승무원은 승객들의 생명과 안전을 다루는 직업이기 때문에 군기가 필요하다'는 선배들의 말에 소희는 갸우뚱할 때가 많았지만 아는 척하면 피곤해질 것 같아 모른 척했고 정확히 1년 후에는 소희도 새내기들을 앞에 두고 똑같은 말을 앵무

새처럼 지껄이고 있었다.

소희가 알기로 이 세상에 생명을 다루는 직업은 의사, 간호사, 약사 정도였고 비행기 추락사고가 날 확률은 400만분의 1에 불과했지만 선배가 그렇다면 그런 거였고 이런 문화에 적응하지 못한 동기들은 1학기가 끝나기 전에 자퇴하거나 반수를 해서 다른 학교에 갔다.

돌대가리들이 지랄한다

군대도 안 가는 년들이 뭔 놈의 군기?

전문대 나온 게 자랑이냐 쯧쯔······ 편견을 안 가질래야 안 가질 수가 없음

머리 빈 깡통들이 대학까지 가서 일진 놀이하네

졸업 직후 소희가 나온 학교의 선후배 군기 문제는 공론화되어 아홉 시 뉴스에까지 나왔고 꿈에 그리던 국내 메이저 항공사 승무원이 된 소희는 인터넷 기사 밑에 달린 수백 개의 댓글을 하나도 빼놓지 않고 읽었다.

그나마 다행인 건 승무원 사회의 시니어리티(선배 예우) 문화는 항공운항과에 비하면 아무것도 아니라는 거였다. 나이와 관계없이 먼저 입사한 선배에게 무조건 '언니'라고 불러야

하는 기이한 호칭 문화는 아무리 생각해도 이해가 되지 않았지만 어차피 소희는 4년제를 나온 것도 아니었기 때문에 상관없었다.

비싼 티켓을 끊고 비행기에 올라탄 승객들은 바라는 게 많았고 퍼스트에서 비즈니스, 비즈니스에서 이코노미로 내려갈수록 승객들은 비행 내내 승무원들이 자신을 왕처럼 대우해주길 원했다. 좁은 비행기 안에 왕이 너무 많았다. 승객들도 왕이었고 시니어들도 왕이었다. 가끔 좋은 시니어들도 있었지만 대부분 결혼 후 임신과 동시에 퇴사했고 4년제를 나오지 않은 이상 승무원을 하다가 관두면 다른 항공사로 이직하거나 전업주부가 되는 길밖엔 없었다.

일은 고됐다. 해외에 나가 쇼핑을 하고 관광지를 둘러보는 재미는 잠깐이었다. 또래에 비해 돈을 많이 벌긴 했지만 그만큼 눈이 높아져 많이 썼고 주변을 보면 다들 그랬기에 별로 위기감도 들지 않았다. 승무원 생활이 길어질수록 소희는 자신의 건강과 월급을 맞바꾸는 느낌이 들었는데 실제로 건강이 나빠져 퇴사하는 직원도 많았다. 육아휴직이 2년이나 됐지만 돌아오는 이는 극소수였고 비행을 오래 한 시니어 중엔 불임인 경우도 종종 있었다.

처음엔 안 그랬던 사람들도 시간이 지나면 자연스럽게 결혼 생각이 많아졌다. 모이기만 하면 남자 이야기를 했고 남자 이야기가 아니면 연예인, 연예인 아니면 쇼핑 이야기였다.

스튜어디스를 바라보는 사람들의 시선이 어떤지는 소희도 잘 알았다.

승무원 여친은 남자들 사이에선 일종의 훈장이었다. 남자들은 어떻게든 한번 자보고 싶어 했고 여자들은 걱정해주는 척 증오하거나 대놓고 경계하거나, 둘 중 하나였다.

발리나 하와이 등 허니문으로 유명한 지역에 비행이 잡히면 나란히 앉은 신혼부부 승객 중 오직 여자 승객하고만 눈을 맞추며 대화하는 건 승무원들 사이에 전해 내려오는 불문율이었다. 옆의 남자 승객과 눈이 마주치거나 웃거나 대화를 잠깐이라도 나누면 어떻게든 꼬투리를 잡아 회사에 컴플레인 레터를 보내는 승객도 있었다.

사람들은 승무원들이 입는 유니폼에도 관심이 많았다.

승객들의 생명과 안전을 책임져야 할 스튜어디스들이 왜 기내에서 높은 하이힐에 쫙 달라붙는 불편한 치마를 입어야 하는지 모르겠다는 의견이 대다수였고 그 밑엔 자기 친한 친구들이 다 승무원인데 치마 대신 바지 유니폼을 입으면 회사에서 눈치를 준다는 말도 있었다. 입사 첫날부터 바지를 입어도 아무도 뭐라고 안 하는데 그냥 저들이 치마를 입고 싶어서 입는 것뿐이라는 새로운 반론이 있는가 하면, 그냥 예뻐 보여야 하는 직업이 아닌데 그냥 예쁘다는 이유로 치마를 입는 게 이해가 가지 않는다는 사람들과 기내에서 비상사태가 일어났을 때 내 안전을 책임질 사람들인데 이 정도 말도 못 하냐는 분노와 바지가 있는데도 치마를 입는 건 프로페셔널하지 않다는 비난과 본인들이 입고 싶다는데 바지를 입든 치마를 입든 제발 내버려두자는 소수의견과 그놈의 바지 타령 지겨우니까 교복이든 승무원 유니폼이든 이제 좀 그만하라는 깊은 탄식과 원래 공부 못 하는 여자애들이 꼭 고3 때 되면 대충 영어 면접 준비해서 전문대에 가서 승무원 한다는 냉소가 마구 뒤엉켜 싸우고 있었다.

서른세 살. 잘하면 복직할 수 있을지도 모르지만, 고된 승무원 생활로 다시 돌아갈 용기가 소희에겐 남아 있지 않았다.

여성 접대부가 나오는 노래방은 간판에 이응 받침을 ♡로 대신한다는 걸 소희는 언젠가 TV에서 본 적이 있었다.

두 달 때 생리가 없었다. 소희는 주기가 칼 같은 편이었다.

×××

수진이네 학급에서 도난사건이 벌어졌다. 여기도 도둑, 저기도 도둑. 한나 씨 일만으로도 머리가 터질 것 같은데 이젠 반 아이들마저 수진이를 도와주지 않았다.

"선생님은 정말 너희들한테 실망했다. 어떻게 다른 반도 아니고 우리 반에서 이런 일이 벌어질 수 있니? 어떻게 반 공금에 손을 댈 생각을 해? 그래. 순간적으로 욕심에 눈이 멀면 누구든 생각지도 못한 짓을 저지를 수 있어. 견물생심이란 말도 그래서 있는 거니까. 근데 그건 그거고 중요한 건 그다음이야. 반성하고 뉘우치는 사람은 이걸 계기로 성장하는 거고 모른 척 어물쩍 넘어가는 사람을 겨우 돈 몇 푼에 자기 양심을 팔아버리는 거야. 그러니까 돈 가져간 사람, 선생님은 그 사람이 꼭 성장하는 사람이었으면 좋겠어. 왜냐하면 내가 사랑하는 내 제자니까. 우리 반 학생이니까. 긴말 안 할게. 내일 점심시간까지 교무실로 와서 선생님한테 직접 이야기하거나 그것도 못 하겠으면 그냥 반장 책상 자리에 다시 원래대로 가져다 놔. 그럼 오늘 있었던 일은 없었던 일로 할게. 우리가 지금 마지막으로 기회를 주는 거야. 근데 내일 점심시간까지 아무 일도 없다? 어떻게든 찾아내서 정식으로 학교에서 징계받게 할 거고 부모님께도 연락드릴 거고 학생부에도 이 내용 다 쓸 거야. 너네 나중에 취직할 때 중고등학교 때 학생부 떼오라고 하는 회사들 있는 거 모르지? 자, 반장 이제 그만 울고.

선생님은 훔친 사람이 나쁜 사람이라곤 절대 생각 안 해. 도둑놈이라고도 생각 안 해. 누구든지 그럴 수 있고 심지어 너희들도 그럴 수 있는 일이야. 자, 다들 책상 위에 올려둔 가방 다시 내려놔. 오늘 소지품 검사는 안 할 거야. 선생님은 너희들을 다 믿으니까. 잘 들어. 내일 점심시간까지야. 내일 점심시간까지 안 나타나면 그땐 한 사람, 한 사람씩 다 방과 후에 남아서 면담한다. 자, 이제 다들 눈 떠."

사라진 공금은 곧 있을 체육대회에 단체로 맞출 반 티셔츠를 구입하기 위해 반장이 보관하고 있던 돈이다. 20만 원 정도. 점심시간이 끝나고 다들 음악실로 이동하느라 정신없는 틈을 타 누군가 반장의 자리를 뒤져 돈만 쏙 훔쳐 갔다. 반장이 돈을 가지고 있다는 사실을 아는 사람은 반 아이들뿐이었으니 결국 이 안에 범인이 있었다.

그 옛날의 수진이를 똑 닮은, 똘똘하고 야무진 여자 반장은 돈이 없어진 사실을 알자마자 하얗게 질려 교무실로 찾아왔고 다 자기 잘못이라고 생각했는지 종례가 끝날 때까지 자책의 눈물을 멈추지 못했다. 철없는 애들은 죄 없는 반장의 칠칠치 못함을 탓하거나 저들끼리 열심히 알리바이를 맞춰보며 누가 누가 돈을 훔쳐 갔을지 형사 놀이를 하고 있었다. 지루한 학교생활에 이벤트가 생긴 거다.

수진이는 아이들이 빠져나간 텅 빈 교실에 멍하니 서 있었다. 교감 선생님의 귀에 이 이야기가 들어가질 않길 바랐지만 이미 소문이 다 난 것 같았다. 도난사건이야 뭐 흔했지만, 수진이는 학교 안팎에서 두루 신임을 받는 유능한 교사였다. 자존심이 아팠고 도둑놈들에 대한 증오심으로 손발이 떨릴 지경이었다.

　한나 씨는 아직 잡히지 않았다.

　"이름이랑 연락처밖에 모르신다고요? 아니 어떤 사이신데요? 같이 사는데 그래도 직장이나 친한 친구나 뭐 그런 것도 모르세요?"

　그 말을 들은 수진이는 한나 씨가 빨간색 BMW를 탄다는 사실을 기억해냈고 관리실에 가서 지하주차장 CCTV를 돌려봤지만 화질이 좋지 않아 번호판이 제대로 보이지 않았다.

　무엇을 도난당하셨냐는 질문에 그년으로부턴 늘 현찰로 월세를 받았고 그 돈을 이제껏 방 안에 보관해두다 이참에 다 도둑맞았다는 사연을 구구절절 전하자 수진이의 앞에 서 있는 순경들은 도통 모르겠다는 표정을 지었다.

　"머리카락 같은 거 화장실에 떨어져 있을 텐데. 그걸로 DNA 검사하면 되잖아요!"

　"네, 아주머니. 근데 이게 지금 살인 사건이 아니잖아요?

피해액도 크지 않은 편이고."

"어머. 저 아줌마 아니에요. 누구보고 아줌마래. 웃겨 정말."

수진이는 흥분한 남희 씨를 방 안에 밀어 넣고 은혜 씨와 둘이 조사를 받았다. 대충 방 안 사진을 몇 장 찍더니 순경들은 무전을 받은 뒤 철수했고 그 후 별다른 연락은 없었다. 답답해진 수진이가 점심시간을 틈타 몰래 전화를 걸면 수사 중이니 그저 마음 놓고 편히 기다리시라는 말만 앵무새처럼 돌아왔다.

조사 결과 한나 씨의 핸드폰은 대포폰이었고 차도 다른 사람 명의였다.

어쩌면 '황한나'라는 그 이름마저 거짓일 수 있겠다는 생각이 들었다.

다음 날 점심시간이 될 때까지 범인은 나타나지 않았다.

×××

바야흐로 사방에서 도둑들이 날뛰던 그때, 남희 씨 역시 남심(男心)을 훔치기 위해 용을 쓰고 있었다. 이번 주말에 소개팅이 잡혔기 때문이다.

우리가 선을 행하되 낙심하지 말지니

포기하지 아니하면 때가 이르매 거두리라.*

남희 씨는 흡사 전쟁에 출전하는 장수의 자세로 돌아가 밤낮없이 쇼핑몰 사이트를 뒤지며 심혈을 다해 그날 입고 나갈 전투복을 골랐다.

포털 사이트에 '20대 소개팅룩', '30대 소개팅룩'이라고 검색했을 때 나오는 쇼핑몰들은 도무지 남희 씨의 취향이 아니었다. 대학교에 다니는 큰조카가 입고 다니는 옷만 봐도 요즘 나오는 여자 옷들은 다 이상하리만큼 짧아서 배꼽이 훤히 보이거나 혹은 포대 자루를 뒤집어쓴 것처럼 펑퍼짐하기만 했다. 하는 수없이 자존심을 굽힌 남희 씨는 검색창에 '40대 소개팅룩'이라고 쳐봤고 그러자 아무것도 나오지 않았다.

남자, 여자 첫 만남에는 치마 아니면 원피스를 입는 게 예의라고 남희 씨는 생각했다. 자고로 이 세상에 치마 두른 여자를 싫다 하는 남자는 없으니까. 30대 원피스, 30대 롱원피스, 30대 청순원피스 따위를 차례대로 검색한 남희 씨는 마침내 '30대 니트원피스'라고 쳐서 나온 한 쇼핑몰에서 전투

---

* 갈라디아서 6:9

복을 구매했다.

라비앙 로즈.

보세치곤 가격이 말도 안 되게 비쌌지만, 베이지색 니트원피스를 입은 키 큰 외국인 모델이 카페 창가에 앉아 턱을 괴고 창밖으로 떨어지는 빗방울을 바라보는 옆모습이 단숨에 남희 씨를 사로잡았다. 바로 이거였다.

옷을 배송받은 이후에도 남희 씨는 줄곧 바빴다. 일단 아침과 저녁을 굶었고, 점심은 고구마 작은 거 2개, 방울토마토 10개만 먹었다. 12시에 점심을 먹어도 1시부터 벌써 배에서 꼬르륵 소리가 났지만 남희 씨는 이번 소개팅이 너무너무 간절했다. 매일같이 먹던 술도 딱 끊었고 퇴근 후에는 땀복을 입고 밖에 나가 집 근처 공원을 계속 걸어 다녔다.

소개팅 D-3이 되자 남희 씨는 같은 회사에 다니는 어린 여직원들에게 메시지를 보내 조언을 구했다. 원피스 색깔은 괜찮은지, 디자인은 어떤지, 허벅지 부분이 살짝 틔어 있는데 너무 야해 보이지는 않는지, 그날 헤어랑 메이크업은 어떻게 하는 게 좋을 것 같은지, 만나서 첫인사는 뭐라고 할지, 먼저 가 있는 게 나을지 몇 분 늦는 게 나을지, 그리고 그이와 무슨 이야기를 할지 등을 주말 평일 가리지 않고 하루 왼종일 물어봤다.

재무팀에 새로 오신 과장님께서 주선해주신 소개팅이었다. 과장님께서 알려주신 정보에 의하면 상대 남자는 44세로 남희 씨보다 1살 오빠였고 돌싱도 대머리도 배불뚝이도 아닌, 테니스를 좋아하고 일에 미쳐 사는 미혼의 중년 남성이었다. 직업은 펀드 매니저. 형제로는 위에 형이 하나 있으며 본가는 흑석동, 양친 모두 생존해 계시고 자신은 회사 근처에 있는 한 오피스텔에서 혼자 자취를 하고 있다고 했다.

"소개팅? 멀쩡한 놈들은 벌써 다 갔지. 아, 맞다! 한 놈 있다. 근데 걔 돈은 엄청 잘 버는데 지인짜 짠돌이야. 그래서 여자들이 싫어해. 키도 좀 작고. 얼굴은 뭐 못생겼지. 그래도 애가 생활력은 강해. 지금 사는 오피스텔도 자기 명의고. 걔라도 괜찮아? 남희 씨?"

남희 씨는 양팔을 벌려 옆자리에 있는 과장님을 꽉 끌어안았다.

그분과 결혼을 한다면 늦어도 내년 봄엔 식을 올리는 게 좋을 것 같았다.

×××

취한 남희 씨가 갑자기 옆자리 과장님께 몸통박치기를 하며 또다시 회식 자리의 전설을 쓰고 있는 동안, 은혜 씨는 한 초로의 남성분과 우동집에 나란히 앉아 우동을 먹고 있었다.

은혜 씨가 일하는 한의원에 자주 침을 맞으러 오는 환자분이었다. 자주 봐서 서로 얼굴만 눈에 익은 사이일 뿐 원래 두 사람의 관계는 몹시 사무적이었다. 그러다 환자가 유난히 많았던 지난 주말, 긴 대기시간에 열받은 한 할아버지가 은혜 씨에게 삿대질까지 해가며 고함을 지르고 떼를 쓰는 걸 이 남성분이 막아준 것이다. 고마웠던 은혜 씨는 가지고 있던 귤 몇 개를 남성분에게 가져다드렸고 귤을 하나 까서 먹어본 그 신사분은 셔도 너무 시다며, 겨우 이걸로 되겠냐고 같이 저녁이나 먹자고 은혜 씨의 번호를 받아 갔다.

"네? 번호를 왜?"

"데이트 신청하는 겁니다."

이 신사의 이름은 조세호(趙世虎). 나이는 은혜 씨보다 7살 연상이었고 형님이 운영하는 보습학원에서 수학 강사로 일하고 있었다. 전남 광양 출신으로 아버지는 어릴 때 일찍 돌아가셔서 어머니만 계셨고 형제로는 누나 둘과 형 하나를 둔 4남매 중 막내였다.

무엇보다 놀랍게도 그는 미혼이었고 정교사 자격증이 있었지만, 교사사회의 완고함과 부조리에 질려 1년 만에 학교를 뛰쳐나와 지금까지 쭉 학원 강사로 활동하고 있었다.

"비록 전 신(神)을 믿진 않지만, 수학을 가만히 들여다보고 있으면 신의 존재를 믿게 돼요. 신이 정말 있다면 그건 아마 수(數)가 아닐까? 온 우주에 언제나, 어디에나 우리 곁에 있으니까요. 우리가 아직 발견하지 못했을 뿐."

은혜 씨는 그가 하는 모든 말이 참 알 듯 말 듯 했지만, 그와 같이 있으면 마음이 편했다. 이유는 알 수 없었다. 그냥 대화가 편했고 서로 하고 싶은 이야기, 살아온 이야기, 속에 담긴 이야기를 두서없이 주고받았다. 그러다 정신을 차리면 시간이 한 움큼씩 사라져 있었다.

그날 은혜 씨가 퇴근하기까지 근처 카페에서 기다린 세호 씨는 은혜 씨를 끌고 가락동에 있는 한 우동집에 갔고 식사 후 계산을 하려는 은혜 씨를 밀치고 자기가 대신 계산을 했다.

"다음에 사줘요."

그러나 다음에도, 그다음에도 은혜 씨가 밥을 살 기회는 오지 않았다.

나이가 들만치 든 은혜 씨는 이제 뜨거운 거라면 사양이었다. 그렇다고 차가운 건 더 싫었다. 따뜻한 것 혹은 뜨뜻 미적지근한 정도가 은혜 씨가 바라는 삶의 온도였다. 세호 씨는 열정적인 사람은 아니었다. 은혜 씨도 그랬다. 두 사람은 다른 점이 꽤 많았지만 둘 다 외로운 사람이었고 자신의 외로움을 적당히 거리를 두고 바라볼 수 있을 만치 나이가 들었다는 점에선 꼭 닮은 사람들이었다.

"슬슬 춥네요."

가로수에 은행잎이 노랗게 물들어갈 무렵, 둘은 길을 걷다 손을 잡았다. 따뜻했다.

×××

범인이 잡혔다. 자진신고 기간에서 무려 이틀을 넘기고 몰래 반장 자리에 돈을 가져다 두려는 걸 반 아이들에게 들키고 말았다.

"왜 그랬니?"

"죄송합니다."

"그래. 그럼…… 왜 그날 바로 안 가져왔니?"

"그것도 죄송합니다."

수진이는 규진이가 왜 그런 행동을 했는지 궁금했다. 평소엔 그냥 조용하고 눈에 띄지 않는, 그림 그리는 걸 좋아하는 평범한 아이였는데 대체 왜?

왜 훔쳤는지, 그 돈을 훔쳐서 대체 어디에 쓰려고 했는지,

우발적이었는지 계획적이었는지, 그 사이 무슨 심경의 변화가 생겨 다시 돈을 가져왔는지, 남의 물건에 손을 댄 후 일말의 죄책감이라도 느끼긴 했는지.

그러나 규진이가 써온 자필 반성문에는 한가득 '돈을 훔쳐서 정말 죄송합니다'라는 말밖에 안 쓰여 있었다. 그건 반성이 아니었다. 모욕이었다. 하다못해 다시는 안 그러겠다거나 친구들한테 미안하다는 입에 발린 사과조차 없었다. 열다섯 살밖에 안 되는 어린 남자애가 죄인처럼 고개를 푹 숙이고 앉아 있는 모습을 봐도 측은지심이 전혀 들지 않는 건 바로 그 때문이었다.

"그래. 더 할 말은 없고?"

"……엄마한테 전화만 하지 말아 주세요."

"규진아! 너 그러다 커서 진짜 도둑 돼! 지금 반성도 하나도 안 하고 있으면서, 우리한테 미안하지도 않으면서 그냥 부모님 귀에 들어가서 당장 혼나는 것만 무섭지? 네가 나중에 도둑놈 되는 건 안 무서워? 선생님은 그게 제일 무서운데? 선생님은 규진이 네가 나중에 커서 감옥에 갈까 봐 너무 무서워. 너 이거 절도야! 절도는 죄야 규진아. 너 벌 받아."

따끔하게 혼을 내자 규진이는 눈물을 뚝뚝 흘리기 시작했다. 아이들 우는 모습에 늘 약해졌던 수진이는 그 꼴을 봐도 아무 감정이 들지 않았다. 악어의 눈물. 수진이는 아이가 지금 흘리는 저 눈물이 오직 면책과 회피를 위한 거짓 눈물일까 봐 두려웠다.

"수진 쌤. 그…… 살살해요. 아까 교감 쌤이 그러시대?"

반성문을 다시 쓰라고 한 뒤 수진이는 아이를 혼자 상담실에 남겨두고 교무실로 돌아왔다. 자리에 앉자 옆자리인 은정 쌤이 의자를 끌고 다가와 소곤거렸다. 교육청에서 장학사가 나오는 일 때문에 교감 쌤 심기가 어지러우니 그냥 적당히 넘어가자는 거였다.

"네. 감사해요. 은정 쌤."

입안에 하고 싶은 말이 수도 없이 많았지만 일개 평교사에 불과했던 수진이는 그 말들을 그냥 꿀꺽 삼켜버렸다. 사립학교라면 교육청에서 누가 나오든 별 타격 없었지만 수진이네 학교는 공립이었다. 교감 쌤이 바라는 '적당히'가 어느 정도인지는 모르겠지만 수진이는 학교에서 일어난 일은 가정에서도 알아야 할 필요가 있다고 생각했다.

규진이네 어머님께 문자를 남긴 수진이는 선생님들이 모두 퇴근하신 뒤 복도에 나와 삼십 분 정도 어머님과 통화를 했다. 반에서 있었던 일들을 사실대로 전달했고 어쨌든 아이가 돈을 다시 가져다 놨으니 본인도 뉘우치는 게 있지 않겠냐며 부디 가정에서 잘 지도해달라고 말씀드렸다.

"네……. 죄송합니다. 선생님. 제가 따끔하게 혼낼게요."

통화를 마치자 저녁 일곱 시였다. 수진이는 그때까지 혼자 상담실에 있던 규진이를 집에 보낸 뒤 교무실 문을 잠그고 퇴근했다.

×××

토요일에는 예비 세입자와 집 앞 카페에서 만나 인터뷰를 진행했다. 남은 사람은 이제 세 명. 월말에 내야 하는 월세만 무려 66만 6,666원이었지만 그렇다고 아무나 덥석 공동체에 들이는 건 리스크가 너무 컸다. 돈이 문제가 아니었다. 사람이 문제였다.

오승은, 황한나.

벌써 두 번이나 사람에게 데인 수진이는 다른 건 다 몰라도 '연애 여부'와 '도벽' 이 두 가지 기준에 미달하는 사람은 절대 입주시키지 않기로 마음을 먹었다.

그리고 어제 비혼 여성 공동체에 관심이 있어 문의드린다는 한 통의 DM을 받았다. 카드값이 간당간당했던 수진이는 솔직히 남자만 아니면 무조건 오케이하고 싶었지만, 퍼뜩 정신을 차리고 간단한 인터뷰와 신원 확인 과정이 있을 텐데 그 점 괜찮겠냐고 먼저 양해를 구했다. 다행히 상대는 별로 기분 나쁜 내색도 없이 그럼 인사팀에 들려서 재직 증명서랑 원천 징수도 같이 떼어가면 되겠냐는 유머러스한 답장을 보내왔 고 수진이는 그 메시지를 보고 정말 오랜만에 하하, 소리 내 어 웃었다.

'프리랜서는 아니네.'

분명한 소속이 있는 직장인이란 게 우선 마음에 들었다. 생 활 패턴이 맞지 않는 사람과 같이 사는 건 지옥이니까. 만날 시간과 장소를 정하기도 전에 수진이는 이미 그녀가 마음에 쏙 들었지만, 최대한 깐깐하게 심사를 하자고 다짐하며 카페 안으로 들어섰다.

"와! 수진 님도 여행 좋아하시는구나. 저도요! 전 오로라 보러 가는 게 꿈이에요."

별 기대 없이 나간 소개팅 자리에서 소울메이트를 만나면 바로 이런 느낌일까. 입에도 담아선 안 되는 망발이지만 이런 남자라면 결혼해서 같이 살아도 좋겠다는 생각이 들 만큼 수 진이는 희원 씨가 마음에 들었다.

숏컷에 십자가 귀걸이, 품이 좀 큰 하늘색 스트라이프 셔츠 에 주머니가 많은 카키색 카고바지, 검은색 반스 올드스쿨,

그 위에 주황색 프라이탁 메신저 백을 메고 들어와 수진이 앞에 털썩 소리 내 앉은 희원 씨는 웃을 때 왼쪽에만 쏙 패이는 보조개가 귀여웠다. 얼굴에 점이 많았고 목소리가 여성치고는 낮았으며 손가락에 작은 레터링 타투가 서너 개 있었다.

강남의 한 문구회사에서 7년째 디자이너로 일하고 있다는 희원 씨는 고양이와 여행, 맥주와 일본 밴드음악을 좋아한다고 했다. 완전 비건까지 아닌 페스코였으며 언제부터 비혼주의였냐는 수진이의 물음에 한참 생각하더니 아마 엄마 배 속에서부터였던 것 같다고 했다.

영화는 뭘 좋아하는지 소설은 뭘 좋아하는지. 두 사람은 서로의 취향을 공유하느라 바빠 정작 집 이야기는 제대로 하지도 않았다.

"정지돈 소설 좋아해요."

수진이는 그 말에 처음으로 멈칫했지만 표정을 숨긴 채 다시 한번 물었다. 여성 작가는요?

"여성 작가요? 다들 최고죠. 그걸 말할 필요가 있나요? 음…… 굳이 따지면 김애란 제일 좋아해요. 정세랑도 귀엽고."

합격.

이날 이때껏 김애란 소설이라면 단 한 권도 빼놓지 않고 읽은 수진이는 당장 이 사람을 집으로 데려가서 같이 살고 싶었

다. 그의 입에서 "피프티 피플도 너무 좋았어요" 소리가 나오
자 수진이는 꿈에 그리던 연예인을 만난 여고생 팬처럼 꺅!
소리를 지르고 싶었다.

"저희 비행 소녀는 현재 저까지 해서 3명이고요. 희원 씨가
입주해주시면 그땐 한 달에 관리비랑 월세 합쳐서 50만 원.
근데 이건 사람 또 구해서 5명 정원 다 차면 40만 원으로 내
려가니까 걱정하실 것 없고요. 그밖에 공과금이랑 공동 경비
는 제 카드로 결제한 다음에 정확하게 N분의 1로 정산합니
다. 당연히 정산 내역 모두 투명하게 공개하고요. 마찬가지로
집안일도 다 같이. 욕실도 두 개라 생활하시는 데 불편함은
없을 거예요."

더 궁금하신 건 없냐는 수진이의 질문에 희원 씨는 얼른 집
을 보러 가고 싶다고 했다. 남들은 꿈만 꾸던 그 아이디어를
실현한 수진 씨가 너무 놀랍다는 찬사도 있었다.

"에이, 뭘요."

가슴이 뛰었다. 진작 이렇게 멤버를 구했어야 했다. 말로는
비혼 여성 공동체라고 해놓고 쉐어하우스 룸메이트 구하듯
이 마구 사람을 집 안에 들인 게 문제였다.

수진이에게 이 집은 단순한 집 그 이상의 의미가 있었다.
퇴근 후 돌아와 씻고 잠자고, 다음 날 일어나 다시 출근하는

단순한 주거 공간이 아니었다. 자신의 철학과 신념에 진지하게 귀 기울여주고 공감해준 사람은 희원 씨가 처음이었다. 희원 씨의 빛나는 눈빛과 진심 어린 지지 한마디에 수진이는 지난날 겪은 모든 고난을 한큐에 보상받는 기분이었다.

"그럼 희원 씨에게 마지막으로 하나만 질문드릴게요. 애인 없으시죠?"

"있습니다! 엄청 이뻐요. 사진 보여드릴까요?"

희원 씨가 싱글벙글 웃으며 보여준 깨진 아이폰 액정 속에는 목욕가운을 입은 희원 씨와 다른 여성이 침대 위에 나란히 누워 웃으며 입 맞추고 있는 사진이 있었다.

×××

일요일에는 엄마랑 한바탕했다.

여전히 사람은 구해지지 않고 월세 날은 다가오고 한나 씨는 잡히지 않았다. 40에서 50으로 월세가 올랐을 때는 몇 달이면 되겠지 참고 넘어간 남희 씨와 은혜 씨도 말일이 점점 다가오자 아직도 사람이 안 구해진 거냐며 은근 눈치를 줬다.

그 심정이 이해는 되지만 자기들은 가만히 두 손 놓고 앉아 구경만 하면서 자꾸 뭐 맡겨놓은 듯이 보채니까 짜증이 나는 건 사실이었다. 분명 여기는 비혼 여성 '공동체'인데, 비행소녀의 문제는 수진이 한 사람의 문제가 아닌 우리 세 사람의 문제인데 발에 땀이 나도록 뛰어다니는 사람은 수진이 한 사람뿐이었고 그들은 그걸 당연시했다.

인터뷰가 불발로 돌아간 뒤 수진이는 집에 돌아와 아주 오래오래 샤워를 했다.

죄송하지만 현재 애인이 있으면 입주는 어렵다는 말에 희원 씨는 이해가 안 된다는 표정을 지었다. 희원 씨는 왜 그런지 이유를 말해줄 수 있겠냐고 했다. 한숨을 푹 쉰 수진이는 사실 얼마 전에 퇴출당한 멤버 하나가 허락 없이 집에 애인들을 불러 잠자리를 했고 그 중엔 남성도 있었다고 대답했다.

"남성도 있었다고요? 그럼 그분은 바이였나요?"

"그건 개인 사생활이니까요."

"전 여자랑만 자요. 이 집에 제 애인은 당연히 안 부를 거고요. 그래도 안 되나요?"

머리가 아팠다. 얼른 당장 자신을 설득해보라는 얼굴로 희원 씨는 두 눈을 동그랗게 뜨고 수진이를 바라봤다.

"지금 남은 방은 독방이 아니에요. 안방은 2인실이에요. 희원 씨 말고 다른 분도 그 방에서 생활하시게 될 텐데, 그럼 그분이 불편해하실 수도 있잖아요. 또 그분이 불편해하지 않는

다 쳐도 희원 씨 여자 친구분이 싫어할 수도 있고요."

"뭐가 불편해요? 전 파트너가 있어요. 레즈라고 해서 여자면 다 좋아하는 게 아녜요. 수진 씨는 헤테로죠? 수진 씨, 남자면 다 좋아요? 아니죠? 거봐요! 다들 취향이 있잖아요."

"죄송합니다. 여긴 단순한 쉐어하우스가 아니에요. 만약에, 그래요. 만약에 희원 씨가 지금 만나시는 분, 뭐 아니면 다른 분이랑 결혼하고 싶어졌는데 그때 만약 동성 결혼이 합법화되면 어쩌시겠어요? 결혼하실 거잖아요? 이게 비혼인가요?"

"한 번 비혼이면 계속 비혼이어야 하나요? 생각은 바뀔 수도 있는 거 아니에요? 그리고 제가 그때 결혼하고 싶을지 아닐지 대체 누가 알아요? 그걸 지금 어떻게 알 수 있어요? 수진 님은 비혼을 왜 하세요? 남자랑 결혼해봤자 여자만 죽도록 고달프니까. 여자 등골 쭉쭉 빼서 남자랑 그 남자 새끼들 낳고 기르고 재우고 입히고 먹여 살리는 게 결혼이니까. 그 남자 죽은 조상 제사상에 산 부모 병간호에 대리 효도에 경력 단절에 자궁경부암까지! 그게 다 싫어서 비혼인 거잖아요? 가부장제가 싫어서! 성매매나 하고 돌아다니는 놈들 애새끼나 낳고 키우자고 내 인생 전부 갈아넣기 싫어서! 레즈들이 결혼하는 건 이 개 같은 가부장제에 빅 엿을 날리는 거예요. 제가 보기에 그건 비혼이랑 다를 게 없어요."

"저…… 희원 씨, 제발 목소리 좀만 작게요."

한 칸 띄워진 옆자리에서 에어팟을 꽂고 맥북을 두들기던 남자가 두 사람을 쳐다봤다. 수진이는 제발 아는 사람을 만나지 않게 해달라고 기도했다.

"좋아요. 그럼 만약에요, 제가 제 여자 친구랑 지금 남은 그 방에 같이 들어가는 것도 안 되나요? 남은 방이 2인실뿐이라면서요? 그럼 제 애인도 안 불편하고, 수진 님이 말씀하신 문제들 전부 다 해결되는데 이것도 안 되나요?"

이건 또 뭔 개소리인가 싶었지만 희원 씨는 만만한 상대가 아니었다. 설득하기 위해선 치밀한 논리가 필요했다. 수진이는 말하기 전 우선 식은 캐모마일 티를 한 모금 마셨다.

"안 되죠, 희원 씨. 잘 들어보세요. 공동체는 서로가 서로를 돕고 의지하고 돌보는 공간이에요. 비혼 여성들이 서로가 서로의 보호자가 되어주는 것. 근데 희원 씨랑 애인분이 지금 안방에 들어오면 이상해져요. 밸런스! 우리 공동체의 균형이 깨지는 거죠. 왜? 연인과 연인 아닌 사람이 있는데 무슨 일이 생겼을 때 그 둘을 동등하게 대우하고 돌보는 게 가능할까요? 저는 불가능하다고 봅니다."

희원 씨는 그제야 조용해졌다. 빨대를 잘근잘근 씹는 희원 씨를 바라보며 수진이는 이 사람이 여자 친구와 같이 들어오겠다는 게 진심인지, 아니면 그냥 열 받아서 해본 말인지 궁금했다. 다른 사람들도 다 같이 생활하는 공동공간에서 애인과 그 짓도 하겠다는 걸까?

"죄송해요. 솔직히 근데 전 아직도 이해가 안 돼요. 제가 왜 비혼공동체에 못 들어가는지. 입주할 때만 애인이 없어야 하는 게 아니라, 말씀하시는 걸 들어보면 앞으로도 쭉, 계속 연애하면 안 되겠네요. 제 생각이 맞나요?"

"뭐…… 그렇죠?"

"그럼 지금 애인이 없어도 전 안 되겠네요. 저는…… 다른 사람이랑 사랑하면서 살고 싶어요. 할머니가 돼서도요."

희원 씨는 실례가 많았다면서 자기 음료가 놓인 쟁반을 들고 1층으로 사라졌다. 옆자리에 앉은 그 남자는 화장실에 갔는지 자리에 없었다.

다음 날 집 앞 카페에 나온 수진이는 뒤엉킨 생각을 정리하기 위해 어제의 대화 주제를 가지고 글을 좀 써보기로 했다. 켜놓은 한글 창에 커서가 끊임없이 깜빡였지만 어디서부터 이야기를 시작해야 할지 감이 오지 않았다. 애꿎은 브라우니만 두 접시째 먹고 있을 때 엄마에게서 연락이 왔다. 미안하지만 지금은 정말 엄마랑 이야기할 기분이 아니었다.

부재중이 네 통 찍힌 걸 본 수진이는 결국 테라스로 나가 엄마에게 전화를 걸었다.

"왜?"

"바빠? 아니 전화를 안 받아서. 집은 지낼 만해? 근데 어떻게 넌 한 번을 안 와?"

밥은 한꺼번에 많이 해서 소분 용기에 담아 냉장고에 넣어놔야지 계속 밥솥에 넣어두면 누렇게 마르고 전기세가 많이 나간다는 둥, 빌린 집이라고 더럽게 쓰지 말고 깨끗하게 살라는 둥, 나가 살면 고생이고 전부 다 돈인데 그러다 어느 세월에 돈 모아서 시집갈 거냐는 둥 엄마는 별소리를 다 했다. 원룸에 엄마도 한 번 못 가보게 하는 걸 보니 남자 친구랑 몰래 살림 차린 거 아니냐고 오늘 아침에 아빠가 한마디 했다는 말도 전했다.

"그런 거 아냐. 무슨 말도 안 되는……."

"알아, 너 결벽증이잖아."

그러더니 결국 오빠 이야기가 나왔고 수진이는 배수형 그 새끼가 또 엄마 아빠한테 돈 달라고 노래 부른 건가 싶어 신경이 날카로워졌다. 다행히 돈은 아니었다. 근데 차가 필요하다며 엄마가 타는 중고 아반떼를 홀랑 가져갔다는 거였다.

"그걸 왜 줘? 엄마 바보야?"

"얘 봐라? 내가 왜 바보야? 일산에서 회사까지 출근하는 것도 힘들다 그러고 또 나중에 아기 생기면 어차피 차 사야 하잖아? 그러니까 그냥 내 차 줬지. 엄마 차도 별로 안 써. 똥차 그거 갖고 있어 봐야 기름값만 많이 들지 뭐."

방금까지만 해도 종일 집에 갇혀 있으려니 심심해 죽겠다고 우는소리 하던 엄마였다. 차는 아들이 달라고 하니 홀라당 줘버리고, 이로 인해 발생한 애로사항과 각종 불만은 늘 딸의 몫이었다. 왜냐하면 딸은 엄마의 유일한 친구이니까. 딸은 엄마를 위로해줘야만 하니까. 딸이 아니면 엄마가 그런 소리를 할 사람이 없으니까. 온갖 더럽고 짜증 나고 추하고 슬프고 힘들고 외롭고 괴로운 일은 다 딸의 책임이었다. 남편이나 아들 혹은 시댁 식구들이나 친정 자매들이 엄마를 섭섭하게 만들어도 그 뒤처리는 늘 딸이 해야 했다.

자신에게는 밑도 끝도 없이 공감과 위로를 바라면서 정작 딸이 그런 소리를 들었을 때 어떤 기분일지에 대해서는 단 1초도 생각하지 않았다. 진짜 이기적인 건 엄마와 다른 가족들인데 '저 잘난 맛에 사는 년', '이기적인 년' 소리는 수진이가 가장 많이 들었다.

뭐라고 소리를 질렀는지도 기억나지 않았다.

다음 주가 월세 날이었다.

×××

쇼핑을 하고 친정에 잠깐 들렸다 집에 오니 민규가 식탁을 차려놓고 기다리고 있었다.

"서프라이즈! 자기야. 얼른 손만 씻고 와."

소희는 도저히 올라가지 않는 입꼬리를 애써 끌어올렸다. 서비스용 미소. 세상에서 그걸 제일 잘한다고 생각했는데 부정(不淨)한 남편 앞에서 겉가죽으로만이라도 웃기 위해선 죽을 힘을 다해 노력해야 했다.

"짠. 자기가 좋아하는 오무라이스 했어. 나 잘했지? 여보?"

노란색 계란 지단 위엔 케첩으로 'I♡YOU'라고 쓰여 있었다. 소희는 자리에 앉자마자 숟가락으로 글씨를 뭉개버렸다.

"자랑 안 해? 사진 안 찍어?"

"핸드폰 배터리 다됐어."

"낮에 백화점 갔더라? 뭐 샀어?"

"그냥…… 이것저것."

소희는 겨우 오므라이스 하나 하면서 소 한 마리 잡은 꼴이 된 부엌을 물끄러미 바라보았다. 민규는 자기가 다 치울 거니까 우리 마마님은 걱정 말고 편히 쉬라고 했고 소희는 대답하지 않았다. 그냥 눈앞에 있는 밥그릇을 조용히 비웠다.

속이 안 좋았다.

"요즘 기분 좀 안 좋아 보이네? 이따가 씻고 발 마사지해 줄까?"

"됐어. 오빠도 피곤하잖아."

몇 번 더 돼먹지 못한 수작을 걸며 분위기를 풀어보려 시도 하던 민규도 마침내 기분이 상했는지 경쟁하듯 입을 꾹 다물 었다. 소희는 신경도 쓰지 않았다.

삐친 민규는 먹고 그릇을 싱크대 안에 담가두더니 자기가 이따 치울 테니까 그냥 두라고 하곤 서재로 쌩하니 들어갔다. 소희는 혼자 식탁과 부엌을 정리한 뒤 베란다에 나가 낮에 널 어둔 빨래를 걷어 왔다. 엉망이 된 가스레인지를 청소했고 음 식물 쓰레기를 버렸다.

밤이 되자 민규는 거실에서 혼자 텔레비전을 보면서 맥주 를 마셨고 소희는 불 꺼진 안방에서 혼자 멍하니 천장을 보고 누워 있었다. 명의야 소희 앞으로 되어 있지만 민규 없이 이 집 대출금을 갚는 건 불가능했다. 지하주차장에 서 있는 소 희가 타고 다니는 차도, 그 차에 넣는 기름값과 매달 빠져나 가는 보험료도, 결제하면 그 즉시 민규에게 문자가 날아가는 생활비 카드도 다 민규 아니면 민규네 부모님에게서 나온 돈 이었지 소희의 돈은 아니었다.

고개를 돌리면 바로 남편이 누웠던 소파나 앉았던 의자가 보이는 이 집에 일 초도 더 있고 싶지 않아 충동적으로 외출을 감행했으나 갈 곳이 없었다. 늘 가던 백화점에 가서 식료품을 사고 약국에 들러서 테스트기도 사고 나니 정말 친정밖엔 더 갈 곳이 없었다. 가봤자 별로 좋은 소리 못 들을 걸 알면서도 소희는 문득 엄마 얼굴이 보고 싶었다.

다들 외출했는지 집 안엔 아무도 없었다. 소희는 차라리 다행이라고 생각하면서 사 온 딸기와 포도를 냉장고에 집어넣었다. 그리곤 자기 방에 들어가 침대에 누워 잠깐 졸았다. 소희의 방엔 책상이 사라지고 그 자리에 안 쓰는 운동기구와 효소 담근 통 같은 게 들어와 있었지만 여전히 엄마는 매일 이 방을 쓸고 닦는 눈치였다.

자정 넘어 민규가 침대에 들어왔을 때 잠깐 발이 닿았다. 소름 끼쳤다. 소희는 자는 척하며 얼른 발을 치웠고 술을 마신 민규는 눕자마자 금방 잠들었다. 작게 코 고는 소리가 들리자 소희는 조용히 침대를 빠져나와 거실 화장실에 들어가 문을 잠갔다.

두 줄이었다.

우리 너무 착한 딸은 되지 말자

by. 블루스타킹

사랑이란 대체 무엇일까?

비혼 에세이에 갑자기 뭔 놈의 사랑 타령이라고 할지 모르겠지만 난 남녀 간의 사랑만이 사랑이라고 생각하지 않는다. 그렇다고 해서 내가 동성애자나 양성애자란 뜻은 아니고, 결혼하지 않기로 해서 사랑마저 하지 않겠다는 뜻은 아니니 언젠가 한 번쯤 이 주제를 다뤄보고 싶었다. 사랑이란 대체 무엇일까?

내가 태어나서 처음으로 사랑한 사람, 그리고 가장 오랫동안 사랑한 사람은 물론 엄마였다. 한국의 모든 딸들이 그렇듯 내 사랑은 외사랑이었고 죽는 날까지 이 사실은 변함없을 거란 걸 알면서도 나는 지금도 여전히 엄마를 사랑하고 있다.

엄마의 어떤 점이 그렇게 좋았던 걸까?

돌이켜보면 엄마는 늘 바빴다. 나의 아버지는 집에만 오면 처자식을 패고 사업에 실패해 빚만 잔뜩 지고 그 빚으로 또 도박을 하는 인간말종은 아니었지만 그렇다고 다정한 남편, 친구 같은 아버지도 아니었다.

아버지는 평생 회사에 나가 착실하게 돈을 벌어오셨고 그 덕에 나는 평생 부유함도 가난도 모르는 채로 평범하게 클 수 있었으니 그 시대 아버지들 중엔 그래도 백 점 만점에 팔십 점은 되는 아버지라고 할 수 있을 것 같다.

문제는 결혼과 동시에 다니던 직장을 관두고 집 안에 주저앉은 어머니의 삶이 어린 내 눈엔 별로 행복해 보이지 않았다는 거다. 그 시절에는 결혼하면 여자가 일을 관두는 게 당연했다. 결혼과 동시에 그 많던 친구들과 직장 동료들과의 관계는 끊어졌고 엄마의 인간관계는 시댁 식구들과 친정 식구들, 같은 아파트에 사는 다른 집 엄마들로 재구성되었다. 밥하기, 빨래하기, 청소하기, 설거지하기, 밥하기, 빨래하기, 청소하기, 설거지하기.

주말이면 쉴 수 있는 아버지와 달리 전업주부의 삶에는 '휴일'의 개념이 없었고 어머니가 하는 노동의 가치를 인정하고 값을 치러주는 사람은 온 세상에 오직 아버지 한 사람뿐이었다.

한 사람은 밖에 나가 식구들의 생활비를 벌어오고 다른 한 사람은 집에서 아이를 키우고 살림을 돌보는 것으로 '분업'을 한 것에 불과한데 세상 사람들, 심지어 때로는 어머니 자기 자신까지도 회사에 나가 월급을 타오는 바깥일은 위대한 일로, 집에서 애 키우고 살림하는 일은 뗏

떳하지 못한 일로 여겼다. 결혼하면 당연히 직장을 관두고 집에 들어앉아 살림하는 게 '여자의 일'이라고 떠들면서도 사람들은 집에서 애 키우고 살림하는 여자들에게 '남편 잘 만나 팔자가 늘어지는 얄미운 년' 소리를 해댔다.

당장 아버지가 돈을 벌어오지 않으면 우리 식구들이 먹고살 수 없어지는 것처럼 어머니가 사라지면 우리 네 식구는 이전처럼 살 수 없을 텐데도 이상하게 어머니의 일은 언제든지 대체될 수 있는 하찮은 일로 여겨졌다. 자기 양말이 어디 있는지도 찾지 못하고, 밥솥이 있어도 밥을 지을 줄 몰라 겨우 라면이나 끓여 먹는 게 전부인 남자들이 말이다.

그러다 한 번은 어머니가 가출을 했다. 내가 초등학교 2학년, 오빠가 중학교 3학년 때의 일이다. 그때 어떤 이유로 어머니가 가출했는지는 여전히 아버지와 어머니 두 분만 아는데 나는 아마도 아버지의 여자 문제가 아니었을까, 추측하고 있다.

엄마가 사라지고 이틀이 지나자 집 안 꼴은 엉망이 됐다. 단단히 마음을 먹었는지 엄마는 가출하기 전 김치를 새로 담그고 한솥 가득 사골과 카레를 끓여놓고 나갔는데 제때 냄비를 덮히지 않아 카레와 사골에는 금세 곰팡이가 피었고 일주일이 지나자 아버지가 누나인 큰고모에게 SOS를 쳐 고모들과 숙모들이 우리 집에 와서 한동안 집안일을 해주었다.

고모들은 어떻게 새끼를 내팽개치고 갈 수 있냐며 독한 년이라고 엄마 욕을 했지만, 숙모들은 그 소리를 듣고도 아무 말이 없었기에 하루하루가 지날수록 나는 점점 더 초조해졌다.

"이젠 네가 아빠랑 오빠 밥 해줘야겠다."

열심히 옆에 앉아 산처럼 쌓인 빨랫감을 개고 있으면 고모들은 어린 나에게 그런 소리를 했고 안 그래도 아버지와 오빠를 대신해 엄마가 가출한 후로 설거지는 내가 하고 있었다. 그때 나는 키가 또래에 비해 작아 싱크대가 좀 높았는데 식탁 의자를 끌고 와서 그 위에 무릎을 꿇고 앉아 불편하게 설거지를 하는 나를 보고도 아버지는 아무 말씀이 없으셨고 오빠는 집 안 꼴이 엉망이 돼가는 걸 갖고 신경질만 부릴 뿐 딱히 뭘 하진 않았다.

이제 와 생각해보면 어린 내가 아니라 어른인 아버지나 나보다 나이가 많은 오빠가 설거지를 하고 식탁을 차리는 게 맞을 텐데 그땐 아무도 그렇게 생각하지 않았다.

나는 엄마가 영영 안 돌아올까 봐 무서웠고 고모 말대로 정말 엄마가 밥하고 빨래하는 게 싫어서 집을 나간 거라면 내가 대신 다 할 테니 엄마가 집에 왔으면 좋겠다고 생각했다.

석 달 후 엄마는 돌아왔다. 엄마는 친정에 가지 않고 부산에 있는 친구 집에서 지냈다고 했다. 엄마에게 물어보고 싶은 것이 너무도 많았지만 나는 아무것도 묻지 못했고 고모와 숙모들을 비롯해 우리 네 식구는 아무 일도 없었던 것처럼 원래 일상으로 돌아갔다.

그 후로 아빠가 엄마를 무시하거나 오빠가 식탁에 앉아 "물" 하며 당연히 엄마가 물을 떠주길 기다릴 때마다 내 속은 조금씩 쪼그라들어갔다.

이러면 엄마가 또 떠날 텐데. 이번엔 다신 안 돌아올지도 모르는데.

엄마가 가장 사랑하는 사람이 내가 아니란 걸 알면서도, 난 늘 아버지와 오빠 그다음이란 걸 알면서도 나는 엄마가 좋았다. 그건 정말 이상한 사랑이었다. 엄마에 대한 나의 사랑에는 연민과 안타까움, 미움과 권태가 더 많이 섞여 있는데도 나는 이 사랑을 멈출 줄을 몰랐고 다른 딸들이 그러하듯 딱 한 번만 타임머신을 탈 기회가 생긴다면 과거의 엄마, 아빠와의 결혼을 고민하고 있는 그때의 엄마에게로 가고 싶다.

결혼하지 말고, 나 낳지 말고 행복하게 살아. 엄마 인생을 살아.

그러나 동시에 기나긴 짝사랑에 상처받은 딸들은 친구들을 만나면 꼭 엄마 이야기를 한다. 엄마가 너무 안타깝지만, 불쌍하지만 이젠 내가 덜 아프기 위해서라도 엄마하고는 거리를 둬야 할 것 같다고. 우리 너무 착한 딸은 되지 말자고.

엄마에 대한 사랑과 자신에 대한 사랑 사이에서 우린 늘 상처받고 헷갈리지만 딱 하나, 헷갈리지 않는 것도 있다.

우린 결혼하지 않을 것이다.

#07

넌 대체
누구 편이야?

수진의 모친은 며칠이 지나자 아무 일도 없었던 것처럼 딸에게 다시 문자를 보냈다.

반찬 뭐 먹고 싶은 거 없느냐, 집에 쌀이랑 김치는 안 떨어졌냐, 너 좋아하는 불고기랑 잡채 할 건데 이번 주말에 안 오겠느냐, 18일이 할머니 제산데 그날 안 올 거냐, 반찬 진짜 안 필요하냐, 엄마가 집에 가는 게 싫으면 네가 와서 가져가면 되지 않느냐, 그것도 싫으면 주소만 알려주면 택배로 보내주면 되지 않느냐 등등.

딸과 싸우고 화해하고 싶을 때마다 엄마는 먹을 걸로 수진이의 기분을 달래려 들었고 그때마다 수진이는 착한 딸답게 모른 척 그 손을 잡았지만 이젠 아니었다. 핸드폰에 '엄마'라는 이름이 뜨면 수진이는 숨이 막혔다.

11월에는 학교에 행사가 많았다. 4일에는 체육대회가 있었고 그다음 주는 3학년 졸업여행, 그다음 주는 2학년 수련회와 1학년 체험학습이었다. 아이들은 수업시간에도 마음이 어느 한 곳에 붕 떠 있었고 그건 선생님들도 마찬가지였다. 모두가 들떠 있는 와중에 오직 한 사람만 가라앉아 있었다.

김규진.

규진이는 교내봉사 10시간 처분을 받았다. 학폭위로 치면 3호에 해당하는 징계였지만 생활기록부에는 적지 않고 그냥 그렇게 넘어가는 것으로 종결됐다.

비행 소녀에 입주하고 싶다는 사람이 종종 나타나긴 했지만 다들 방 크기나 아파트 위치, 주변 편의 시설, 월세와 관리비를 제외한 평균적인 한 달 공동 경비 금액을 궁금해할 뿐 수진이 마음 같지가 않았다. 정서적 유대, 상호 돌봄에 대한 이해, 비혼 여성 공동체의 구성원으로서 지녀야 할 기본적인 문제의식이나 젠더의식은 하나도 없었다. 누군가의 철학이 그들에겐 저렴한 여성 전용 쉐어하우스 그 이상도 그 이하도 아니었던 거다. 따라서 멤버 수에 따라 월세가 바뀔 수도 있다는 사실을 듣자마자 그들은 고개부터 저었다. 4명까지 자리가 차고 마지막 한 자리가 남으면 그때 자신에게 연락을 주면 안 되냐는 사람도 있었고 별로 입주 의사도 없어 보이는데 자꾸만 나간 두 사람이 왜 나갔는지를 꼬치꼬치 캐묻는 무례한 사람도, 자기는 남자인데 어떻게 한번 안 되겠냐는 더러운 변태 새끼도 있었다.

심지어 이혼 경력이 있는데 입주가 가능한지 묻는 사람도 있었다.

"이혼이요?"

"네. 결혼해보니까 더 잘 알겠던데요. 그래서 앞으로 전 비혼주의 하려구요. 영원히."

희원 씨 때처럼 격렬하게 마주 논쟁할 열정이 더는 남아 있지 않아서 수진이는 죄송하지만 그건 어렵겠다고 짧게 메시지를 보낸 뒤 그 사람의 계정과 연락처를 차단했다. 잠들기 전 내가 왜 죄송한 일도 아닌 일에 입버릇처럼 죄송하다고 했는지 후회했지만.

'그걸 이제야 아셨어요?'

똥인지 된장인지 찍어 먹어봐야 아는 사람들이 세상엔 너무 많았다. 결혼이라니.

바보!

자신의 선택이 잘못됐다는 걸 깨닫고 뒤늦게나마 상황을

바로잡기 위해 '이혼'이라는 선택을 한 건 용기 있는 행동이라고 생각했지만, 비혼 여성들이 단순히 결혼을 '안' 한다는 사실만으로 온갖 모욕과 핍박, 조롱과 멸시를 받으며 기혼유자녀 가정 위주로 짜인 복지 혜택에서 낱낱이 소외되는 와중에 이혼한 사람들까지 챙길 수는 없었다.

우리가 백날천날 비혼, 비혼 노래를 불러도 가정과 가부장제에 한 몸 의탁해 편히 살아보려다가 생각 같지 않으니까 그제야 다른 비혼 여성들에게 도움을 요청하는 게 생각할수록 너무 괘씸했다. 역시 이기적인 인간들만 결혼을 하는 것 같았다.

사람은 쉽게 구해지지 않고 요즘 들어 수진이는 매일 밤 같은 악몽을 꿨다.

거실 테이블에 마주 앉아 비행 소녀들이 파티를 즐기고 있다. 감미로운 음악, 따뜻한 음식. 조명은 낮고 분위기도 좋다. 도둑맞은 턴테이블과 빔프로젝터도 다 제자리에 돌아와 있고 거실 책장 반대편 벽에는 수진이가 가장 좋아하는 영화 「라라랜드」가 나오고 있다. 다 같이 사진도 찍고 멀리 앉은 사람을 위해 그릇에 음식도 덜어주고 하하호호 이야기꽃도 마르질 않는다. 와인잔은 모두 다섯 개. 수진이는 술이 다 떨어진 걸 발견하고 베란다에 나가 이날을 위해 아껴둔 좋은 와인을 한 병 꺼내온다. 그리고 잔에 차례대로 와인을 따른다. 다들 잔을 높이 올리고 자리에서 일어난 수진이가 건배사를 한다.

"다들 팔 아프니까 짧게 할게요. 제가 얼마 전에 인스타를 하다가 이런 글귀를 봤어요. '우리는 행복해야 한다. 자존심을 지키기 위해서라도.' 비혼이라는 힘들고 고달픈, 남들이 가지 않은 길을 뚜벅뚜벅 당차게 걸어가고 있는 사랑하는 우리 비행 소녀 동지 여러분! 우리, 이 악물고 행복해집시다. 자존심을 지키기 위해서라도요."

짠―

그러나 잔 부딪히는 소리가 어딘가에서 들려올 뿐 테이블에는 수진이말곤 아무도 없다. 주변을 두리번거리던 수진이는 그 사실을 깨달음과 동시에 꿈에서 깨어났다. 이마엔 진땀이 흐르고 있었다.

×××

그런가 하면 남희 씨는 요즘 들어 잠을 자도 잠을 자지 않을 때도 하루하루가 악몽이었다. 차인 것이다. 소개팅 이후 애프터까지는 갔지만 그게 다였다. 세 번째 만남은 얼굴 보고 말하는 게 예의일 거 같아 나왔다며, 부디 좋은 분 만나시라는 말과 함께 아아— 또 나의 님은 가셨다. 회사 사람들이 그 사실을 알고 남희 씨를 위로해줬지만 실연의 고통을 감히 어디에 대랴. 출근은 해야 하니까 잠깐이라도 눈을 붙이기 위해 베개에 머리를 대고 누우면 또르르 눈물이 관자놀이를 타고 흘러 귓구멍에 고였다. 차갑고 소름 끼치는 느낌. 겨우 세 번밖에 만나지 못했지만 남희 씨는 그분을 이미 마음 깊이 사랑하고 있었고 사랑하는 만큼 그를 더는 만날 수 없는 이 현실이 원망스러울 따름이었다.

실연의 아픔을 잊기 위해 남희 씨는 매일 술을 마셨다. 수진이는 학교 일이 바빠 늦게 퇴근할 때가 많아 남희 씨의 술친구가 되어주질 못했다.

따라서 동병상련(同病相憐) 남희 씨는 그나마 자신을 가엾게 여겨줄 수 있는 마음씨 넓은 은혜 자매님이 퇴근하고 돌아오시길 이제나저제나 기다렸으나 은혜 씨는 요즘 들어 매일 밖에서 저녁을 먹고 밤늦게 귀가했다. 주말에도 집에 있는 법이 없었고 하루는 너무 답답했던 나머지, 남희 씨가 은혜 씨 오늘 어딜 가냐고 누구 만나러 가는 거냐고 언제 들어오냐고 캐묻자 '그냥요'라고 대답을 얼버무리며 빙그레 웃을 뿐이었다.

'얼씨구. 립스틱도 발랐네?'

밝은 옷은 세탁하기 까다롭다며 늘 검은색 아니면 회색 옷만 고수하던 은혜 씨는 요즘 들어 스타일에 변화가 생겼다. 밝은색 옷을 많이 입었고 전엔 못 보던 새 옷도 눈에 띄었다. 샤워 후 대충 수건으로만 말리던 머리를 외출하기 전이면 꼬박꼬박 드라이까지 했다. 거기다 그 촌스러운 분홍립스틱이라니. 별일이었다.

"월세를 66만 원이나 낸다구?"

요즘 들어 은혜 씨가 매일같이 저녁을 먹고 함께 주말을 보내는 사람은 물론 세호 씨였다. 세호 씨는 은혜 씨가 다른 여자들과 같이 한 아파트에서 살고 있으며 월세와 관리비, 생활비를 분담해 낸다는 이야기를 들었을 땐 그냥 그러려니 했다. 하지만 66만 원이라니. 은혜 씨가 살아온 내력을 다 아는 세호 씨는 어떻게 그 나이까지 전셋집 하나 못 구하고 월세를 전전하냐는 소리를 하진 않았다. 그러나 월세 66만 원은 비싸도 너무 비쌌다.

"그러지 말고 우리 집 들어와서 같이 살자. 방 두 개야."

물론 은혜 씨는 거절했다. 사람은 적당히 거리를 두고 볼 때 가장 아름다운 거니까. 그러나 세호 씨는 꽤 강경했다. 제발 보증금을 마련할 때까지만이라도 자신의 집에 들어와 지내라고, 그럼 월세랑 생활비 나갈 걸 다 모을 수 있지 않냐고 그녀를 설득했다.

"그럼 생활비 낼게요. 반반 할게요."

"미쳤어? 됐어."

일평생 누군가를 책임지기만 했을 뿐 누군가 자신의 잠자리와 먹을 것을 책임져준 바가 없는 은혜 씨로선 그런 세호 씨의 태도가 이해되지 않았다. 분명 고마워야 하는데, 고마움을 느껴야 하는데 돈 한 푼 안 내고 빌붙어 사는 자신이 잘 상상이 되지 않았다.

우물쭈물하던 은혜 씨는 시간이라도 벌어보자는 생각으로 지금 사는 집에서 나오려면 최소한 석 달 전에 미리 말을 해야지, 안 그러면 석 달 치 월세를 내고 나와야 한다고 했다.

"무슨…… 벌금 같은 거야? 거기 뭐 하는 데야? 이상한 사이비, 다단계 그런 거 아니지?"

"그런 거 아니에요. 갑자기 한 사람 빠지면 남은 사람들이 부담이잖아요."

"전에 나갔다는 두 사람은 그럼 돈 안 내고 튀었어? 왜 66만 원이야? 40만 원이어야지."

수학 강사인 그는 역시 셈이 빨랐다. 하는 수 없이 은혜 씨는 승은 씨와 한나 씨에 얽힌 구구절절한 사연을 모두 이야기했다. 세호 씨는 잠자코 앉아 은혜 씨의 이야기를 끝까지 듣더니 카페 밖으로 나가 뻑뻑 줄담배를 피우고 돌아왔다. 뭔 이야기를 하다가 이런 이야기까지 나왔는지……. 은혜 씨는 자기 입을 꿰매고 싶었다.

한참 후에 카페로 돌아온 세호 씨는 낡은 잠바 안주머니에서 봉투를 하나 꺼내 은혜 씨에게 건넸다. 은혜 씨는 얼떨결에 그것을 받았다.

"열어봐."

오만원권 40장. 200만 원이었다.

×××

한편 위례에서는 열흘 넘게 칼로 물 베기가 진행 중이었다. 다른 부부들처럼 네가 맞니, 내가 맞니 삿대질하며 싸우는 게 아니라 최소한의 필요한 말만 하며 그밖엔 서로를 투명 인간 취급하는 일종의 냉전(冷戰)이었다.

민규는 소희가 이해되지 않았다. 가락동에서 살 때 3년 넘게 소희가 아버지 때문에 힘들어한 건 민규도 잘 알았다. 매일 저녁 아들네에 방문해 진지를 드신 뒤 같이 텔레비전을 보다 가셨고 주말에는 아들 부부 외출에 한 번도 빠지지 않고 동행하셨으니까.

그러나 아버지는 원체 아들에 대한 사랑이 대단한 분이셨다. 어렸을 때 민규가 소아 폐렴에 걸려 병원 생활을 한 적이 있고, 아버지의 아버지 그러니까 민규의 친할아버지 되시는 분이 아버지가 태어나고 백 일도 안돼 돌아가셔서 부친에게 못 받은 정(情)을 아들에겐 넘치도록 주고파 하셨다.

서른 넘어 장가까지 든 아들이 연락이 잘 안되면 곧장 서운해하시는 게 조금 피곤하긴 했지만 아버지에겐 자식이 저 하나였으므로 다른 수가 있는 것도 아니었다. 민규는 그런 아버지가 괴롭기도 했지만 애틋한 게 더 컸다. 그래서 얼른 귀여운 손주를 낳아 아버지에게 그간 받은 사랑을 이자까지 쳐서 돌려드리고 싶었다.

제발 이사 좀 가자고 울던 날만 빼면 아내는 시부모에 대해 싫은 소리를 한 번도 입에 올린 적이 없었다. 그건 민규도 인정하는 바였다. 뭐만 하면 쪼르르 친정에 갖다 일러바치고 심지어 남편과의 사이에 있었던 사생활을 인터넷 게시판에 남부끄러운 줄도 모르고 '이거 제가 이상한 건가요?' 써대는 여느 여자들하고는 차원이 달랐다. 그러나 이사도 왔고 아버지도 이제 이 집에 안 오시고 시어머니야 뭐 며느리한테까지 아파트를 공동명의로 해줄 만큼 쿨한 분인데 대체 뭐가 그렇게 마음에 안 들어서 저러는 건지 이해가 잘 안 됐다.

물론 집안일은 잘 돕지 못했지만 자신은 매일 회사에 출근해서 월급을 받아오는 이 집안의 가장이었다. 소희는 전업주부였고. 전업주부는 집안일을 하는 게 본인의 업무였다. 업무 분담에 불만이 있다면 민규가 전업주부를 하고 소희가 밖에 나가 일을 해도 상관없었다. 그러나 아내는 한 달도 못 가 기브업을 외칠 게 뻔했다. 우리가 무슨 맞벌이 부부도 아닌데 집안일을 정확히 반반 하자는 건 아무리 생각해도 어불성설이었다.

게다가 아내는 2세 문제에도 적극적이지 않았다. 우리 엄마 아빠는 하루하루가 다르게 늙어가시는데 철없는 아내는 그 속을 아는지 모르는지 그저 희희낙락이었다. 님을 봐야 뽕을 따지. 애는 여자가 낳는데 남자 혼자 죽자고 용을 써서 될 일이 아니었다.

결혼 전에는 분명 허니문 베이비를, 그리고 가능하다면 쌍둥이를 원했는데 소희가 신혼을 조금이라도 즐기고 싶다고 해서 민규가 한발 양보한 것이었다. 왜?

아내를 사랑하니까.

허니문 베이비는 무슨. 쌍둥이는 무슨. 쌍둥이 아빠가 되어 일타쌍피를 노렸으나 민규는 여태 무자녀였다. 장가를 갔는데도 몇 년째 소식이 없자 친구들은 딩크냐, 무정자증이냐 둘 중에 뭔지 똑바로 대라며 민규를 놀렸다. 장가를 가는 것만으로는 부족했던 거다. 장가를 가서 애를 낳아야 정상인 대접을 받을 수 있었고 회사 내에서도 민규의 입지가 생겼다.

"에라이."

민규는 뻑뻑 담배를 피우며 자꾸만 결혼하기 전 생각을 했다. 그땐 몰랐지만, 그때가 더 좋았던 것 같다. 요즘 들어 소희가 예전에 자기가 알던 여자 같지가 않았다. 집에서 종일 놀면서 갖다주는 월급으로 쇼핑이나 하는 주제에 대체 뭐가 그렇게 불만인걸까?

작년에 5살 어린 27살짜리 와이프랑 속도위반으로 식을 올린 친구 놈에 비하면 아내는 이미 한참 노산이었다. 그 집 애는 벌써 걷던데. 차근차근 정석적인 루트를 밟아 명문대를 졸업한 후 대기업에 취직한 민규는 남들에게 뒤처지는 자기 자신을 참을 수가 없었다.

소희는 오늘 낮에 혼자 산부인과에 다녀온 참이었다. 임신이었다. 자기는 누구누구처럼 여기저기 더럽게 몸을 놀리고 다니지 않았으니 애 아빠가 누군지야 뻔했다.

그러나 초음파 검사를 위해 의자 위에 가랑이를 벌리고 눕자 소희는 언젠가 인터넷에서 본 끔찍한 기사가 떠올랐다. 알고 보니 남편이 에이즈 보균자였고 그 사실을 속인 채 결혼한 결과 아내도 에이즈, 엄마 배 속의 아기도 에이즈였다는 상상도 하고 싶지 않은 이야기였다. 의사는 "여기 점 보이시죠?"하면서 말을 걸었지만 소희는 이미 자기 몸속에 자리를 잡은, 아직은 눈도 코도 입도 없을 그 점처럼 작은 아이가 선물이라기보단 저주 같았다.

이런 순간조차 100% 완벽하게 행복해할 수 없는 자신의 처지가 비참했다.

소희는 친정엄마에게도 임신 사실을 털어놓지 못했다. 대신 언니에게 전화를 걸었다. "여보세요?" 하는 언니의 목소리를 듣자마자 울음이 터진 소희는 바로 전화를 끊었다. 언니는 다시 전화를 걸어왔고 너 울었냐고 물었다. 소희는 코를 들이마시며 아니라고 했다.

"왜 그래? 남편이랑 싸웠니? 아님 또 시아버지란 인간이 너 또 괴롭혀? 그 할배 참……. 근데 네 남편은 죽었어? 가운데에서 그거 하나 똑바로 중재 못 하고 뭐 하는 거야."

"그런 거 아니야……."

그리고 소희는 그간 있었던 일들을 모두 말했다. 뒤죽박죽 말 하나 조리 있게 못 하는 자기가 바보 같았지만 수화기 건너편에 있는 언니는 찰떡같이 다 알아들었다.

“하아…….”

언니는 땅이 꺼지도록 한숨을 쉬었다. 결혼해서 애가 둘인 언니는 지금 이 상황에서 소희 네가 해야 할 것은 ‘일단 무조건 판단 중지’라고 했다. 스트레스는 태아에게 해롭고 산모에게도 좋지 않다며 성매매 업소에 출입한 건 사실이지만 2차까지 나갔는지 아닌지는 아직 불분명하니 확실한 증거가 나올 때까지 아무 내색도 판단도 하지 말라고 했다.

“그럼? 나만 혼자 가슴 터져 죽으라고? 그 새낀 내 옆에서 코까지 골면서 처자는데?”

“그게 아니야. 이 등신아! 말해버리면 그때부터 더 기를 쓰고 숨길 텐데?”

“죽이고 싶어. 죽여버리고 싶어. 언니 나 앞으로 이 인간이랑 어떻게 같이 살아? 이 더러운 새끼 애를 내가 낳아야 해? 다른 남자들 다 그래도 민규는 이럼 안 되잖아…….”

언니는 그럼 애 지우고 이혼하고 오라고 했다. 중절은 빠를수록 좋으니 내일 하루 연차를 쓰고 자기도 같이 따라가주겠다고. 소희는 어떻게 그런 말을 할 수가 있냐고 했다.

“그게 다 네가 네 남편을 좋아해서 그래. 그니까 이제 정 떼. 그딴 놈 뭐가 좋다고 그 집구석에 시집을 갔어? 염병. 마마보이도 아니고 파파보이? 야, 지나가던 개가 웃는다. 그니까 이제부터 그 물건한테 정 딱 떼고 네 애만 챙겨. 둘째는 절대 낳지 말고. 오케이?"

언니는 5분 후에 미팅이 있다며 전화를 끊었다. 소희는 주차장에서 집으로 바로 올라오지 못하고 차 안에서 언니와 한 대화를 차근차근 복기했다. 오케이?

오케이.

언니 말대로 티 하나 안 내고, 정도 다 떼고 아이만 신경 쓰기로 했다. 아이는 죄가 없으니까. 이 아이는 송민규의 아이이기도 했지만 절반은 박소희의 아이니까. ATM기. 돈 벌어오는 기계. 그 이상 그 이하로도 민규를 더 쳐주지 않을 생각이었다. 임신했다는 사실을 말하면 무척이나 기뻐할 테니 그걸 빌미로 꽉 잡고 놔주지 않을 생각이었다. 민규는 이제부터 소희에게 인간도 배우자도 뭣도 아니었다. 돈줄이었다. 그것도 이 집 대출금을 다 갚고 아이가 다 클 때까지만 필요한 시한부 돈줄. 상황을 이렇게 만든 건 민규 자신이었다. 짐승한테 인간 대접을 해주는 건 인간에 대한 모독이었다.

집에 와보니 현관문 앞에 시댁에서 보낸 커다란 아이스박스가 하나 놓여 있었다. 소희는 무거운 물건을 들면 안 된다는 의사의 말이 생각나 현관에서 부엌까지 대여섯 번 왕복하며 안에 있는 걸 정리했다. 시아버지가 손수 만든 각종 반찬과 민규가 좋아하는 국, 찌개, 사골 얼린 것들이 그 안에 차곡차곡 들어 있었다.

"와! 아빠 반찬!"

시아버지가 한 음식이라면 냄새도 맡고 싶지 않았지만 남편이 지 아빠가 만든 걸 좋아하니 소희는 아이스박스에 있던 걸 꺼내 식탁을 준비했다. 냉전 중이란 걸 잊었는지 민규는 아이처럼 좋아했다.

우리 사이에 더 떨어질 정이 남아 있던 걸까? 그 꼬라지를 보자 소희는 정이 떨어졌다.

오늘 저녁 식탁에서 임신 사실을 이야기하려고 했던 소희는 순식간에 밥 한 그릇을 다 비우고 좀만 더 달라며 밥그릇을 제게 내미는 민규 앞에서 이상하게 입이 떨어지질 않았다.

아빠 반찬 덕에 기분이 한결 좋아진 민규는 그날 밤 침대에서 소희에게 화해를 신청해왔다. 미안해 혹은 이제 싸우지 말자, 라고 사과를 했다는 게 아니라 등을 돌린 채 누워 있는 아내에게 한쪽 다리를 턱, 하니 걸치더니 소희의 팬티 속으로 마음대로 손을 집어넣은 것이었다. 치가 떨렸다. 다리까진 그러려니 참고 있던 소희는 더러운 손을 탁, 쳐냈다.

"내 몸에 손대지 마."

그 말이 끝나자마자 소희는 다른 방에 가서 여분의 이불을 가져와 침대 아래 바닥에 자신의 자리를 만들었다.

"하……. 야, 너 미쳤냐?"

"입 닥치고 자. 나 피곤해."

"왜 그러는데? 어? 나도 이유나 좀 알자? 너 섹스리스 이거 이혼 사유야."

밖에서 허구한 날 돈 주고 여자를 사는 루저 새끼 주제에 감히 섹스리스를 입에 올리다니, 코웃음이 나왔다. 소희는 아무 대답도 하지 않았다. 바닥에 이불을 둘둘 만 채 누에고치처럼 누워 있는 소희의 엉덩이를 발로 몇 번 툭툭 건드리던 민규는 소희가 끝내 대답이 없자 뭐라고 욕을 중얼거리더니 옷을 챙겨 입고 집을 나갔다.

'지 집에 갔겠지.'

민규가 사라지자 그제야 소희에게도 고단한 잠이 한꺼번에 밀려왔다.

소희는 시댁 식구와 잠자리를 같이 하는 미친 여자가 되고 싶진 않았다.

×××

그 시각 가락동에서는 세 여자가 오랜만에 같이 저녁을 먹고 있었다. 오늘 아침 은혜 씨가 저녁에 불고기를 할 테니 가능하면 다들 일찍 들어오라고 메시지를 남겼기 때문이다.

심심하고 외로워서 미칠 지경인 남희 씨는 물론 아직 새 멤버가 구해지지 않아 스트레스가 이만저만이 아닌 수진이까지 그 메시지를 보자마자 기분이 좋아졌다.

그래, 이 맛에 같이 살지.

그러나 은혜 씨는 조용히 밥을 반 정도 비우더니 갑자기 할 이야기가 있다고 했다.

"저…… 아무래도 이사 가야 할 것 같아요."

"잠깐만…… 그, 언제요? 왜요? 어디로 가세요?"

그때까지 남희 씨가 따라준 와인을 앞에만 두고 있던 은혜 씨는 와인으로 입술을 조금 축이고 심호흡을 하더니 그간 세호 씨와의 사이에서 있었던 일들을 모두 이야기했다. 다른 사람한테 세호 씨 이야기를 하는 게 은혜 씨는 처음이었다.

"안 돼요! 은혜 씨! 가지 마세요."

"네?"

그러나 수줍은 처녀처럼 양 볼을 붉게 물들이고 있는 은혜 씨의 말이 끝나자 수진이의 입에선 무슨 발작처럼 '안 돼요!' 소리가 먼저 튀어 나갔다.

은혜 씨보다 일곱 살 연상? 그럼 쉰넷? 근데 미혼?

어디서부터 어디까지가 사실인지도 알 수 없었고 유부남인지 애아빠인지 이혼남인지 다 모를 일이었다. 신원이 불분명한 사람, 만난 지 몇 달 되지도 않은 사람이랑 살림을 합치겠다는 소리가 지금 은혜 씨의 입에서 나온 소리가 맞는지 수진이는 믿을 수가 없었다.

비혼 여성 공동체에 들어와놓고 남자랑 같이 살겠다며 나가는 게 문제가 아니었다. 원래 사람이 절벽에 서 있으면 거기는 위험하다고 소리쳐 알려주는 게 인간의 도리였다.

지금이야 입속의 혀처럼 잘해주겠지만, 뼈가 다 흐물흐물 녹을 만큼 달콤하겠지만 들어가면 당장 일 년이 지나기도 전에 후회할 텐데. 땅을 치고 후회할 텐데.

수진이는 하루 종일 병원에서 일하고 돌아온 은혜 씨가 제대로 쉬지도 못하고 어떤 늙고 병든, 비열한 남자의 요리사 겸 가정부 겸 간호사 겸 간병인 겸 엄마 겸 아내 역할을 하느라 등골이 다 휘고 있는 그 미래가 손바닥처럼 훤히 보였다.

"겨우 이백에 팔려가겠다는 거예요?"

"수진 씨…… 말씀 좀 가려서 하세요. 아까부터 듣기 좀 그렇네요?"

"아니요. 전 그렇게는 못 하겠습니다. 우리가 같이 지낸 정(情)이 있는데 모른 척 못 하죠 이런 건! 은혜 님 제발 다시 생각해봐요. 네?"

은혜 씨에게 남자가 있다는 사실이 퍽 충격적이었는지 그 때까지 남희 씨는 단 한마디도 없었다. 술도 마시지 않았다. 은혜 씨도 말이 없었고 오직 수진이만 떠들었다. 그래봤자 소 귀에 경 읽기였지만.

"그 사람이 세상에 다시 없을 백마 탄 왕자님이라고는 생 각 안 해요. 맞아요. 수진 씨 말대로 몸도 여기저기 아프죠. 근데 늙어서 아픈 게 죄인가요? 저도 이미 늙었고 수진 씨도 몇 년 후면 늙을 텐데요. 늙으면 그다음엔 아프고 그다음엔 죽고. 저는……. 전 불행해지려고 여길 나간다는 게 아니에 요. 어쩌면 수진 씨 말처럼 될지도 모르죠. 맞아요. 저도 알아 요. 근데 이젠 저도…… 행복하게 살고 싶어요. 남들처럼."

"우리랑 같이 사는 건 불행했나요?"

은혜 씨의 말이 끝나자 그때까지 잠잠했던 남희 씨가 처음 입을 열었다. 그 말을 듣자 늘 변함없이 평온하던 은혜 씨의 표정이 조금 슬픈 얼굴로 바뀌었다. 세 여자가 앉아 있는 식 탁에는 가운데 버너 위에 올려둔 불고기 전골냄비 끓는 소리 밖엔 안 들렸다.

수진이는 숨을 죽인 채 은혜 씨의 대답을 기다렸다.

"잘 먹었습니다."

100만 원. 이제 월세만 100만 원이었다.

　은혜 씨가 잘 먹었다는 인사를 남기고 방으로 들어간 그날 저녁, 남희 씨는 수진이에게 자신은 수진 씨만 믿는다며 너무 걱정하지 말자고 메시지를 보내왔다.

　화이팅!

　수진이는 꼭 얹힌 것처럼 가슴이 답답했다.

　다행히 빈방이 남았는지 묻는 문의 글이 없진 않았다. 독방이 나왔다는 게 큰 이유 같았다. 이달 말까지 최소 1명은 들어와야 수진이도 생활이 가능했다. 안 그러면 파산이었다.

　수진이는 카페에 나와 인터뷰하기로 한 예비 세입자를 기다리고 있었다. 원래 7시가 예정된 시간이었으나 세입자는 회사에 너무 급한 일이 생겼다며 8시로 미룰 수 있겠냐고 약속 시간 30분 전에 DM을 보내왔다. 이미 약속 장소에 나와 기다리고 있던 수진이는 괜찮다고 했다.

　8시 10분이 돼도, 30분이 돼도 그 사람은 오지 않았다. 그러다 9시가 됐을 무렵 수진이는 이 카페가 가락점 말고 가락시장역점도 있다는 걸 깨닫곤 그에게 메시지를 보내기 위해 핸드폰을 켰다. 엄마에게 부재중 전화가 잔뜩 와 있었지만 무시했다.

'사용자를 찾을 수 없음'

잠수 그리고 차단이었다.

싫으면 싫다고 하면 되는 걸 약속 시간까지 미뤄가면서 사람 똥개훈련 시키는 이런 류의 인간을 수진이는 영원히 이해할 수 없을 것 같았다. 이건 인성(人性)의 문제였다. 수진이는 그 화면을 캡처해 곧바로 비행 소녀 인스타그램의 스토리에 게시했다.

'여자 망신 쯧쯧…… 그렇게 살지 마세요~ 제발 :)'

엄마는 세 시간 전부터 여덟 통이나 부재중을 남겼다. 수진이는 핸드폰 화면을 끈다는 게 실수로 카카오톡을 눌렀다. 엄마에게서 구구절절한 카톡이 하나 와 있었다.

미안해 딸~ 반찬 갖다주고 싶은데 주소를 몰라서 동사무소 가서 아빠랑 등본 떼어봤어. 우리 딸 얼굴이라도 함 보고 가려고 했는데 집에 없는 것 같구 그래서 그냥 왔어. 너 좋아하는 호박전이랑 파불고기 잔뜩 했으니까 전은 전자레인지에 3분만 돌리고 불고기는 냉장고에 넣어놨다가 볶기만 해서 머거 한 번 먹을 양만큼 소분해놨어~ 현관문 앞에 놓고 엄마는 지금 집에 왔으니까 집에 있는 거면 나와서 얼른 가져가 밥 잘 챙기구 미안해 사랑해 우리

딸 정말 너무너무 사랑한다

×××

재작년에 무릎 수술까지 한 양반이 차도 없으면서 무슨 호기로 거기까지 왔다 간 건지.

수진이는 카톡에 답장을 썼다가 지우다가, 결국 아무것도 보내지 못했다.

엄마가 집 앞에 다녀간 다음 날은 수련회 날이었다. 밤새 잠을 자지 못해서 가는 버스 안에서 눈을 좀 붙이려고 했는데 또 규진이가 말썽이었다. 늦잠 때문에 지각인 건지 아파서 못 오는 건지, 전화도 씹고 문자도 보지 않았다. 부모님하고도 연락이 되지 않긴 마찬가지였고 오직 규진이 한 사람을 기다리느라 운동장에 서 있는 열 대의 관광버스 중 수진이네 반 버스만 그 자리에 붙박이고 서 있었다.

8시 40분까지 기다리던 수진이는 결국 버스를 출발시켰다.

"또 그 애입니까?"

무슨 바람이 불어 1반이 아니라 우리 반 버스에 타셨는지 교감 선생님께서는 신문에만 시선을 고정한 채 수진이에게 물었다.

"죄송합니다."

"에휴…… 말썽인 애들만 맨날 말썽이에요. 쯧."

40분 늦게 출발한 수진이네 반 버스는 러시아워에 딱 걸려 서울을 빠져나가는 데 무진 애를 먹었다. 다른 반들은 아까 양평을 지났다는데 여긴 만남의 광장 휴게소도 아직이었다. 수진이는 입이 댓 발 나온 아이들을 달래기 위해 반장에게 휴게소에 도착하면 아이스크림을 애들 수만큼 사 오라고 시켰다. 다행히 아이스크림을 하나씩 입에 물리자 애들은 금방 또 헤헤거리며 자기들끼리 게임을 하느라 정신이 없었다.

양수리를 지날 무렵 규진이 어머니에게서 메시지가 왔다. 아이가 아침에 교통사고를 당해서 경황이 없어 미처 연락드리지 못했다는 내용이었다. 거짓말은 아닌지 그 밑에 보낸 사진 속의 규진이는 왼쪽 다리에 깁스를 한 채 누워 있었다.

어머님 많이 놀라셨겠어요. 규진이 지금은 좀 괜찮나요?

답장을 보내면서도 수진이는 걱정보다는 귀찮다는 생각뿐이었다.

수련원에 도착하면 그때부터 선생님들은 자유시간이었다. 등산을 가는 선생님들도 있고 족구를 하는 남자 선생님들도 있고 오늘 저녁 치킨을 걸고 남녀 혼식 배드민턴 시합을 하자는 선생님도 있었지만, 수진이는 몸이 안 좋다는 핑계를 대고 일찍 방에 들어왔다.

피곤했지만 신경이 날카로워서 그런지 잠이 오지 않았다. 점심도 제대로 먹지 못한 수진이는 모자를 눌러 쓰고 지하에 있는 편의점에 가서 다른 선생님들 몰래 먹을 것을 사 왔다.

청국장하고도 잘 어울리던 와인은 컵라면과는 궁합이 영 별로였다. 배가 고팠던 수진이는 침대 위에 걸터앉아 일단 컵라면부터 먹었다. 그리고 아무 생각 없이 TV를 보며 얼음컵에 따른 와인을 마셨다. 옐로우 테일. 남희 씨가 매일 저녁 두 병씩 마시는 그 와인이었다.

수진이는 술이 약한 편이었다. 백 개가 넘는 케이블 채널을 돌아다니다 시선이 멈춘 곳은 일반인 출연자들이 나오는 연애 프로그램이었다. 남자 출연자들이 마음에 드는 여성과의 데이트권을 얻기 위해 포대 가득 감자를 담아 옮기고 있었다.

어느 정도 술이 오르자 수진이는 침대 헤드에 등을 기대고 누워 자신의 지난 연애를 하나하나 되짚어봤다.

마지막으로 사귄 남자 친구는 비혼주의자였다. 수진이가 결혼하자고, 결혼하고 싶다고 눈치를 준 적도 없는데 스물아홉 살에 만난 수진이가 서른 살이 되자마자 그는 묻지도 않은 자신의 신념을 드러냈다. 말 그대로 TMI랄까? 우린 분명 사귀는 사이인데도 그 말을 듣는 순간 방금 그에게 차인 느낌이었다.

수진이는 자기도 어렸을 때부터 쭉 비혼주의자였다고 콧방귀를 뀌며 응수했고 그러자 오빠는 피식, 비웃더니 "그니까 비혼주의라는 생각을 바꿔주는 사람이 나타나기 전까지만 비혼주의라는 거지?"라는 질문으로 간단하게 여자 친구의 기분을 망쳐놨다.

"하여튼 드라마가 여자들 다 망쳐놨다니까. 눈만 높아져가지고. 쯧."

그는 꼭 한숨처럼 중얼거렸지만 바로 옆에 앉아있는 수진이한테는 그 소리가 다 들렸다.

"그럼 오빤?"

"난 아니야. 난 계속 비혼주의지."

"근데 왜 난 아닐 거라고 생각해?"

"아 그만해. 제발. 말꼬리 잡는 거. 당하는 사람은 진짜 기분 나빠. 그것도 모르지, 넌?"

모르긴 내가 뭘 몰라.

그런 새끼랑은 당연히 얼마 못 가 헤어졌다.

그 후로 수진이는 줄곧 솔로였으나 별다른 불편함을 느끼진 못했다. 남자 친구가 잠깐이라도 없으면 죽는 줄 아는 다른 여자애들과 달리 수진이는 대학생 때도 혼자일 때가 더 많았다. 연인 사이는 인간이 맺는 수많은 관계 중 하나의 유형에 불과했다. 친구들도 있고 가족들도 있고 해야 할 일도 취미도 있으니 딱히 외롭지도 심심하지도 않았다.

그는 똑똑한 척, 아는 척하기를 즐기는 전형적인 남성이었고 맨스플레인을 좋아하는 남자답게 두상이 찌그러진 납작하고 못생긴 머리통 속엔 온통 여성에 관한 끔찍한 편견과 혐오밖엔 안 들어 있었다.

돌대가리.

로맨스는 어디까지나 장르였고 정확히는 판타지였다. 남자들이 찐따였던 주인공이 환생을 하고 빙의를 하고 회귀를 해서 손쉽게 지구 재벌 1위가 되는 엉터리 소설을 즐겨 읽는 것처럼 로맨스는 여성들의 무협지였다. 무협지를 삶의 지침, 인생의 나침반으로 여기는 사람은 없었다. 수진이도 다른 여성들처럼 로맨스 장르 영화나 드라마, 웹소설, 웹툰을 즐겨봤지만 그건 취향에 불과했다. 왕자님이 나오는 웹소설을 본다고 해서 현실에서도 오매불망 왕자님이 나타나기만을 기다리는 게 아니라는 소리다.

성격이 까칠하고 주변에 친구가 별로 없는, 시회성이 떨어지는 남자들은 하나같이 자기가 『오만과 편견』속 남자주인공, 미스터 다아시 씨인 줄 착각하며 자신을 '론 울프(외로운 늑대)' 캐릭터로 포장했지만 여자들도 눈이 있었다.

살면서 깊은 관계를 맺어본 여성이 오직 엄마밖에 없었으므로 세상 모든 여자들이 자기를 왕자님 취급해줄 줄 아는 남자들의 그 끝없는 어리광과 덜 자람이 결국 여자들을 비혼주의자로 만든다는 사실을 대체 왜 모르는 걸까.

와인 두 병, 맥주 네 캔을 연달아 마신 수진이는 문득 글을 쓰고 싶다는 욕구가 솟구쳤다.

×××

우리가 언제 잘생기고 키 크고 돈 많은 대기업 다니는 왕자님을 원했냐? 왕자님은 회사 안 다닌다. 그리고 나도 내가 공주 아닌 거 알아. 뭐 대단한 걸 바라는 게 아니라 그냥 나랑 비슷한 수준의 남자. 착하고 성실한 남자. 거짓말 안 하는 남자. 성매매 안 하는 남자. 여자한테 모든 걸 다 떠맡기고 애는 낳아놓으면 알아서 절로 크는 줄 아는 남자 말고 정신머리 하나 똑바로 박힌 제대로 된 남자, 그런 남자를 원할 뿐이다. 온 세상이 무조건 여자 탓만 하는데 진짜 문제는 남자다. 비혼,

비출산, 비연애? 이 모든 문제의 원인은 남자다. 사랑받으려는 최소한의 노력도 없이 사랑을 줄 줄은 모르면서 받고만 싶어 하는 싸이코패스들. 왜 안 만나주냐고 시도 때도 없이 여자를 패고 죽이는 미치광이 살인마. 허구한 날 성매매 업소 들락거려서 마누라한테까지 성병을 옮기는 걸레 새끼. 지도 딸이 있으면서 딸만 한 애들한테 딸 같아서 그런 거라고 헛소리하는 성추행범. 몰래 동영상 찍어서 인터넷에 올리고 그 성범죄자가 올린 동영상을 야동으로 보고 즐기는 한국남자. 보는 건 죄가 없다? 눈깔을 다 후벼 파버려야 해. 공공 화장실 가서 볼일 보는 것도 여자들은 불안한데, 여자를 인간이 아니라 도구로만 보는데 그런 남자랑 어떻게 같이 애 낳고 사랑하며 살겠냐. 부모 노후, 아이 양육 계획은 대가리에 들어있지도 않으면서 지 부모한테도 효도하고 애도 최소 둘은 낳겠다는 남자. 집도 없는데 애를 어디서 어떻게 키울 거냐고 하면 영어 유치원만 안 보내면 된다는 남자. 백 명의 남자가 있으면 아흔아홉 마리가 쭉정이. 정상이 하나 있어도 정상인 여자들 백 명이 달라붙어 경쟁하니 그놈도 결국 쭉정이, 쭉정이가 되더라.

그러니까 우리 그냥 다 같이 사라지자.

Adios.

글을 다 쓴 수진은 곧이어 진흙탕 같은 잠 속으로 빨려 들어갔다.

×××

세탁기 소리가 멎었다. 수련회에서 돌아와 보니 은혜 씨가 방을 빼고 없었다. 방문을 열고 들어가 보니 책상 위에는 방 열쇠와 봉투 하나가 놓여 있었다. 이백만 원. 석 달 치 월세였다. 봉투를 뒤집어보니 짧은 편지가 적혀있었다.

같이 지내는 동안 행복했습니다. 대답이 늦어서 미안합니다. 늘 건강하시길.

김은혜

술김에 브런치에 글을 올린 다음 날 수진이는 머리가 깨질 것 같은 숙취와 함께 잠에서 깼다. 오후 한 시. 와인은 뒤끝이 길었다. 놀란 수진이는 핸드폰을 켰는데 다행히 다른 선생님들도 어제 2차, 3차까지 달리고 다들 방에서 각자 쉬고 있는 것 같았다. 그때 브런치에서 알림이 왔다. '○○님이 라이킷 했습니다' 수진이는 최근에 글을 올린 적이 없었다. 뭐지?

우리가 언제 잘생기고 키 크고 돈 많은 대기업 다니는 왕자님을 원했냐?

수진이는 황급히 글을 내렸다. 올린 지 12시간이 지났지만 다행히 조회 수는 3밖에 안 됐다. 머리가 울리는 것 같았다. 수진이는 급히 화장실로 뛰어갔다.

×××

규진이가 학교에 안 나온 지 일주일이 지났다. 교무실 분위기는 살얼음판이었다. 아이들은 쉬는 시간에도 복도를 뛰어다니거나 장난치는 법 없이 다들 조용히 자리를 지켰다. 경찰이 몇 번 학교에 왔다 갔고 교실에는 규진이 자리 말고도 빈자리가 많았다.

지난 일요일 규진이는 가족들이 없는 빈집에서 타이레놀 24알을 삼켰다. 다리에 깁스를 한 채 혼자 집 밖으로 나와 약국에 갔다고 했다. 원래 두 군데만 들리려고 했는데 스무 알로는 죽지 못할까 봐 겁나서 다른 약국에도 갔다고 했다. 왜? 위세척을 받고 응급실에서 깨어난 규진이는 대체 왜 그랬냐는 어머니의 질문에 죽으면 내일은 학교에 가지 않아도 되니까, 라고 대답했다. 며칠 전에 있었던 교통사고 역시 규진이가 일부러 차도에 뛰어든 거였다. 왜? 수련회에 가고 싶지 않아서. 그 애들과 같은 방을 쓰는 게 무서워서.

학교폭력은 5월부터 시작됐다. 규진이가 점심시간에 축구도 안 하고 혼자 자리에 앉아 연습장에 이상한 그림을 그리는 게 병신 같다는 게 괴롭힘의 이유였다. 그 애들은 끊임없이 돈을 가져오라고 시켰고 가져오지 못하면 때렸다. 그러나 실상은 돈을 가져와도 때렸고 심심해도 때렸다. 기분이 좋아서, 나빠서, 아침에 벌점을 받아서, 급식이 맛이 없어서, 시험을 못 봐서, 시험을 잘 봐서, 비가 와서, 비가 그쳐서, 날씨가 좋아서 때렸다. 교묘하게, 교복에 가려 어른들의 눈에 보이지 않는 부위만 골라서.

가해 학생의 핸드폰에는 화장실 구석에 아이를 몰아넣고 스스로 옷을 벗게끔 시킨 동영상이 있었다. 유성 매직으로 허벅지나 가슴팍에 낙서를 하고 킬킬거리는 동영상도 있었다. 성기 위에 치약을 짜고 그걸로 자위행위를 시키는 동영상도, 편의점에서 물건을 훔치도록 한 뒤 밖에서 유리창 너머로 그 모습을 구경하며 찍은 동영상도, 뺨을 맞을 때마다 "감사합니다, 오빠"라고 말하게 한 동영상도 있었다.

가해 학생들은 그걸 규진이도 있는 단체채팅방에 올려 공유했다. 누가 더 웃기고 기발한 동영상을 찍었는가를 두고 서로 경쟁했다. 이 모든 것이 아이들에겐 그냥 재미난 놀이였다. 동영상에서 제일 많이 나오는 말은 "야, 장난인데 왜 그래?"였다.

우산을 놓고 와서 지하철역까지 갔다가 다시 집으로 돌아온 어머니가 규진이를 발견했다. 책상 위에는 유서가 있었고 유서에는 '아무도 내 말은 믿지 않으니까 그 애들은 집이 잘 살아서 어떻게든 빠져나갈 테니까 내가 죽어서 증명해야겠다'고 쓰여 있었다. '귀신이 되어서 그 애들을 평생 괴롭히고 싶다'고, '아무리 괴롭히고 때려도 아무 말도 못 하는 병신 새끼니까 나는 이런 짓을 당해도 싸다'고 쓰여 있었다. 이 모든 게 너무 억울하다고, 자신은 절대로 도둑놈이 아니라고도 쓰여 있었다.

약을 먹기 직전 규진이는 경찰서에 전화를 걸어 자신을 괴롭힌 친구들의 이름을 모두 말했다. 총 다섯 명이었다. 학교에 경찰이 왔고 수진이는 서(署)에 가서 그 녹음을 규진이의 아버지와 같이 들었다.

"같은 반 애들입니까?"

규진이의 아버지가 수진이에게 물었고 수진이는 대답하지 못했다.

스물네 명의 반 아이들 중 1번부터 12번까지 절반이 남학생이었다. 그중 가해자가 다섯 명, 피해자가 한 명이었다. 다른 애들은 정말 몰랐을까? 아이스크림 하나에 행복해하는 반 아이들의 웃음소리가 수진이는 다 가짜 같았다.

"우리 규진이랑 다 같은 반 애들입니까?"

"……네."

고개를 들어 마주친 아이의 아버지는 울고 있었다.

우는 얼굴이 꼭 규진이와 닮아 있었다.

델마와 루이스? 매드맥스!

by. **블루스타킹**

이전 화랑 분위기를 좀 바꿔서 이번엔 영화 이야기를 해보자.

물론 내 인생 영화는 데미언 샤젤 감독의 「라라랜드」이지만 가장 여러 번 반복해서 본, 그래서 인물들의 대사를 처음부터 끝까지 줄줄 외우고 있는 영화는 리들리 스콧의 걸작 로드무비 「델마와 루이스」이다.

「메멘토」가 그러하고 「세일즈 맨의 죽음」이 그러하듯 「델마와 루이스」 역시 제목은 들어봤지만 제대로 본 사람은 별로 없는 명작인데 나는 이 영화를 열한 살 때 OCN에서 처음 봤다. 가족들이 모두 외출한 빈 집을 홀로 지키던 나는 심심함을 견디지 못하고 텔레비전을 켰는데 바로 그때 「델마와 루이스」가 나오고 있었다. 맨 첫 장면부터 본 게 아니라 이미 델마와 루이스의 여행이 시작된 무렵부터 보기 시작했지만 스토리를 따라가는 데에는 큰 문제가 없었다.

너무 어렸던 나는 왜 술집에서 만나 델마와 신나게 춤을 추던 남자가 주차장에 가자 전혀 다른 사람처럼 돌변했는지, 왜 루이스가 텍사스를 싫어하는지, 왜 카우보이라는 남자들은 우스꽝스러운 부츠와 모자를 쓰고 있는지 이해가 되지 않는 부분도 많았지만 맨 마지막 장면에 이르자 온몸에 소름이 쫙 돋았다.

엄청난 충격. 나는 이 영화에 대해 다른 사람들에게 떠들고 싶었지만 한낮, 어른들이 안 계신 빈집에서 혼자 본 영화의 화면 오른쪽 구석에는 '19'라는 숫자가 적혀 있었기에 나는 아무에게도 이 이야기를 하지 못하고 오랫동안 끙끙 앓았다.

교사가 된 후로 기말고사가 끝나고 방학을 기다리는 시기가 되면 아이들에게 영화를 틀어줄 때가 많은데 그놈의 '19' 때문에 나는 이 위대한 페미니즘 명작을 아이들에게 보여줄 수가 없었다.

세상 물정 모르는 의존적인 성향의 델마와 독립적이고 시니컬한 루이스, 두 여자의 우정과 성장. 거기에 지미, 제이디, 델마의 남편, 슬로컴 형사 등 남성 인물들의 캐릭터 역시 평면적이지 않다는 게 아이들에게 보여줄 만한 '교육용 영화'로 정말 딱이었다.

그러나 선생이 먼저 나서서 19금 영화를 틀어줄 순 없는 노릇이고 매번 「센과 치히로의 행방불명」, 「이웃집 토토로」 같은 아이들이 이미 본 지브리 스튜디오의 애니메이션만 틀어주기도 지겨웠던 어느 날 마침내 조지 밀러 감독의 「매드맥스」가 개봉했다.

이거다!

솔직히 예고편만 봤을 땐 별 기대가 없었지만 금발의 아름다운 미녀 배우 샤를리즈 테론이 반삭을 하고 나온다는 소식에 나는 극장에 갔다. 제발 또다시 여성 관객들을 농락하는 어쭙잖은 가짜 여성 서사가 아니길 빌면서.

나는 「매드맥스」를 극장에서 11번 봤다. 21세기에 개봉된 영화 중 가장 완벽한 영화, 「매드맥스」에 한줄평을 남기자면 나는 이렇게 쓸 것 같다.

다행히 이건 15세라 아이들도 같이 볼 수 있었고 예상대로 여학생들에 비해 집중력이 떨어지는 산만한 남자아이들 역시 몰입해서 영화를 관람했다.

퓨리오사, 임모탄의 다섯 아내들, 어머니의 우유를 만들기 위해 감금된 여성들은 모두 다 다른 여성들이고 임모탄의 다섯 아내들 역시 각자 성향과 캐릭터가 모두 다르다.

진취적인 여성이 있는가 하면 의존적인 여성도 있지만 각자 다 다른 위치에서 서로에게 영향을 주고받으며 성장해나가고 손을 잡고 연대하는 모습이 감동적이었다. 극장에서 이 영화를 봤을 때부터 나는 여자아이들이 꼭 「매드맥스」를 봤으면 좋겠다고 생각했다.

남성 캐릭터 역시 마찬가지. 시타델의 폭군인 임모탄 조와 그와 동맹을 맺은 식인종, 무기 농부 그리고 그를 따르는 워보이들과 눅스, 주인공인 맥스는 모두 다 다른 남성이다. 감금된 여성들이 우유를 짜내고 있는 초반부 장면에서 낄낄대던 남자애들도 영화가 진행되자 이야기 속에 빠져들기 시작했고 나는 '좋은 어른'이 사라진 이 사회에서 삶의 방향성을 잃은 그 아이들에게 본받을 만한 남성 롤모델을 제시해주고 싶었다.

맥스가 될 것인가, 임모탄 조가 될 것인가, 워보이가 될 것인가.

나는 모든 여자아이들이 커서 퓨리오사 같은 여성이 될 순 없다고 생각한다. 그건 어려운 일이다. 마찬가지로 모든 남자아이들이 커서 맥스 같은 남성이 된다는 건 어불성설이다.

그러나 「매드맥스」의 훌륭한 점은 여성과 남성이 반목하고 대립하는 장면만 보여주는 것이 아니라 여성과 남성이 손을 잡고 함께 문제를 해결해나가는 이야기를 적은 수의 대사와 멋진 액션 씬을 통해 우리 눈앞에 생생하게 보여준다는 점이다.

핵전쟁으로 망해버린 세상에서 아내와 아이, 경찰로서의 신념과 가치관을 모두 잃어버린 맥스는 오직 살아남기 위해 '생존'만을 제1의 가치로 내세우는 미친 맥스, 매드맥스가 된다. 그리고 그 미친 세상에서 가족을 잃고 시타델에 끌려온 퓨리오사는 '구원' 달리 말해 '속죄'를 원한다.

극심한 성별 대립으로 '페미니스트'가 욕이 되어버린 엉터리 같은 세상에 오랜만에 한 줄기 구원 같은 영화가 나왔다. 아직 안 보신 분들은 꼭 보길 추천드린다.

#08

강한 부정은
강한 긍정이다

12월, 올해도 다 갔다.

다행히 은혜 씨가 석 달 치 월세를 주고 가서 시간은 벌었지만 당장 다음 달 생활비가 문제였다. 은혜 씨가 사라지자 집 안 꼴은 엉망이 됐고 한나 씨는 아직 잡히지 않았으며 그날 이후 모친과도 미적지근한 연락이 드문드문 이어질 뿐, 화해는 아직이었다.

틈만 나면 SNS에 글을 올렸지만 어디까지나 관성적이었다. 겨우 문의가 한두 개 들어와서 기쁜 마음으로 인터뷰 약속을 잡으면 당일에 파투를 내고 나타나지 않는 사람이 많았다. 하하호호 잘 대화를 주고받다가 중간에 차단하고 사라지는 사람도 있었으며 인터뷰까지는 분위기가 좋다가 실제로 집을 본 뒤 마음을 바꾼 사람도 있었다. 거실에 TV, 소파가 없으면 집 같지가 않다는 게 이유였다. 사람은 이토록 다 달랐다.

카드값 결제일이 다가오자 수진이는 자존심을 내려놨다. 원룸에서 혼자 자취하거나 부모님과 함께 사는 데 불만이 많은 주변 지인들 위주로 전화를 돌렸다. 하지만 자취 경력이 긴 친구들은 짐이 너무 많아서 방 한 칸에는 살림이 다 안 들어갈 것 같다며 거절했고, 부모님과 함께 사는 친구들은 월세와 생활비를 든더니 생각을 좀 더 해보고 연락을 줘도 되겠냐고 한 뒤 두 번 다시 연락하지 않았다.

"원래 있던 사람들은 왜 나갔는데? 벌써 세 명이나 나갔어?"

정곡을 찌르는 질문에 잠깐 숨이 막혔지만 다른 세입자들도 인터뷰 때 물어본 질문이므로 답변하기 까다롭진 않았다. 수진이는 셋 중에 두 명은 공동생활 규칙을 지키지 않고 자꾸만 불화를 일으켜 쫓아냈다고 했고 다른 한 명은 운 좋게도 꿈에 그리던 해외 취업에 성공해서 방을 뺐다고 했다.

"해외 어디?"

수진이는 호주, 라고 대답했다. 자꾸자꾸 캐묻는 게 솔직히 기분이 좀 나빴지만 원래 그런 애였으므로 굳이 티를 내진 않았다.

어떤 친구는 여성 쉐어하우스라면 지금 사는 원룸을 정리하고 들어가도 괜찮을 것 같지만 자신은 비혼주의자가 아니라서 안 될 것 같다고 했고 또 어떤 친구는 결혼을 안 하거나 혹은 못 하게 되더라도 연애는 계속할 거라서 자기는 자격이 안 될 것 같다고 했다.

　그놈의 남자. 남자. 남자.

　수진이는 그런 친구들이 꼭 연애가 잘 안 풀릴 때마다 카카오톡의 배경음악을 '남자 없이 잘 살아'로 바꾸던 게 기억이 났다. 거짓말쟁이들.

　여기저기 종일 전화를 돌리던 수진이는 정말 이번이 마지막이라는 심정으로 한 친구에게 전화를 걸었고 설명을 오 분쯤 듣던 고등학교 친구는 대뜸 자기가 실은 내년 3월에 결혼한다며, 아직 상견례 전이니 다른 애들한테는 말하지 말아달라는 소리를 해왔다.

　"너 남자 친구 없잖아?"

　"얼마 전에 소개팅했어. 나도 이제 슬슬 가야지."

　그러더니 친구는 어쩌다 비혼주의자였던 자신이 결혼을 결심하게 됐는지 묻지도 않은 사연을 수진이에게 털어놓았다.

　작년에 아버지가 돌아가셨을 때 처음으로 상주(喪主) 노릇을 하면서 느낀 건데 배우자와 자녀가 있는 오빠가 그렇게 부러울 수가 없었다는 거였다. 아버지 관을 운구할 때 오빠와 사촌 오빠들, 나이 든 삼촌과 고모부들만 관을 드는 게 아니라 자기 남편도 그사이에 껴 있었으면 좋겠다고. 힘든 일이 생겼을 때 자기 일처럼 슬퍼하고 도와주는 건 이 세상에 가족밖에 없다고, 친구는 못 본 새 열렬한 가족 지상주의자가 되어 있었다.

"어 그래. 알겠어."

통화를 끊은 뒤에야 수진이는 친구한테 결혼 축하한다는 말을 남기지 않은 것을 깨달았다.

부동산 중개 어플과 중고거래 어플, 인근에 있는 대학교 커뮤니티에까지 글을 올렸으나 별다른 성과는 없었고 그날 이후로 은혜 씨에게서는 단 한 통의 연락도 없었다.

'잘 살고 있을까?'

잠들기 전이면 수진이는 나간 세 사람의 카카오톡 프로필과 배경 사진, 상태 메시지, SNS를 염탐했다. 일종의 루틴이었다. 승은과 한나 씨는 수진이를 차단한 것도 모자라 프로필도 볼 수 없도록 설정을 해놔서 수진이는 안 쓰는 공기계로 연락처를 검색해 두 사람의 계정을 찾아냈다. 수백 장이 넘어가는 배경 사진과 프로필 사진, 상태 메시지의 변화를 수진이는 한 장 한 장 캡처까지 해서 갤러리에 저장했고 자기 전이면 그것들을 하나하나 다시 보며 잠이 오기를 기다렸다. 그래야 잠들 수 있었다.

소희의 SNS도 알아냈다. 수진이는 SNS 별로 오직 남의 게시물을 몰래 보는 용도의 계정이 따로 있었다. 수진이는 유령 계정으로 소희의 인스타그램과 카카오톡 사진들을 구경했다. 소희의 인스타그램은 비공개 계정이었지만 팔로우만 하면 그냥 받아주는 것 같았다.

박소희.

2학년 때 소희는 17번이었고 배 씨인 수진이는 그보다 좀 뒤인 20번이었다. 3학년 때는 소희가 16번, 수진이가 20번. 고2 때도 고3 때도 소희는 책상 위에 엎어져 종일 잠만 자는 아이였다. 친하게 지내는 친구 무리도 겹치지 않았으며 소희가 공부를 지지리도 못하는 바람에 수준별 이동 수업을 하는 영어와 수학 시간에는 아예 만날 수 없었다. 2년 동안 같은 반이었음에도 둘은 말 한번 제대로 섞어보지 못하고 졸업을 했다. 그리곤 소식이 끊겼다.

예체능반 학생들을 제외하고는 고3 때는 전부 야자가 의무였는데 야간자율학습 시간에 하나둘 아이들이 병든 닭처럼 책상 위에 엎어져도 수진이는 묵묵히 샤프로 허벅지를 찔러가며 공부를 했다. 8월이 되자 교실 안에 있는 서른 명이 넘는 학생 중 오직 수진이만 깨어 있고 나머지는 다 잠들어 있던 적도 있었다.

그때의 쾌감이란.

수진이는 제대로 노력도 하지 않으면서 세상 탓, 부모 탓, 남 탓만 하는 애들이 한심했다.

물론 1등은 따로 있었고 수진이는 반에서 2~3등 정도였지만 그 애는 머리가 워낙 좋아서 질투도 나지 않았다. 재능에선 밀렸을지 몰라도 노력에선 수진이가 늘 우위였으므로 인생이라는 긴 레이스에서 장기적으론 수진이가 그 애를 앞지를 수 있을 거라고 믿었다.

수진이가 관찰하는 대상은 1등이 아니라 학교 전체에서 가장 예쁜 애로 꼽히는 소희였다. 수진이는 항상 소희를 보았다. 체육 시간에도 음악 시간에도 미술 시간에도, 급식실에서 친구들과 떠들며 급식을 먹거나 등하굣길에 만나 우연히 몇 걸음 떨어진 채 걸어갈 때도 수진이는 늘 소희를 보았으나, 소희는 단 한 번도 그런 수진이를 보지 않았다.

자존심이 상하기도 했지만 그런 불균형이 수진이는 도리어 안심이 되기도 했다.

인스타그램 속의 소희는 무척이나 행복해 보였다.

×××

그날 이후 민규와의 사이는 다시 냉전이었다. 자존심이 상했는지 민규는 손끝 하나 건드리지 않았고 덕분에 소희는 산모에게 가장 중요한 마음의 안정을 조금이나마 되찾을 수 있었다. 14주 차. 아이가 커가는 만큼 입덧도 점점 심해져서 먹을 수 있는 음식은 향이 거의 없는 차가운 바닐라 아이스크림뿐이었다. 하루에 필요한 모든 칼로리를 오직 바닐라 아이스크림을 통해서만 섭취하면서도 소희는 민규가 출근하면 빨래를 하고 설거지를 하고 청소기를 돌렸다.

신혼 시절부터 민규는 아내에게 삐쳤을 때마다 일부러 변기에 오줌을 잔뜩 튀겨놓고 보란 듯이 그걸 그대로 두곤 했는데 정색하고 화를 내도 그때뿐, 오히려 민규는 남편이 더럽냐고 큰소리를 쳤다.

무릎을 꿇은 채 마스크를 끼고 락스 희석한 물에 솔을 적셔서 지린내 나는 안방 변기를 박박 닦으면서도 소희는 민규에게 말을 걸지 않았다. 성인 남성에게 유치원생에게나 할 법한 말을 하는 것도 웃겼다. 곧 서른네 살이 되는 동갑내기 남편에게 소희가 대체 뭐라고 말을 하겠는가? 오줌 좀 똑바로 싸라고? 소희는 민규의 아내이지 엄마가 아니었다.

소희는 민규가 더 잘못하도록 내버려두었다. 잔소리는 한 마디도 하지 않았다. 두 사람은 사이가 틀어진 직장 동료처럼 최소한의 필요한 말만 하면서 한 공간을 공유했다. 소희는 이전과 변함없이 민규의 와이셔츠를 다리고 양말과 넥타이를 꺼내 침대 위에 올려놨지만, 이따 오후에 비가 온다고 했으니 우산을 챙기라는 말은 하지 않는 아내가 되어갔다.

예정일은 7월 1일이었다. 남자애였다. 산만한 아들보다는 딸이 예쁜 짓도 더 많이 하고 키우기도 쉽다는 걸 알아 늘 딸을 가지길 바랐지만 그건 인력(人力)으로 할 수 있는 일이 아니었다. 민규 같은 남자에게 딸이 생기는 것보단 아들이 낫다고 소희는 진심으로 생각했다.

그러자 이번엔 또 다른 고민거리가 생겼는데 배 속 아이가 자기 아빠를 똑 닮은 사내로 크면 어떡하냐는 거였다. 그 지독한 시아버지가 장손에게 보일 집착도 두렵긴 마찬가지였다.

그 시각, 소희도 인스타그램에 접속해 있었다. 최근에는 게시글을 올린 적이 없었지만 아래로 계속 내려가면 신혼 초기, 허니문, 결혼식 당일, 결혼 준비 과정, 스튜어디스 시절로 시간여행을 떠날 수 있었다. 뭐가 그렇게 즐거웠을까. 소희는 스키장의 하얀 설원을 배경으로 친구들과 함께 활짝 웃고 있는 자신의 사진을 발견했다.

소희는 중학교 교사인 수진이를 생각했다. 여자가 남자한테 기대지 않고 아이를 길러내기엔 교사만큼 좋은 직업이 없는 것 같았다. 월급은 좀 적지만 육아휴직도 잘되어 있고 방학이 있고 정년이 보장되며 퇴직 후에는 연금도 나온다는 게 매력적이었다. 왜 교사인 수진이가 결혼도 하지 않고 그 큰 집에 월세로 들어와서 다른 여자들과 같이 사는지는 모르겠지만 소희는 어디에 메인 것 없이 자유롭고 당당한 수진이의 삶이 부럽기도 했다.

다시 돌아간다고 해도 결국 민규를 고르거나 민규 비슷한 다른 남자를 고르겠지만.

소희는 오랜만에 화장을 하고 머리를 만졌다. 냄새를 맡을 때마다 구역질이 올라왔지만 민규가 좋아하는 자기 아빠표 반찬과 사골국도 꺼내 녹이고 볶고 끓여서 한 상을 차렸다. 밥그릇에 흰쌀밥을 소담히 담고 그 위에 반숙 후라이를 올린 뒤 케첩으로 하트도 그렸다.

VIP 노래방

소희는 그 라이터를 민규가 안방 화장실 수납장에 숨겨둔 멘솔 담뱃갑 안에 넣어둔 참이었다. 남편은 아직 눈치채진 못한 것 같지만 보든 말든 이제 소희랑은 상관없었다.

민규가 돌아왔다. 소희는 예의 그 스튜어디스다운 미소를 활짝 지으며 퍼스트 클래스에 올라탄 VIP 승객을 대하듯 현관으로 직접 달려가 남편을 맞이했다.

"왔어요? 차 많이 안 막혔어? 얼른 손만 씻고 와 오빠. 밥 해놨어."

"어? 어……. 알겠어."

처음엔 경계하던 민규도 아내가 헤헤거리며 웃고 다정하게 말을 걸며 밥그릇 위에 반찬을 덜어주자 쉽게 마음을 풀었다. 특히 ♡가 그려져 있는 계란후라이를 보더니 입이 찢어지도록 웃으면서 핸드폰으로 사진을 찍었다.

"너무 맛있다. 그치?"

"응. 난 진짜 복 받은 놈이라니까."

저녁 식탁을 치운 뒤 와이셔츠 차림의 민규는 오랜만에 고무장갑을 끼고 설거지를 했다. 신혼 때 한두 번 한 후로는 처음이었다. 옆에서 소희가 같이 돕겠다고 하자 공주님은 아무것도 하지 말고 소파에 가서 편히 TV를 보고 있으시라고 했다. 앞에선 키득키득 웃었지만 뒤돌자마자 소희의 표정은 싸늘하게 굳었다. 웃기지도 않는데 웃느라 얼굴이 마비될 지경이었다.

"이것 좀 봐봐."

소희는 설거지하고 온 민규의 손에 핸드크림을 발라준 뒤 오늘 찍은 초음파 사진을 그에게 보여줬다. 30초가 넘도록 민규는 아무 말도 하지 못했다. 멍하니 서 있던 민규는 이내 닭똥 같은 눈물을 뚝뚝 흘리며 흐느끼기 시작했다.

우는 남자는 정말 최악이었다. 소희는 남자가 울거나 약해지는 모습을 보일 때 모성애를 느낀다는 미친 여자들과는 친하게 지내지 않았다. 세상에는 우는 남자도 많고 미친 여자도 많았다. 인생의 매 순간이 지뢰밭이었다.

"내가 진짜 나쁜 놈이야……. 내가 멍청한 새끼야 소희야……."

그리고 민규는 주먹으로 자기 머리통을 때리는 시늉을 하며 소파에 앉아 있는 소희의 앞에 무릎을 꿇고 기어와 치마폭에 얼굴을 묻었다. 절절한 용서의 제스처를 보면서도 소희는 새치가 많이 난 민규의 뒤통수가 꼴 보기 싫을 뿐 아무 감흥도 없었다.

좀 씻었으면 좋겠는데.

일하고 온 민규에게서는 좋지 못한 냄새가 났다. 담배 냄새와 땀 냄새 그리고 종일 구두 속에 갇혀 있던 발 냄새와 방금 먹은 시아버지 표 반찬 냄새. 그러나 인내심이 강한 소희는 찬찬히 그의 머리통을 쓰다듬으면서 머리채를 잡아당겨 그가 자신의 얼굴을 올려다보도록 했다. 오빠, 부탁이 있어. 들어줄 거지? 뭔데? 말만 해 소희야.

"이 집에 너네 부모님 못 오게 해."

민규는 무엇이든 말하라며 고개부터 끄덕이고 있었다. 아내의 말이 끝나자 잠깐 꿈에서 깬 표정을 지었지만 소희가 우욱, 하며 입덧을 하는 시늉을 하자 다시 절절매는 똥개 새끼로 돌아와 꼭 그렇게 하겠다고, 절대 이 집에 못 오시게 하겠다고 다짐을 했다.

남편의 호언장담을 믿지는 않지만 경고해둘 필요는 있었다. 남자란 하여튼 귀찮은 기계였다. 여자가 남자와 같이 살기 위해서는 자신이 주문한 기계의 작동법과 원리, 고장 시 대처법을 숙지하고 있어야 했다. A/S는 없었다. 반품도 환불도 무단투기도 불가능했다.

그날 전전긍긍하는 민규를 문밖에 세워놓은 채 밤새 속을 게워내면서 소희는 난생처음 시아버지에게 짜릿한 승리감을 맛보았다.

×××

학폭위는 느리게 진행됐다. 가해 학생 다섯 명 중 누가 주동자고 누가 단순 가담자인지를 두고 이야기가 길어졌다. 주동과 단순 가담을 가를 필요도 없이 모두 죄질이 나빴지만 그 아이들의 부모님들은 짜온 것처럼 모두 똑같은 말을 했다.

우리 애는 원래 착한 애인데 친구를 잘못 사귀어서 나쁜 물이 들었다고, 억울하다고.

수진이는 규진이의 담임이기도 했지만 그 아이들의 담임이기도 했다. 학부모들은 밤이고 낮이고 가리지 않고 전화를 걸어 진행 상황을 알려달라고 했다. 피해 학생의 부모와 다시 한번 자리를 만들어달라고도 했고 규진이란 아이를 직접 볼 수 있게 해달라고도 했으며 변호사에게 조언을 구했는지 같은 반 친구들에게 탄원서를 받을 수 있게 해달라고도 하는 부모님도 계셨다.

"그림 그리는 거 좋아한다면서요? 친구도 별로 없고. 그런 애들이 원래 성정이 좀 예민하고 까탈스럽고 그렇잖아요. 여성스럽다고 해야 하나? 안 그래요, 선생님?"

수진이는 어머님, 아버님께서 자꾸 그런 말씀을 하실수록 아이에게 불리하다고 차근차근 설명했다. 학폭위에서는 '고의성, 지속성, 심각성, 가해 학생의 반성 정도, 피해 학생과의 화해 정도' 총 다섯 가지를 따져서 1호부터 9호까지 징계를 내리는데 화해할 의사가 전혀 없다 하니 최소한 반성하는 모습이라도 보여주셔야 한다고. 그래야 아이가 산다고.

중학교는 의무교육이라 퇴학이 불가능해서 8호 처분이 가장 수위가 높은 징계였다. 질질 끌어봤자 결국 다섯 명 다 8호, 강제전학 처분이 뜰 거란 걸 알았지만 수진이는 그 말은 하지 않았다. 비굴한 얼굴로 간절히 두 손을 맞잡아 오는 아이들의 부모에게 그 말은 차마 할 수 없었다.

어디서 말이 샜는지 그사이 기자들이 몇 번 다녀갔고 포털에 학교 이름을 검색하면 학교 이니셜과 지역명이 포함된 기사가 대문짝만하게 떴다.

"절대 아닙니다! 저희 학교 이야기가 아니라니까요, 글쎄. 아니라고요! 절대!"

기자들과 방송국 작가들, 학부모들이 돌아가며 교무실에 전화했고 하루 왼종일 교감은 아니라는 말만, 절대 아니라는 말만 되풀이했다.

그즈음 수진의 모친은 오랜만에 딸에게 전화를 걸어왔다.

"응. 딸, 지금 바빠?"

"아니. 왜."

다정하게 전화를 받자는 다짐도 잠시 수진이의 입에선 퉁명스러운 목소리가 튀어 나갔다.

엄마는 반찬은 잘 먹었는지, 국은 안 짰는지, 요즘 들어 자꾸 음식 간이 짜진다고 너네 아빠가 타박한다며 밥을 확 굶겨야 정신을 차리지 정말 서러워 죽겠다는 소리를 했다. 그러다 대화 화제는 갑자기 튀어 옆집 누구 엄마 허리 수술한 일과 요번에 친할머니 제사상 차리는데 새언니가 그날 야간 근무라 그냥 혼자 했다는 일, 이 댁 동서들은 불러 봤자 그냥 대충 마트에서 사서 하지 뭐 하러 번거롭게 전까지 부치냐는 소리나 해대는 요즘 것들이라 그냥 부르지도 않았다는 이야기를 해댔다.

요새 누가 제사를 지내냐고 죽은 귀신 밥 먹이자고 산 사람들, 그것도 살아있는 애먼 남의 집 딸들만 고생하는 게 말이 되냐며 그냥 우리 집도 제사 지내지 말고 명절 때 성묘나 가자고 수진이는 거지 적선하듯 한 번 맞장구를 쳐줬고 엄마는 그 반응에 신이 나서 다시 또 요즘 것들인 딸을 타박했다. 그런 소리 하면 죄받으니 절대 입에 담지도 말라는 거였다. 뭐니 뭐니 해도 조상신이 제일로 센 걸 모르냐면서 어차피 자기도 딱 3주기까지만 하고 관둘 생각이라고 했다.

"그래도 그 늙은이 불쌍하잖아. 아들만 셋인데 삼년상도 못 받아먹으면. 으이구. 진짜 지긋지긋 독사 같은 양반이었는데 그래도 이런 거 보면 엄만 짠해."

"엄마 죽으면 엄마 며느리가 삼년상 해줄 것 같아?"

"걔네 집은 완전 예수쟁이잖아. 암만 그래도 그렇지 남의 집 문상 가서 절도 안 한다고 안 그래도 너네 고모들이랑 사람들이 뒤에서 다 욕하잖니? 걔네 집은 어떻게 그런 것 하나 안 가르쳐서 남의 집에 시집을 보내니? 진짜 알 수가 없다. 세상이 어찌 돌아가는지.”

엄마도 어쩔 수 없는 시어머니였다. 며느리 욕을 할 때 엄마는 가장 활기차졌다. 자기 아들보다 며느리가 훨씬 잘나고 똑똑하고 돈도 잘 번다는 사실이 모친의 콤플렉스를 자극한 게 아닐까 수진이는 추측했다. 어떻게든 트집을 잡고 깎아내려 며느리를 자기 아들과 비슷하거나 아들보다 모자란 여자로 만들어야 마침내 엄마는 안심할 수 있는 것이다.

불쌍한 나의 어머니.

자기도 새언니와 똑같은 예수쟁이면서 제사상을 차리고 음복을 하고 절을 하는데 아무 거리낌 없는 엄마의 정신적, 종교적 양다리가 수진이는 늘 신기했다.

조상신 이야기를 지나 이제 엄마는 부처님의 영험함에 대해 떠들었다. 자신이 매일 절에 가서 3000배를 하고 불공을 드렸기에 수진이 네가 겨우 재수만 하고 그 어려운 임용고시에 딱, 붙은 거라고.

딸이 전화를 안 받은 몇 달 동안 할 이야기가 몹시도 속에 쌓였는지 엄마는 입을 쉬질 않았다. 귀에 대고 있는 핸드폰이 점점 뜨거워졌다. 퇴근 후 집에 와서까지 남은 업무를 하던 수진이는 슬슬 피곤했다. 그만 자고 싶었다.

"알겠어. 근데 왜 전화했어? 용건이 뭐야?"

"아 그게."

그리고 엄마는 뜸을 들였다. 엄마가 이럴 때마다 수진이는 불안했다. 수진이는 티슈 한 장을 길게 세로로 찢으며 뱃속에서 요동치는 불안과 초조를 달랬다.

"수진아. 아빠가 준 7천만 원 있잖니? 너 지금 살고 있는 집 전세에서 월세로 바꾸고 7천만 원 잠깐 빌려주면 안 될까?"

"무슨 소리야? 왜? 배수형이 돈 달래? 또?"

모친에게 어이없게 집 주소를 들킨 뒤 수진이는 지금 집이 14평짜리로 제일 작은 평수이며 아는 분 집이라 특별히 싸게 1억에 전세로 들어왔다고 대충 둘러둔 터였다.

반발이 거세자 어머니는 차근차근 수진이를 설득하기 시작했다. 너희 오빠와 새언니가 결혼할 때 한 푼도 보태주지 않고 다 자기들 힘으로 시작한 걸 너도 알지 않냐며, 근데 새언니가 얼마 전에 임신했고 하필 또 내년에 전세가 끝나서 이사를 가야 하는데 일산도 전셋값이 난리라는 거였다. 그니까 아빠한테 받은 7천만 원을 곧 아기가 태어날 세 식구에게 주고 부모님 집으로 다시 들어오던지, 아니면 보증금 3천에 한

50짜리 월세를 구하면 월세는 부모님이 책임지고 다 내줄 테니 그렇게 하든지.

"내 월세 그걸 왜 엄마 아빠가 책임져? 내려면 배수형 그 새끼가 내야지?"

"제발 말 좀 곱게 해라. 수진아. 선생이라는 애가 오빠한테 새끼가 뭐야? 새끼가? 이제 곧 아빠 될 사람인데? 엄마 아빠 돈 쓰는 게 그렇게 싫으면 그냥 집에 들어와. 엄마 네 방 그대로 뒀어. 맨날 청소해서 오늘 바로 들어와도 돼. 수진이 너 없으니까 우리도 심심하고 적적하고…… 늙은이 둘이서 집구석에서 종일 뭐 하겠니? 서로 얼굴만 보고."

어이가 없었다. 치사하게 줬다 뺐다니.

엄마는 한참 수진이가 아무 말이 없자 7천만 원 그거 잠깐만 오빠에게 빌려주고 너 시집갈 때 확실히 돌려줄 테니까 돈 걱정은 하지 말라고 했다. 헛소리. 20년 넘게 다닌 대기업을 정년퇴직 한 수진의 아버지는 곧바로 중소기업에 고문으로 재취업하셨지만 나중 일이 어떻게 될진 누구도 장담할 수 없었다. 그리고 그때쯤이면 분명 또 배수형은 둘째가 생겼다, 뭐가 생겼다 하며 집에다 손을 벌릴 게 뻔했다.

섹스한 게 자랑인가? 피임도 안 하고? 간호사라며? 생각이 있는 거야, 없는 거야? 한 놈이 정신 빠져 있으면 최소한 남은 한 사람은 정신 차리고 살아야 하는 거 아닌가? 어떻게 살 생각인 거지? 돈이 모자라면 집을 줄여서 가거나 대출을 받으면 될 텐데 왜? 대체 왜?

내가 왜?

수진이는 모친의 귀에다 대고 집도 절도 없는 주제에 오빠와 새언니가 마구 섹스해댄 건 내 알 바 아니니 나는 책임질 이유가 조금도 없다고 또박또박 말하고 싶었다. 원래 살던 용인집으로도 안 돌아갈 거고 월세살이도 하지 않을 거라고. 이 돈은 내 돈이라고. 준 걸 도로 토해내라는 게 대체 말이 되냐고. 내가 왜 그래야 하냐고.

그놈의 이해와 양보는 어째서 늘 나의 몫이냐고.

그러나 자식이 부모한테 할 소린 아니었고 무엇보다 이 상황은 엄마의 탓도 아니었다. 수진이는 엄마가 결국 이런 아쉬운 소리를 하기 위해 바리바리 반찬을 싸 들고 왔나, 의심이 들었다. 어머니들은 늘 본인의 희생을 무기 삼아 자식들을 마음대로 휘둘렀으니까.

'너희들은 엄마한테 고마워해야 해. 엄마가 너희들을 위해 평생 희생해왔으니까. 그러니까 엄마 말에 무조건 복종해야 해. 다시는 엄마를 슬프거나 섭섭하게 만들지 마.'

그리고 이 끔찍한 메시지를 평생에 걸쳐 내면화하는 사람은 언제나 아들이 아니라 딸이었다.

잠시나마 엄마를 불쌍해한 자신이 병신 같았다.

생각해보고 연락을 줄 테니 제발 당분간 전화하지 말라고, 수진이는 겨우 그런 말을 할 수 있을 뿐이었다.

×××

규진이가 학교에 안 나온 지 보름쯤 됐다. 학폭위는 끝났다. 다섯 명 모두 2학기 종업식과 동시에 다 다른 학교로 뿔뿔이 흩어질 예정이었다. 수진이는 교감쌤과 문병을 갔을 때 규진이를 딱 한 번 보았다. 몹시도 수척할 거라고 생각했는데 학교를 안 나가는 것만으로 아이는 한결 얼굴이 괜찮아 보였다.

그런 일을 반년 넘도록 당하면서 어째서 주변의 어른에게 단 한마디도 하지 않았는지 수진이는 궁금했다.

내가 자기 말을 믿어주지 않을 것 같아서? 그 생각만 하면 수진이는 씁쓸해졌다. 사는 게 매가리가 없고 시들시들해졌다.

그러나 그와 관계없이 규진이네 부모님은 아이가 전학을 원한다며 필요한 서류에 대해 문의해왔다.

"어머니. 피해자가 전학을 왜 가나요? 가도 가해자들이 가야죠. 가해 학생들은 앞으로 며칠만 학교에 나오면 이제 두 번 다시는 규진이 곁에 얼씬도 못 할 거예요. 제가 그건 보장 하겠습니다."

"잠시만요. 우리 애가 바꿔 달라네요. 자, 규진아. 담임선생 님이셔."

"선생님 전데요."

수화기 건너편에 규진이가 있었다. 그 사건 이후로 수진이 는 규진이와 단둘이 대화를 한 적이 한 번도 없었다. 당장 규 진이에게 하고 싶은 말이, 그리고 해야 할 말이 너무도 많았 지만 수진이는 입을 다물고 우선 규진이가 하는 말에 귀를 기 울였다.

통화는 금방 끝났다.

규진이는 피해자가 어쩌고 가해자가 어쩌고는 관심 없다고 했다. 아무도 자기를 모르는 곳에서 새롭게 시작하고 싶다고 했다.

23일엔 규진이가 학교에 왔다. 규진이는 2학년 2학기 기말 고사를 보지 않았다. 사복 차림의 규진이는 어머니와 함께 교 실에 들어와 사물함에서 교과서와 물건들을 챙겼다. 시험이 끝나고 종일 학교에서 영화만 보던 아이들은 흘끔흘끔 규진 이를 쳐다볼 뿐 먼저 다가가 말을 걸지는 못했다. 다행히 수진이 담당인 문학 시간이었고 수진이는 잠시 「센과 치히로의 행방불명」을 멈춘 뒤 불을 켜고 규진이가 전학을 가게 됐으니 마지막으로 다 같이 인사를 하자고 했다. 애들은 사물함 옆에 멀뚱히 상자를 들고 서 있는 규진이에게 '잘 가', '잘 살아' 그런 말을 했고 규진이는 대답 없이 씩 웃더니 어머니와 함께 교실을 나섰다.

수진이는 두 모자의 뒤를 따라 주차장까지 내려갔다. 주차장에는 교감 선생님과 학생 주임 선생님까지 나와 계셨다.

수진이네 반에서는 같은 반에 전학을 가는 아이가 생기면 반 친구들이 마지막 날 롤링페이퍼를 적어 주곤 했다. 규진이의 것도 우선 만들긴 했지만 그걸 규진이에게 줘도 될지, 이곳에서 있었던 일들을 잊으려 하는 아이에게 그걸 주는 게 맞는 건지 확신할 수 없었다.

고민 끝에 수진이는 조수석에 먼저 올라탄 규진이를 바라보다가 가까이 다가가 창문을 똑똑, 두드렸다.

"저기 이거. 반 애들이 썼어. 규진이 너 전학 간다고 하니까……."

수진이는 살짝 내려간 차창 틈으로 코팅한 연노란색 롤링페이퍼를 집어넣었다.

규진이는 그걸 물끄러미 바라보더니 자기 무릎 위에 올려둔 상자를 뒤져 맨 아래에서 낡은 연습장 한 권을 꺼내 역시 차창 틈으로 수진이에게 건넸다.

"거기 선생님도 나와요."

그리고 규진이가 탄 자동차는 교문을 빠져나갔다.

'우리 반'

연습장 겉장에는 검은색 매직으로 우리 반, 이라고만 적혀 있었다. 선생님들이 모두 퇴근한 뒤 수진이는 조용한 교무실에 앉아 규진이가 주고 간 연습장을 펼쳐보았다. 우리 학교 선생님들과 우리 반 아이들이 등장하는 4컷 만화였다.

×××

연말은 조용히 지나갔다. 12월 25일에는 고교 동창의 결혼식에 참석했다. 공교롭게도 5월에 다인 쌤이 식을 올린 청담동의 그 웨딩홀이었다. 졸업할 때까지 단 한 번도 수진이에게 반 1등 자리를 내주지 않던 반장은 렌즈를 끼고 두꺼운 신부 화장을 하고 신부대기실에 앉아 어색하게 웃고 있었다.

"나 좀 이상하지?"

"아니. 이쁘다."

늘 안경을 끼고 교정기를 하고 있던 모습만 봤던 터라 수진이는 그 얼굴이 낯설었다. 신랑은 같은 회사 사람이라고 했다. 크리스마스에 결혼하다니. 반장 결혼기념일은 영원히 못 잊을 것 같다고 친구들은 고등학교 때로 돌아간 것처럼 소곤소곤 떠들었다.

축가는 신랑 친구들이 아니라 신랑이 직접 불렀는데 한동근의 「그대라는 사치」였다. 삑사리가 난무하는 1절이 끝나고 2절이 돼서야 신랑은 안정을 찾았다. 여기저기서 폭죽처럼 터지는 하객들의 웃음소리를 들으며 수진이는 부동산과 집주인에게 각각 문자를 남겼다.

식이 끝나고 뷔페를 먹고 있는데 핸드폰이 울렸다. 부동산이었다. 부동산에서는 8개월밖에 안 살았는데 지금 방을 빼려면 남은 4개월 치 세를 내거나 아니면 다른 세입자가 들어올 때까진 기다려야 한다고 했다. 수진이는 집주인이랑 이야기해보겠다고 하곤 전화를 끊었다.

친구들은 반장이 입은 웨딩드레스와 신랑의 키를 두고 수다를 떨며 깐풍기와 볶음밥, 탕수육과 광어 초밥을 먹었다. 그리곤 하늘색 원피스로 갈아입은 반장이 남편의 팔짱을 끼고 식당 안의 테이블을 돌며 하객들에게 인사를 하자 친구들은 너무 이쁘다고, 잘 살라는 소리를 했다.

나가서 커피라도 마시자는 친구들을 두고 수진이는 집으로 돌아왔다. 마음을 먹고 나니까 괜히 더 뜸을 들이고 싶지 않았다.

남희 씨에게는 어제저녁 같이 치킨을 시켜 먹으면서 이야기를 끝냈다. 새로 들어올 사람이 구해지지도 않고 또 집에도 일이 생겨서 여기 보증금을 빼서 집세가 더 싼 곳으로 이사 가야 할 것 같다고.

치킨에도 와인이 어울릴지는 잘 모르겠다며 신나서 와인을 들고 온 남희 씨는 잠시 아무 말이 없었다. 수진이가 대신 와인을 따서 잔에 따라주려고 하자 남희 씨는 괜찮다고 하더니 오늘은 콜라가 낫겠다고 했다. 안 그래도 그동안 너무 많이 마신 것 같다고.

"그 집에서는 혼자 사시려는 거죠?"

닭다리를 한 개씩 나눠 먹고 있는데 입술에 닭기름을 잔뜩 묻힌 남희 씨가 물어왔다. 수진이는 그렇다고 했다. 시간이 더 흐르면 그땐 어떻게 될지 모르겠지만 아마 당분간은 혼자서 살 것 같다고.

"언제까지 방을 빼면 되나요? 전?"

"남희 씨도 집 구하시는 데 시간이 걸릴 테니까. 우선 1월까지는 지내실 수 있게 이야기해볼게요. 오늘 시간이 늦어서 아직 집주인한테는 말을 안 했어요."

"수진 씨는 어디로 이사 가시나요? 부모님 집으로 다시 들어가시나요?"

"아니요. 아니 그게…… 실은 저도 잘 모르겠어요."

재활용센터를 불러 거실과 다른 방에 있는 가구를 수거해 가게 했다. 거실 한복판에 놓여 있는 테이블이 아쉽긴 했지만 7평짜리 작은 원룸에서 그 큰 걸 머리 위에 이고 지고 살 수도 없는 노릇이었다. 은혜 씨 방과 안방, 부엌, 거실 순으로 차례차례 짐이 빠져나갔고 맨 마지막에 테이블 상단과 다리를 분리한 북미산 8인용 떡갈나무 테이블이 이 집을 떠나갔다.

"조심해 주세요. 안 다치게."

"네, 사모님."

남희 씨는 그럼 자기 방에 있는 가구들도 내일 빼는 거냐고 물었다. 수진이는 고개를 저었다. 남희 씨도 집을 구할 때까진 여기서 생활하셔야 하니까 다른 방 가구만 빼는 거라고. 콜라로 목을 축인 남희 씨는 그럼 혹시 지금 자기 방에 있는 가구들을 자기가 이사 가서 써도 되겠냐고 했다.

"가능은 한데…… 남희 씨 근데 그게 이케아 거라 아마 용달비가 더 들 거예요."

"괜찮아요. 와! 수진 씨 제 방 가구들 얼마에 저한테 파실래요?"

"뭘 팔아요. 그냥 남희 씨 독립 선물로 드릴게요."

재활용센터 사람들이 돌아가고 수진이는 빈집에 청소기를 한 번 돌렸다. 그리고 짐을 쌌다. 오늘의 집을 수백 번 들락날락하며 고른 침대와 책상, 거실 한쪽 벽에 있던 작은 원목 책장 하나, 8인용 식기 세트와 주방용품이 수진이가 가져갈 짐의 전부였다.

식기류를 정리하며 당분간 남희 씨가 쓸 것과 가져갈 만한 것을 따로 빼놓고 있는데 전화가 왔다. 경찰서였다. 한나 씨가 잡혔는데 정황상 증거와 CCTV 화면을 다 보여줘도 자기는 그런 적 없다는 말만 반복한다는 거였다. 수진이는 덤덤하게 그러냐고 했다.

"절도죄는 형사죠? 저 합의 안 할게요."

"네?"

"합의 안 한다고요. 내일까지 천만 원 입금하든지 아니면 빨간 줄 긋든지 결정하시라고. 그렇게 좀 전해주시겠어요?"

그리고 수진이는 전화를 뚝 끊어버렸다. 천만 원도 너무 싼 것 같았다. 이천은 부를걸. 노끈으로 거실 책장에 꽂혀 있는 책을 한 무더기씩 묶고 있는데 소희에게서도 연락이 왔다. 그 집 천장에 또 물이 새냐는 거였다. 수진이는 그건 아니라고 했다. 그럼 왜?

"음, 그냥? 아 맞다. 남은 월세 그거 다 내면 보증금 바로 돌려줄 수 있어? 월세는 네가 알아서 보증금에서 까줘."

"좀 걸려. 한 일주일쯤? 근데 왜? 너 돈 급하니?"

"응. 그럼 나 혹시 한 천만 원만 먼저 보내줄 수 있어?"

"천? 알겠어. 계좌번호 보내."

짐을 다 싸자 오후 6시였다. 집 앞 카페에 나간 수진이는 노트북으로 부동산 카페를 들락거리며 근처 부동산에 전화를 돌렸다. 그리고 메모장을 켜서 자기 월급으로 1,000에 50짜리 방에서 자취할 경우 한 달에 들 생활비가 얼마쯤 될지 계산해봤다. 보증금을 1,000에서 3,000으로 올리거나 월세를 50에서 60으로만 올려도 살 수 있는 방은 더 넓고 깨끗하고 환해졌지만 지금 사는 아파트에 비하면 모든 것이 다 너무 작았다. 자기 방에 있는 가구를 다 집어넣으면 빨래 건조대 하나 펼 공간도 나오지 않을 것 같았다.

'화장실에 욕조도 없고.'

수진이는 그제야 승은이가 왜 그토록 욕조에 집착했는지 알 것 같았다. 왜 은혜 씨가 매일 세탁기를 돌리고 베란다에 빨래를 너는 일에서 기쁨을 찾았는지도. 왜 퇴근 후 남희 씨가 자기 방이 아니라 거실에 나와 술을 마시며 혼자 고스톱을 쳤는지도 이젠 알 것 같았다.

이틀 병가를 낸 수진이는 다음 날엔 종일 부동산을 돌아다녔다. 그리고 다섯 번째로 본 집을 계약했다. 샷시가 오래됐긴 했지만 작은 베란다도 있었고 부엌에 가스레인지와 냉장고도 딸려 있어서 수진이는 화장실 수도꼭지에서 자꾸만 물이 똑, 똑 떨어지는 정도는 못 본 척했다. 다음 날엔 바로 이삿짐 센터를 불러 이사를 했다.

×××

소희는 부부 침대를 싱글로 바꾸었다. 상의는 필요 없었다. 퇴근 후 바뀐 안방 풍경을 보고 놀란 민규는 잘 때 당신이 자꾸 잠결에 다리를 올려서 배가 아프다는 말을 듣더니 자기가 그런 줄 몰랐다며 잘 바꿨다고 얼른 아내를 치켜세웠다.

성인용 싱글 침대 두 개에 아기 침대까지 넣기에 안방은 비좁았다. 아이가 태어나는 대로 민규의 침대는 곧장 서재로 빼서 영원히 각방을 쓰는 게 소희의 계획이었다. 그 속을 아는지 모르는지 민규는 동네방네 초음파 사진을 들고 다니면서 드디어 자기도 아빠가 됐다고 자랑하기에 바빴다.

"응! 당연히 아들이지. 내가 또 힘이 좋잖냐?"

딸만 셋인 친구에겐 부러 전화를 걸어 으스대기까지 했다.

민규는 그런 인간이었다.

소희는 잠과 입덧을 핑계로 더 이상 아침밥을 차리지 않았다. 대신 인터넷으로 전자레인지에 돌리기만 하면 되는 밀키트와 냉동 볶음밥, 햇반과 인스턴트 국 따위를 주문해서 한가득 쟁여두었다. 처음엔 살짝 긴가민가한 표정을 짓던 민규도 변화에 적응이 됐는지 바쁜 아침에는 빈속으로 후다닥 알아서 양말과 넥타이까지 챙겨 출근했고 일찍 일어난 날에는 알아서 냉장고에서 아빠 반찬을 꺼내 햇반을 덥혀 차려 먹고 회사에 나갔다. 설거지도 빨래도 청소도 분리수거도 여전히 손 하나 까딱하지 않았지만 서재 옆에 붙은 파란색 벽지의 아기방을 꾸미는 데에는 열심이었고 변기에 오줌을 튀겨가며 싸는 그 더러운 습관은 다행히도 고친 모양이었다.

수진이가 학교 근처 원룸으로 이사를 간 뒤에도 남희 씨는 그 아파트에서 1월 말까지 살았다. 집을 보러 다니고 부동산을 계약하고 용달을 불러 이사를 하고 전입신고를 하는 등 이모든 게 남희 씨는 처음이었다.

수진 씨에게 열댓 번, 다시 어머니에게 백 번쯤 전화를 걸어 겨우 부동산 계약서에 도장을 찍고 전입신고까지 마친 남희 씨는 자기 전 노트북으로 늘 보던 드라마를 다시 보려고 했으나 이상하게 와이파이가 잡히지 않았다. 인터넷 기사를 불러 공유기를 설치해야 와이파이를 쓸 수 있다는 사실을 남희 씨는 그날 처음 깨달았다. 나와서 사니 하나부터 열까지 모든 것이 다 돈이었다. 전등이 깜빡이거나 창문이 삐꺽거리거나 방충망에 구멍이 뚫려 있거나 화장실 바닥 배수구가 막혀도 그걸 직접 해결해야 하는 사람은 남희 씨 본인이었다. 그러나 석 달쯤 지나자 이런 생활에도 대충 적응이 됐고 가끔 외로움과 심심함에 몸서리가 날 것 같았지만 혼자 사는 삶은 그 나름대로 소소한 재미가 있었다. 옆집에 사는 앳된 대학생 커플이 새벽마다 발정 난 고양이 같은 가냘픈 신음 소리로 단잠을 깨우지만 않는다면 말이다.

"조용히 해! 씨발 이 개 같은 연놈들아! 니미! 잠 좀 자자!"

그러다 결국 못 참은 앞집 할아버지가 402호의 현관문을 두드리며 욕을 한 바가지 퍼부으면 잠시 온 세상이 쥐 죽은 듯 고요해졌다.

서로 시간이 안 맞았던 수진이와 소희는 1월 말이 돼서야 겨우 송파구 행운 부동산 앞에서 다시 만났다. 두 사람은 부동산 중도해지 계약서에 각각 서명했고 소희는 그 자리에서 남은 보증금 8,280만 원을 바로 수진이에게 입금해줬다.

"임신 축하해."

이미 인스타그램을 통해 소희가 임신했다는 사실을 알고

있었던 수진이는 짐짓 모른 척하며 축하 인사를 건넸다. 은색 벤츠에서 내린 소희는 하이힐 대신 낮은 단화를 신고 있었고 청바지 대신 레깅스에 편한 크림색 니트 차림이었다. 머리부터 발끝까지 완벽하게 스타일링 된 스튜어디스 시절 사진을 많이 봐서 그런가 네일도 화장도 귀걸이도 하지 않은 소희가 수진이는 조금 낯설었다.

그 말을 듣자마자 소희는 반사적으로 제 배를 한 손으로 감싸며 고맙다고 했다.

"잘 살아."

"응 너도."

소희와 헤어진 뒤 수진이는 엄마에게 7천만 원을 그리고 은혜 씨에게 2백만 원을 부쳤다.

수진이는 이제 서른네 살이었다.

그럼에도 불구하고

by. 블루스타킹

비혼에 있어서 가장 중요한 것은 무엇일까?

나는 비혼의 3요소로 '경제력'과 '건강' 그리고 '언제든지 서로 도움을 주고받을 수 있는 주변인들과의 커뮤니티'를 꼽고 싶다. 탄수화물, 단백질, 지방이 인체의 에너지원으로 사용되는 3대 필수 영양소인 것처럼 '경제력'과 '건강', 그리고 '관계'는 비혼 여성의 삶에 있어서 필수불가결한 요소이다.

나는 경제력은 탄수화물에, 건강은 지방에 그리고 관계는 단백질에 비유하고 싶다.

탄수화물은 1g당 4kcal를 내는데 보통 곡물에 많이 들어 있다. 밥을 주식으로 하며 빵과 떡, 면을 간식으로 먹는 한국인들은 다른 나라 사람들과 비교해봤을 때 탄수화물 섭취 비율이 높은 편인데 이는 우리의 뇌가 탄수화물을 섭취했을 때 마약을 투여했을 때와 비슷한 도파민 반응을 보이기 때문이다.

그리고 나는 탄수화물에 중독된 한국인들이 마찬가지로 경제력과 물질 만능주의에도 중독되어 있다고 생각한다. 이들을 따라 모든 비혼주의자들이 물질 만능주의를 숭배할 필요까진 없지만, 노년의 삶에 필요한 각종 복지와 돌봄을 전적으로 가정에 위임하는 한국의 복지 시스템 아래에선 비혼주의자들 역시 떳떳한 자립(自立)을 위해 경제력을 갖추는 데 그 무엇보다 신경 써야 한다고 생각한다. 주거와 투자, 나이가 들어 더 이상 노동을 할 수 없게 될 경우를 대비한 연금 저축 등 다방면에 걸친 철저한 대비가 필요한 것이다.

그런가 하면 지방은 1g당 9kcal를 내는 가장 효율적인 에너지원으로 육류, 생선, 우유, 기름 등에 존재한다. 지방을 과잉 섭취할 경우 비만의 위험이 있지만 건강은 그렇지가 않은데 왜냐하면 지방이 3대 영양소 중 가장 '효율적인' 에너지원인 것처럼 건강을 미리미리 관리하고 체력을 쌓아두는 게 비혼이라는 긴 레이스에서 가장 효율적인 선택이기 때문이다.

지금부터 건강해야 병원비나 수술비 등 노년에 지출되는 큰 비용을 아낄 수 있고 몸이 튼튼해야 밖에 나가 밥벌이를 할 수 있으며 체력이 있어야 나 자신 그리고 내 주변에 있는 다른 사람들을 살뜰히 챙길 수 있기 때문이다.

3대 영양소 중 우리가 섭취를 가장 간과하는 건 물론 단백질이다. 단백질은 1g당 4kcal의 에너지를 내는데 살코기, 두부, 생선, 계란 등에 많이 들어 있다. 탄수화물, 지방과 비교해봤을 때 가장 큰 차이는 단백질은 탄수화물과 지방의 섭취가 부족할 때 단백질을 분해하여 에너지원으로 활용할 수 있다는 점이다.

마찬가지다. 우리가 건강이 나빠지거나 금전상으로 어떤 문제가 생겼을 때 그 어려움을 극복할 수 있도록 도와주는 건 그동안 쌓아온 주변인들과의 관계, '비혼 커뮤니티'라고 나는 생각한다. 어떤 인간도 혼자서 이 세상을 살 수는 없다. 사람과 사람 사이에 살아야 사람이 사람인 것처럼 비혼주의자들 역시 적극적으로 사람들 속에서 살아가야 한다.

혼자 원룸을 구해 편하게 자취할 수도 있었던 내가 부모님의 집을 나왔을 때 굳이 월세 아파트를 빌려 비혼 여성 공동체를 꾸린 건 나이가 들어 할머니가 됐을 때도 서로 의지하고 도움을 주고받을 수 있는 돈독한 '관계'에 미리 내 시간을 투자하고 싶었기 때문이다.

우리는 언제나 함께했고 힘든 일이 있을 때는 서로에게 의지했으며 공동의 문제가 생겼을 때는 발 벗고 나서 함께 문제를 해결했다.

기쁠 때나 슬플 때나 부자일 때나 가난할 때나 지금보다 더 건강하거나 아플 때도 변함없이 그대를 사랑하고 보살피겠다는 혼인서약은 우리들의 비혼 맹세에도 마찬가지로 적용됐다. 피가 섞인 정상 가족만 가족으로 인정하는 이 벽창호 같은 한국사회에서 피 한 방울 안 섞인 우리는 가족보다 더 가족 같았다.

서로를 아끼고 사랑하는 마음. 무슨 일이 있어도 끝까지 서로를 돕고

도움받으며 사람답게 살겠다는 우리의 굳건한 의지는 그 무엇보다 빛나고 아름다웠다.

그러나 지난 5월에 아파트를 구하고 6월에 입주해서 7개월 가까이 달려온 비행 소녀 1기는 멤버들과의 긴 시간 논의 끝에 이달 말을 끝으로 잠시 비행을 쉬어가기로 했다.

한 사람은 운 좋게 꿈에 그리던 해외 취업에 성공해 한국을 뜨게 됐고 다른 멤버들 역시 직장에서 승진과 변동이 있어 아예 다른 지역으로 주거지를 옮기게 됐기 때문이다. 나는 그들과 헤어지는 게 너무너무 아쉬웠지만 더 큰 만남을 기약하며 비행 소녀 1기를 이쯤에서 마무리 짓기로 했다.

안녕은 영원한 헤어짐은 아니겠지요.

그녀들과 함께했던 모든 시간이 내 생에 최고의 순간들이었음을.

안녕, 나의 비행 소녀.

옆집의
비혼주의자들

1쇄 발행 2023년 7월 18일

지은이 김지서
펴낸이 배선아
편 집 박미애
디자인 이승은
펴낸곳 고즈넉이엔티

출판등록 2017년 3월 13일 제2022-000078호
주　　소 서울특별시 마포구 성지1길 35, 4층
대표전화 02-6269-8166 **팩스** 02-6166-9199
이 메 일 gozknockent@gozknock.com
홈페이지 www.gozknock.com
블 로 그 blog.naver.com/gozknock
페이스북 www.facebook.com/gozknock
인스타그램 www.instagram.com/gozknock

ⓒ 김지서, 2023
ISBN 979-11-6316-908-6　03810

표지/내지이미지 Designed by Getty Images Bank, Freepik